위인들의 마지막 하루

# 위인들의
# 마지막 하루

**M. V. 카마스** 지음 | **이옥순** 옮김

*Philosophy*

*of*

*Life*

*and*

*Death*

사과나무

## 위인들의 마지막 하루

1판 1쇄 인쇄  2005년  12월 10일
1판 1쇄 발행  2005년  12월 15일
지은이  M.V. 카마스
옮긴이  이옥순
펴낸곳  도서출판 사과나무
펴낸이  권정자
본문 디자인  김성엽
등 록  제11 · 123
주 소  경기도 고양시 행신동 샘터마을 301-1208
전 화  (031) 978-3436
팩 스  (031) 978-2835
e-메일  bookpd@hanmail.net

ISBN  89-87162-71-0 03840
값  13,000원

*잘못 만들어진 책은 바꾸어 드립니다.

# 삶과 죽음의 악수

한 인간이 어떻게 죽는가를 보면 그의 사람됨을 짐작할 수 있다. 사람은 여러 가지 모습으로 죽음과 맞닥뜨린다.

흉악한 범죄를 저지르고 사형선고를 받거나, 암에 걸린 사람처럼 다가오는 죽음을 미리 알 수도 있고 오랫동안 병석에 누워 서서히 죽어가는 사람도 있다.

당사자가 알지 못하게 도둑처럼 슬그머니 찾아오는 죽음과, 사고나 자살과 같은 죽음도 있다. 이렇듯이 죽음은 다양한 얼굴로 다가온다.

사람들은 대개 '우리는 모두 언젠가는 죽는다' 라는 인생에서 가장 확실한 사실을 알면서도 죽을 준비를 하지 않고 죽음에 대한 생각을 떨쳐버린다. 그렇게 함으로써 마치 그 불길한 날을 뒤로 늦출

수 있는 것처럼.

또 어떤 이들은 죽음이 다가온다는 사실을 알고 있으면서도 그 사실을 부정한다. 우리는 죽음이라는 현실을 받아들이지 않음으로써 죽음을 부정하는 셈이다. 오직 극소수의 사람들만이 자신의 삶이 다했다는 사실을 인정하고 용기와 평온한 마음을 가지고 행복하게 죽음을 맞는다.

그러나 대부분의 사람들이 죽음과 관련해서 갖게 되는 어려움은, 죽음과 대면한다는 그 사실보다 자기에게 주어진 사명을 다하지 못했거나 인생의 목표를 이루지 못했다고 생각하는 데 있다.

자라나는 아이들을 가진 부모는 자식이 대학을 마치고 딸이 출가할 때까지 살아 있기를 바라고, 중요한 프로젝트를 담당한 학자는 그 일을 마칠 때까지 죽음을 원치 않는 법이다. 또 빚을 갚지 못한 사람은 무거운 짐을 훌훌 벗어 던지고 가벼운 마음으로 가고 싶을 것이다.

이렇듯 사람들은 저마다 삶의 목표를 가지고 있고, 세상을 떠나기 전에 그 목표를 달성하고 싶어한다.

젊은이의 죽음은 특히 우리의 가슴을 아프게 한다. 죽음으로 모든 삶의 목표는 물거품이 되고, 젊은이가 하던 일은 영원히 완성되지 못한다. 언제 그 일이 끝날 수 있단 말인가? 과연 언제까지가 충분한 시간인가?

마하트마 간디는 스스로 떠맡은 임무를 완수하기 위해서 자신이 125세까지는 살아야 한다고 말하곤 했다. 그러나 말년의 간디는 삶이 아닌, 자신의 무거운 과업 때문에 절망하기 시작했다. 아마도 그의 죽음은 때마침 잘 찾아왔던 것이리라. 그의 임무는 결코 끝이 없었을 테니까.

우리는 이런 의문에 부딪히게 된다. 도대체 언제가 죽기에 가장 적절한 때인가? 스무 살? 서른 살? 아니면 쉰 살? 혹은 일흔다섯 살? 아들이 대학을 마치고 딸이 결혼한 후에? 자신이 묻힐 호화 분묘를 마련해 놓고 인생에 대한 회고와 반성이 끝난 다음에?

또는 '세계를 깜짝 놀라게 할 발견'을 한 후에? 높은 산을 등정하고 넓은 사막을 횡단하고 또 거친 바다를 건넌 후에? 무엇보다 우리는 자신이 언제 죽는지를 알아야 하는 것일까?

만약 예수 그리스도가 성경에 나오는 30년보다 10년을 더 살았다면 세상을 위해 더 많은 일을 했을까? 또한 붓다가 20년을 더 생존했다면 그의 생이 더 큰 의미를 지니게 되었을까? 아인슈타인의 뛰어난 경력에 몇 년의 세월이 더해졌다면 그의 위대성은 더욱 빛이 났을까?

역사 속에는 젊은 나이에 명성을 얻고 죽어간 수많은 남녀를 얼마든지 볼 수 있다. 그들은 젊은 나이에 성공을 거둔 사람들이었다. 신이 그들을 사랑해서 일찍 데려갔든가 아니면 이생에서 그들의 시간이 다해서 죽었든가. 어쨌든 그들은 인류 역사에 뚜렷한 흔적을 남기고 세상을 떠났다.

셰익스피어는 52세의 나이에 죽었다. 그러나 셰익스피어보다 더 오래 살았지만 그보다 더 좋은 작품을 남긴 작가는 몇이나 될까.

시인 바이런은 36세, 셸리는 30세, 그리고 존 키츠는 겨우 26세의 한창 나이에 세상을 떠났다. 프란츠 카프카는 41세, 〈마지막 잎새〉를 쓴 오 헨리는 48세, 시인 보들레르와 아폴리네르는 각각 46세와 38세에 죽음과 만났다.

나이가 들어 뒤늦게 꽃을 피운 몇몇을 제외하면 대부분의 유명작가는 3,40대에 전성기를 이뤘고 그 이후는 쇠락의 길을 걸었던 것이다.

일이 아니라 삶이 소중하다고 보면 하는 일 없이 오래 사는 것이 특별한 미덕은 아니다. 사실상 식물인간이 되어 자기 자신과 가족에게 고통을 주었던 처칠의 말년은 비참하기 그지없었다.

몸과 마음이 제대로 움직이고 정신이 멀쩡하며 모든 감각이 살아 있을 때 죽음을 맞는 인간은 행복하다. 그러나 누가 그렇게 한창 건강할 때 죽기를 바라겠는가? 해가 뜨는 것을 보고 즐거움을 느끼고, 위대한 미술품과 아름다운 음악을 감상할 능력이 있을 때 누가 죽기를 바라겠는가.

사람들은 자신이 위대한 업적을 달성할 수 없다는 것을 알면서도 희망을 잃지 않고 살아간다. 자식들이 결혼을 하고나면 손자를 기다리고, 그 다음에는 증손자 보기를 기대한다. 위대한 발견을 이루면 또다른 발견을 바라고 또다른 산, 또다른 바다를 오르고 건너고 싶어한다.

우리는 최후의 순간까지 죽음을 무시하고 희망을 붙안고 불평하면서 살아간다. 그 순간까지 우리의 삶은 두려움의 연속이다.

우리에게 필요한 것은 과연 무엇인가? 살아가는 데에 방식이 있듯이 죽는 데에도 방식이 있다.

　이 책에서는 위대한 인물들──또는 그보다 위대성이 약간 떨어지는 인물들──이 어떻게 죽었는지를 살펴볼 것이다. 다행스럽게도 그들의 죽음은 우리에게 적잖은 교훈을 제시한다.

| 차례 |

지그문트 프로이트<sup>Sigmund Freud</sup>

## "무관심의 바다에 떠도는
## 고통의 섬…"

정신분석학의 대부 프로이트의 마지막 날은 고통으로 가득찼다.
그때는 1939년 9월 23일로 그의 나이 83세였다.

그의 생은 온통 죽음에 대한 생각으로 덮여 있었다.

1907년, 그는 자신이 1918년 2월에 죽을 것이라고 확신했다. 프
로이트는 친구에게 "1918년 2월에 죽을 것이라는 미신이 아주 친
근하게 느껴진다…… 내 나이에 자신이 점점 죽어간다는 것에 신경
쓴다는 것은 이상한 일이 아니다."라고 털어놓았다.

그러한 생각은 끈질기게 계속되었다. 1936년, 80회 생일을 맞은
직후 프로이트는 아버지와 아버지의 이복형이 81세에 죽었다는 것

을 기억하고 자신 역시 비슷한 운명을 맞을 것이라고 믿었다.

81세 생일이 지나가자 프로이트는 자신이 7년 전에 돌아가신 어머니처럼 95세까지 살게 될 것을 두려워하기 시작했다. 만약 그가 81세에 생을 마쳤다면 아주 좋았을 것이다. 그가 이후 겪을 모욕과 고통은 피할 수 있었을 테니까.

가장 먼저, 프로이트는 조국과 집에서 쫓겨나는 모욕을 당했다. 1938년 3월 12일 나치가 오스트리아를 점령했다. 그날 프로이트는 일기장에 '오스트리아는 끝났다'라고 적었다.

사흘 후인 3월 15일, 한 떼의 나치 군인들이 그의 집을 부수고 6천 실링과 전 가족의 여권을 빼앗아갔다. 일주일 후에는 그들이 다시 찾아와 프로이트의 집을 쑥밭으로 만들었다.

프로이트의 생명이 위험했다. 그때 프로이트의 친구들과 그를 존경하는 사람들이 나섰다. 보나파르트 왕자, 프랑스 주재 미국대사 윌리엄 빌트, 프랭클린 루즈벨트 미국 대통령 등이 프로이트를 출국시키도록 나치 정부에 압력을 넣었다.

1938년 6월 15일, 프로이트는 소장하고 있는 도서와 수집한 골동품을 가지고 영국 도버에 도착했다. 물론 저축한 돈은 가져올 수 없었다. 네 명의 여동생도 데려가지 못했다. 그들 모두 일흔이 넘은 고령이었다. 몇 달이 지나지 않아 프로이트의 여동생들은 모두 죽었다. 나치는 그녀들을 가스실로 보낸 뒤 화장을 했다.

프로이트는 82세였다. 그는 이미 두 번이나 암 때문에 고통스런 수술을 한 경험이 있었다. 그는 영국에서 다시 세 번째 수술을 받아야 했다. 조직검사 결과 상태는 더욱 악화되었고 의사는 '수술 불가, 불치'라고 진단했다. 매일 방사선 치료를 받았지만 별 도움이 되지는 않았다.

몇 주일 동안 고통이 계속되었다. 프로이트는 1939년 3월에 쓴 편지에 '9월에 수술을 받은 이래 턱에 지속적인 진통이 계속되고 있다.'라고 적었다.

고통은 낮에도 참기 어려웠지만 밤이면 더 심했다. 그는 보나파르트 왕자에게 '방사선이 다시 나를 괴롭히기 시작했습니다. 진통과 독성으로 내 세계는 다시 전처럼 무관심의 바다에 떠도는 고통의 섬이 되었습니다.'라고 편지를 보냈다.

그러나 그의 정신은 맑았다. 한번은 진통제를 먹는 걸 거부했다. 그 이유는 생각이 흐릿해지는 것보다는 고통 속에서라도 분명하게 생각하고 싶어서였다. 프로이트는 무엇보다 명쾌하게 생각하길 원했다. 그에겐 해야 할 일이 있었다. 하루 종일 극심한 고통 속에서 보내면서도 프로이트는 하루 4건의 정신분석을 해냈다.

일은 죽기 몇 주일 전까지 계속되었다. 프로이트는 육체적으로 가장 고통스러울 때 〈유대인과 일신교〉를 저술했다. 이어서 그는 〈정신분석학 개요〉의 저술 작업을 계속했으나 완성하지 못했다.

프로이트는 육체보다 정신의 우월성을 보여주는 좋은 예이다. 그는 쉬지 않고 자료를 꾸준하게 연구하고 고쳐쓰고 했다.

프로이트의 전기 작가 지오바니 코스티간은 '그 책 어디에서도 진부함이나 지루함이 느껴지지 않으며 죽음 이외의 다른 탈출구가 없는, 육체적으로 가장 힘든 시기에 쓴 책이라는 기미가 전혀 없다. 〈정신분석학 개요〉는 오히려 젊은이다운 생기와 자신감이 드러난다. 죽어가는 노인이 쓴 책이라는 느낌을 주지 않는다.'라고 썼다.

프로이트는 자기연민에 빠지지 않았고 어떤 환멸도 갖지 않았다. 그는 80세 생일날 한 친구에게 "여든 살의 사람이 어떻게 느끼는가는 논의의 대상의 아니다!"라고 말했다.

그는 한 미국인 방문자에게 다음과 같이 말했다.

"젊음에는 가치가 없다는 옛말이 있어요. 그러나 진실은 그 반대이지요. 젊은이야말로 가치가 있는 유일한 사람이지요. 사람은 나이가 들수록 점점 나빠집니다. 여자는 특히 나이가 들면 끔찍해지지요. 그러나 남자라고 해서 더 낫지는 않답니다."

프로이트는 그 끔찍해지는 걸 거부하고 고통을 냉정하게 참았다. 아픔 때문에 입이 일그러졌지만 그는 〈정신분석학 개요〉 저술에 온 힘을 쏟았다. 초고를 쓰면서 그가 겪었을 고통은 상상을 뛰어넘는 것이었다. 책은 문장 중간에서 갑자기 끊어졌다. 그는 고통으로 더 이상 일을 할 수 없을 때까지 강인하게 버텼던 것이 분명했다.

프로이트가 죽기 4일 전, 친구 어네스트 존스가 찾아왔다. 프로이트는 진정제를 과도하게 복용해서 눈뜨고 볼 수 없는 처참한 지경이었다. 말을 할 수 없는 프로이트는 방문자를 알아보고 손을 들었다. 그리고는 '지극히 암시적인 동작'을 취했다.

존스는 프로이트의 동작을 "안녕, 나머지는 침묵"이라고 해석했다. 스테판 츠바이크는 프로이트의 죽어가는 방식을 "그의 삶에 못지 않은 도덕적 업적"이라고 말했다.

　프로이트는 1939년 9월 23일 자정을 조금 앞두고 사망했다. 그 때는 이미 2차 세계대전이 발발한 뒤였다. 프로이트는 그 전에 마리 보나파르트에게 다음 같은 편지를 보냈다.

　'제 죽음이 준 슬픔을 빨리 이기길 바랍니다. 그리고 제가 인정하는 유일한 영원불멸, 당신의 상냥한 기억 속에 제가 늘 살아 있기를 희망합니다.'

■　■　■

**Sigmund Freud**[1856~1939] | 오스트리아 정신과 의사. 모라비아주 프라이베르크 출생. 정신분석학의 창시자. 1896년 최면술 대신 자유연상법을 임상에 적용하여 '정신분석'이라 이름 붙였다. 그 뒤 이론체계의 정립에 주력하여 인간의 인격구조를 이드(id), 자아(ego), 초자아(super ego)로 나누고 사회적 양심이나 부모의 금지 등에 의하여 형성되는 초자아에 의해 생명, 특히 성(性) 충동인 리비도(libido)가 억압되어 잠재의식을 형성한다고 했다. 꿈은 이러한 잠재의식의 발산이며, 리비도가 억제된 욕구의 또다른 표출로 나타나는 것이 예술·종교 등의 문화활동이라 했다. 인간의 본성과 성격을 구조화한 정신분석이론을 정립하여 20세기 심리학·정신의학에서뿐만 아니라 예술·종교·도덕·문화의 여러 영역에 깊은 영향을 끼쳤다. 저서로 〈히스테리 연구,1895〉 〈꿈의 해석,1900〉 〈정신분석입문,1917〉 등이 있다.

소크라테스 Socrates

"아스클레피오스에게 수탉 한 마리
바쳐야 하잖은가. 꼭 잊지 말고 해주게나."

　붓다는 예수가 태어나기 500년 전에 살았고 소크라테스는 그보다 약간 늦은(469-399 B.C.) 그리스 시대에 살았다. 두 차례에 걸친 페르시아의 침입을 물리치고 카르타고가 정복한 시기였다.

　소크라테스는 이웃간에 서로 훤히 알고 지내는 작은 도시 아테네에서 살았다. 아테네인들은 생각을 나누고 싶을 때면 광장에 모였다. 그곳에 있는 강당, 기둥 밑, 야외의회(성인 남자는 자동적으로 구성원이 되었다)에 모인 사람들은 의견을 펴고 토론을 벌였으며 법률소송을 진행하면서 자신을 키웠다.

　소크라테스는 석공이었다. 그는 자신이 모든 법적 진술을 검증하는 신성한 사명을 띠었다고 믿었다. 그는 시민들에게 질문을 하고 그 발언의 타당성을 증명하기 위해 길게 논쟁을 벌이는 것을 즐겼다. 이것이 바로 소크라테스의 '대화'였다.

소크라테스는 책을 쓰지 않았다. 그러나 아테네 변두리의 올리브 밭에 아카데미아라는 철학학교를 설립한 뛰어난 제자 플라톤(427-347 B.C.)은 소크라테스의 대화를 기억하여 비교적 완전한 형태의 글을 남겼다. 소크라테스 말년의 행적을 알 수 있는 것은 모두 플라톤의 기록 덕분이다.

진리를 알기 위해 다른 사람들의 사상에 끈질기게 도전한 소크라테스는 당시 아테네인들에게 별 인기가 없었다. B.C.399년, 소크라테스의 나이가 70세에 가까울 무렵 3명의 아테네 시민(멜레토스, 아니토스, 리콘)이 소크라테스가 불경스럽고 젊은이들을 타락시킨다는 죄명으로 그를 당국에 고발했다.

소크라테스를 재판한 법정은 501명의 배심원으로 구성되었다. 그들은 6천명의 시민으로 구성된 상급 법정의 하급심 구성원과 무작위로 선발된 사람들이 포함되었다. 판사나 변호사는 없었고 501 명 배심원의 의견이 곧 판결이었다.

소크라테스는 자신을 변명했지만 그것도 소용없이 유죄 판결을 받았다. 법정은 소크라테스에게 원고인 멜레토스가 요구한 사형의 대안, 즉 자신에 대한 판결을 내리도록 했다. 법정이 처벌을 정하지 않았던 것이다. 법정은 멜레토스와 소크라테스가 제기한 결정 중에서 하나를 선택하기로 했다.

법정은 소크라테스의 유창한 '변명'을 들은 다음 이어 투표를 실시했고, 281 대 220으로 소크라테스의 유죄를 인정했다. 소크라테스는 표가 막상막하인 사실에 놀랐지만 그러나 판결을 유감스럽게 여기지는 않는다고 말했다. 만약 30표만 더 그를 지지했다면 소크라테스는 무사히 법정을 나설 수 있었다.

　이제 문제는 멜레토스가 요구한 사형의 대안으로 소크라테스 스스로 제시할 명령이었다. 얼마 동안 죄를 치러야 적당한 것일까?

　소크라테스는 사람들을 기쁘게 할 수 있는 방법은 시청에 자유의회와 집회소를 두는 것이라고 대답했다. 그는 자비를 호소하지 않았다. 그러나 자신이 그 누구에게도 해를 입히지 않았다는 사실을 확신했다.

　그러나 소크라테스에게는 벌금 낼 돈이 없었다. 추방이라는 처벌도 있었지만 자신의 나이에는 마땅치 않다고 대답하고 자신에게 주어진 좋은 삶을 계속하고 싶다고 말했다.

　그는 자신이 진리라고 생각한 것을 찾기 위해 해왔던 대화를 멈추어야 하는 것인지 묻고, 슬프게도 탐구하지 않는 삶은 살 가치가 없다고 설명했다. 소크라테스는 만약 자기가 이제부터 말을 하지 않는다고 선언해도 아무도 믿지 않을 것이라고 판단했다. 그러나 벌금을 내야 한다면 자신은 30미나와 친구 크리톤, 크리토블로스, 아폴로도로스를 보증인으로 세우겠다고 제안했다.

　소크라테스의 변명을 들은 법정은 다시 회의를 계속했다. 회의 끝에 투표를 거친 법정은 그에게 사형을 판결했다. 소크라테스는 조금도 당황한 빛을 보이지 않았다. 자신에게 불리한 판결을 내린 사람들에게 불만을 표시하지도 않았다. 소크라테스는 죽음을 피하는 것보다 악을 피하는 것이 더 어려운 일이라고 말했다.

그는 또한 만약 사람을 죽여서 비난을 막을 수 있다고 믿는다면 오산이라고 덧붙였다. 자신은 몇 번이라도 기꺼이 죽을 것이며 율리시즈나 호머처럼 영원한 행복을 누릴 것이라고 말했다.

"그곳에서는 질문을 했다고 사형시키지는 않을 테니까!"

소크라테스는 피고석을 떠나면서 아주 철학적인 투로 말했다.

"이제 갈 시간이 되었다. 나는 죽고 그대는 살 것이다. 누가 더 나을지는 아무도 모른다."

사형이 집행되는 날, 친구들이 감옥에 있는 소크라테스를 찾았다. 그들은 아우크레토스, 파이돈, 아폴로도로스, 케베스, 시미아스, 크리톤이었다. 감동스런 광경이었다.

소크라테스는 해가 질 때까지 친구들과 철학, 영혼, 진리의 본질에 대해 이야기를 나누었다. 그리고는 옆방으로 가서 목욕을 하고 다시 친구들에게 돌아온 소크라테스는 두 아들과 집에 있는 여인들과의 면회를 요청했다.

플라톤은 소크라테스가 두 아들과 여인들에게 한 말을 기록하지 않았다. 다만 소크라테스가 그들을 곧 돌려보낸 후, 울려고 하는 친구들을 다시 만났다고만 적었다.

이때 간수가 와서 시간이 다 되었다고 말하고 예의를 지켜준 것에 감사한다고 덧붙였다. 소크라테스는 눈물을 흘리며 자리를 뜨는 간수를 보면서 친구들에게 말했다.

"아주 좋은 사람이구먼! 나를 위해 눈물을 흘리다니! 자, 이제 그의 말을 따르자구."

소크라테스는 감옥의 소년에게 독약을 가져오라고 불렀다.

친구들은 아직 해가 지지 않았으니 서두를 것이 없다고 말했지만 철학자는 지체할 생각이 전혀 없었다. 소크라테스는 조금 늦게 독약을 먹는다고 생기는 것은 아무것도 없으며, 살려고 애를 쓰는 것이 어리석어 보인다고 대답했다.

독약이 담긴 잔이 왔고, 소크라테스는 망설이거나 얼굴색 하나 변하지 않고 즐겁게 독약을 마셨다. 소크라테스는 신에게 술을 바치지 않은 것을 걱정했다. 술을 바치는 걸 허락받자 그는 아주 기뻐했다.

그러나 자신이 이미 죽을 만큼 충분한 양의 독약을 마셨다는 말을 듣고는 잘 알았다고 말하고 "이승에서 저승으로 가는 길에 행운이 있기를."이라는 기도만 올렸다.

친구들은 더 이상 참지 못하고 눈물을 흘렸다. 그것을 본 소크라테스는 기분이 상한 모양이었다.

"이 무슨 장면인가!"

소크라테스는 친구들을 상기시켰다.

"나를 놀라게 하는구만. 이렇게 할까봐 여자들을 보낸 것인데. 엄숙한 침묵 속에 죽음을 맞아야 한다고 들었네. 조용히 참게나."

그렇게 말한 소크라테스는 지시를 받은 대로 이리저리 걸어다녔다. 독이 온몸에 퍼지고 더 이상 걸을 수 없자 자리에 누웠다. 먼저 발과 다리가 뻣뻣해지더니 점차 하체 전체가 차갑게 굳어갔다. 복부가 굳어지자 소크라테스는 얼굴에 덮인 덮개를 벗고 크리톤을 불러서 속삭였다.

"크리톤, 아스클레피오스(의술의 신)에게 수탉 한 마리 바쳐야 하잖은가. 꼭 잊지 말고 해주게나."

"꼭 그렇게 하지."

그렇게 대답한 크리톤은 "더 할 말이 있는가?"라고 물었다. 소크라테스는 아무 말이 없었다.

그는 죽은 것이다.

■ ■ ■

**Socrates**BC 469-399 | 고대 그리스 철학자. 아테네 출생. 아버지는 석공이고, 어머니는 산파였다고 한다. 어린시절부터 깊은 몰아 상태를 경험하는 '신들린 사람'이었다고 한다. 만년에는 후대에 악처로 유명했던 크산티페와 결혼했다. 펠로폰네소스전쟁 때에 종군했으며, 이때 이외에는 아테네를 떠난 적이 없었다. 젊은 시절에는 자연에 대한 연구도 했으나 그 뒤에는 인간문제에 관해서만 관심을 기울여, 아테네의 거리와 시장, 체육관 등에서 대화와 문답을 하면서 지냈다. 그의 인격과 유머가 있는 날카로운 논법에 공감하는 젊은이들이 '소크라테스의 동아리'를 형성했고, 플라톤도 그 모임에서 큰 영향을 받았다. 그러나 펠로폰네소스전쟁 종결 5년 뒤인 BC 399년 신에 대한 불경죄라는 죄목으로 고발당해 재판에서 사형을 받았다. 그는 저서를 남기지 않아 플라톤의 〈대화〉와 크세노폰의 소크라테스 관계 저서를 통해 그의 생애와 사상을 알 수 있을 뿐이다.

알버트 아인슈타인Albert Einstein

"마지막은 언젠가는 온다.
그것이 언제인지가 무슨 문제인가?"

　삶에 흥미를 가지고 우주의 본질에 대해 인생의 마지막 순간까지 건전한 호기심을 유지한다는 것은 위대한 인물들의 공통적인 특성이다. 그러한 특성을 가진 인물 중의 한 사람이 바로 알버트 아인슈타인이었다.

　그는 1879년 3월 14일에 태어나서 1955년에 죽었다. 스물여섯의 나이에 특수상대성이론을 가정했지만 그 이론의 공식은 71세가 되던 1950년에야 완성되었다.

　그로부터 2년 후, 아인슈타인은 마침내 중력과 전자기력을 하나의 법칙으로 설명하는 통합이론을 공표했다.

아인슈타인이야말로 '천재란 1퍼센트의 영감과 99퍼센트의 노력으로 이루어짐'을 증명한 인물이었다.

아인슈타인은 70세에 우주의 수수께끼에 대한 새 이론을 발표했다. 그것은 증명하기 어렵다는 사실을 알면서 그가 50세때 제시했던 이론을 뒷받침하는 것이었다. 그는 한 질문자에게 그의 독특한 표현, 즉 "20년 안에는 생각이 날 것이다!"라고 말했었다.

아인슈타인은 자신이 해답을 제시하지 못한다 하더라도 누군가 해낼 것이라고 믿었던 것이다. 그는 친구에게 "중요한 것은 생각을 중단하지 않는 것이다."라고 말했다.

"호기심은 그 나름대로 존재의 이유를 가진다. 영원과 인생 그리고 오묘한 삼라만상에 대한 미스터리를 생각하는 사람은 누구나 경외심을 갖지 않을 수 없을 것이다. 만약 매일 이 미스터리를 조금이라도 이해하려고 노력하면 그것으로 충분하다. 절대로 그 신성한 호기심을 잃지 말도록!"

아인슈타인의 개인적인 호기심이 어떻게 우주의 미스터리를 이해하는데 도움을 주었는가? 그는 신을 믿었는가?

아인슈타인은 윌리엄 해먼즈 교수에게 말했다.

"나는 삶과 죽음에 대한 두려움이나 맹목적인 신앙에 기반을 둔 개념을 인정할 수가 없다. 나는 신이 없다는 걸 증명할 수 없지만 만약 내가 신에게 말을 했다고 하면 나는 거짓말쟁이가 분명하다."

그러면 그가 믿은 것은 무엇인가?

그의 대답은 명료했다.

"나는 인류의 형제애와 개인의 인격을 믿는다. 내가 믿는 것을 증명하라면 그렇게 할 수는 없다. 당신은 진리에 가까워지려고 노력하지만 한평생을 보내도 그것을 증명할 수는 없을 것이다. 정신은 이제까지 알려지고 증명이 가능한 것까지만 나아간다. 그러다 정신이 보다 높은 지식의 단계로 도약하는 때가 온다. 그러나 어떻게 그렇게 올라가는지는 증명할 수가 없다. 모든 위대한 발견은 그런 약진과 관련이 있다."

아인슈타인은 66세가 되던 1945년까지 보통의 건강을 누렸다. 건강을 결코 잃지 않았다. 그는 주기적으로 위경련과 구역질, 구토로 고생했다. 1945년, 의사들은 그에게 수술이 필요하다는 결정을 내렸다.

수술 후에 아주 허약해졌지만 아인슈타인은 건강을 회복했다. 3년 후 두 번째 수술을 해야 했는데 대동맥에서 이상 확장이 발견되었다. 그로부터 2년 후 재검진을 한 결과 상태가 더 나빠졌음이 드러났다.

아인슈타인은 1950년부터 시간이 얼마 남지 않았다는 것을 깨달았다. 그러나 특별히 걱정하지는 않았다. 그는 동맥에 이상 확장이 있다는 것을 처음으로 알게 되고 조심하지 않으면 대동맥이 터질지 모른다는 경고를 들었을 때 "터지라고 하지 뭐!"라고 무뚝뚝한 말로 무시했다. 그의 관심은 오로지 일뿐이었다.

1942년 초, 아인슈타인은 유대인 옛 친구에게 편지를 썼다. '나는 양말을 신지 않는 괴짜라고 알려진 늙은이지만 종전보다 훨씬

빠른 속도로 일을 하고 있고 아직도 통합물리학의 난제를 해결할 희망을 가지고 있다네…….'

아인슈타인이 1942년에 진술한 그 말은 1955년에도 사실이었다. 그는 수많은 영예가 줄을 이었지만 유머와 균형감각을 잃지 않았다.

그는 이스라엘의 대통령직을 제의받고는 "저는 자연은 좀 알지만 인간에 대해서는 알지 못합니다."라고 사양했다.

아인슈타인의 70회 생일을 축하하는 학술모임이 열리고 동료 과학자들이 차례로 논문을 발표했다. 아인슈타인은 그 모임을 끝까지 지켜보았다.

지루하지 않았느냐고 누군가 묻자 아인슈타인은 "내가 그 발표를 이해했다면 아마도 발표자들이 지루했을 거요."라고 말했다.

그는 자신이 발견한 것조차 의문을 가졌고 한 학자에게 다음 같은 편지를 보냈다. '이 세상에 내가 확신할 수 있는 사상은 아무 것도 없소. 내가 올바른 길을 가는지도 분명치 않다오.'

아마도 아인슈타인은 신이 '약간 심술궂다!'고 생각했을 것이다.

1955년 4월 11일, 아인슈타인은 이스라엘 문제를 의논하려고 찾아온 이스라엘 대사 아바 에반과 만났다.

그는 그날 철학자 버트란트 러셀에게서 핵무기 경쟁의 문제점에 관해 듣고는 세계 평화를 유지하기 위해 무엇인가 할 수 있다는 전망을 제시했다.

아인슈타인은 4월 12일, 몸에 통증을 느꼈다. 그러나 의사 부르는 것을 거부했다. 그는 이스라엘 독립기념일 방송을 할 예정이었고 그 초안을 준비중이었다.

4월 13일에도 여전히 몸이 좋지 않았지만 뉴욕에서 프린스턴으로 찾아온 이스라엘 영사를 만나서 초안을 의논했다. 영사는 점심 무렵에 떠났다. 그러나 통증은 더욱 심해졌고 결국 아인슈타인은 오후에 쓰러졌다.

의사가 급히 달려오고 침대에 누운 그에게 심전도 검사가 실시되었다. 통증을 줄이기 위해 모르핀도 맞았다. 굳어진 대동맥에서 약간의 출혈이 있다는 진단이 나왔다. 그러나 아인슈타인은 냉정함을 잃지 않았다.

뉴욕에서 전문의들이 도착했고 그들은 수술을 권했다. 수술을 하면 소생률은 50퍼센트 정도였다. 수술을 하지 않을 경우에는 생존 가능성이 희박했다. 아인슈타인은 수술을 원치 않았다. 사실은 수술을 '강력하게 반대'했다.

아인슈타인의 가정부였던 헬렌 두카스에 따르면, 그는 철학자 같은 말투로, "마지막은 언젠가는 온다. 그것이 언제인지가 무슨 문제인가?"라고 말했다.

아인슈타인은 의사에게 자신이 언제 죽을 것인지 물었다. 의사들은 몇 시간 후일 수도 있고 며칠이 걸릴 수도 있다고 솔직히 대답했다. 그 말을 들은 아인슈타인은 조금도 당황하지 않았다.

병원으로 옮겨진 아인슈타인은 기분이 조금 나아지는 것 같았다. 그의 첫 번째 요구는 안경이었다. 그 다음에는 글을 쓸 수 있는 종이와 펜을 달라고 했다. 그는 해야 할 일이 있었고 남은 시간은 너무도 소중했다.

병원에 입원한 의붓딸 마고가 휠체어를 타고 아인슈타인을 문병 왔다. 그는 심한 통증을 참고 딸에게 농담을 하면서 전보다 좋아 보인다고 위로했다. 후일 마고는 아인슈타인이 '완전히 초월한 상태에서' 죽음과 만났다고 회상했다.

아인슈타인은 평온한 상태로 말을 했고, 의사들에게 농담을 건넸다. 그는 마치 '자연적인 현상'을 기다리듯이 죽음을 기다렸다.

아인슈타인이 사망하던 날, 한스 앨버트와 오토 나탄이 찾아왔다. 아인슈타인은 앨버트와 과학을 토론했고 친구인 나탄과는 정치와 독일의 재무장에 관해 이야기를 나누었다. 그리고 편히 쉬었다.

의사는 오후에 동맥 이상 확대가 회복될 가능성이 있다고 전망했다. 그러나 저녁 무렵 아인슈타인은 극심한 통증을 호소했고 주사를 맞았다.

밤 11시경, 의사가 왔을 때 아인슈타인은 아주 평화롭게 잠들어 있었다.

자정이 넘었을 무렵 당직 간호를 하던 알베르타 로젤은 아인슈타인의 숨쉬는 모습이 평소와 다르다는 것을 알아채고 즉시 도움을 청했다.

로젤은 다른 간호사의 도움을 받아 환자가 보다 숨을 잘 쉬도록 침대 머리 쪽을 들어올렸다. 그때 아인슈타인이 독일어로 무어라고 중얼거렸다.

그러나 간호사는 독일어를 몰라 그가 무슨 말을 하는지 알아들을 수 없었다. 아인슈타인은 갑자기 두 번의 큰 숨을 내쉬었다.

그것이 마지막이었다.

■ ■ ■

**Albert Einstein**[1879-1955] | 독일 남부 울름에서 유대인 가정의 장남으로 태어났다. 상대성이론의 창시자이며, 20세기 최대의 물리학자. 비 엘리트적인 특이한 경력, 아카데미적인 틀에 얽매이지 않고 거의 독자적으로 참신한 이론을 건설한 독창성, 물리학뿐만 아니라 철학·사상계에 끼친 막대한 영향, 권위와 차별, 특히 파시즘을 증오하고 인류평화를 위해 끊임없이 노력한 풍부한 인간성 등으로도 유명하다. 1921년 '이론물리학의 여러 연구와 특히 광전효과의 법칙의 발견'에 대한 공로로 노벨 물리학상을 수상했다. 그후 '통일장이론'에 대한 연구를 계속했다. 1933년 히틀러가 정권을 잡고 유대인 박해를 시작하자 미국으로 망명했다. 그는 국제평화주의자로서 나치스가 원자폭탄을 제조할 것을 염려하여 그 이전에 원자폭탄을 제조할 것을 권고하는 편지를 루스벨트 대통령에게 보냈는데, 이것이 맨해튼계획의 계기가 되었다. 1955년 아인슈타인은 핵전쟁방지선언을 발표했고, 미국·소련 등 6개국의 수뇌에게 보내졌다. 이 선언은 과학자들의 퍼그워시 회의의 계기가 되었으나, 아인슈타인은 그 선언이 각국 수뇌에게 보내지기 직전인 1955년 4월 18일 프린스턴의 병원에서 동맥에 생긴 혹의 파열로 사망했다.

나폴레옹Napoleon

## "프랑스… 군대… 전진… 조세핀!"

나폴레옹은 1769년 8월 15일 코르시카에서 태어나 1821년 5월 5일 세인트 헬레나 섬에서 죄수의 몸으로 죽었다. 채 52세가 안된 나이였다.

그 사이 나폴레옹은 황제가 되었고 수많은 승리와 두 번의 패배를 기록했다. 워털루에서의 패배는 나폴레옹에게 종말의 서곡이었다.

놀란 영국은 나폴레옹을 멀리 떨어진 세인트 헬레나 섬으로 유배보냈다. 1815년 10월 17일에 헬레나 섬에 온 나폴레옹은 최후를 맞기 전 약 6년 동안 그곳에서 지냈다.

그 6년은 나폴레옹에게 가장 비참한 시기였다. 수많은 군대를 지휘하고 영광을 누렸던 사람이 바위 섬에 갇혀 지낸다는 것은 크나큰 치욕이었다.

나폴레옹의 감독관인 헬레나 섬의 총독은 나폴레옹에게 하찮은 모욕을 줌으로써 그가 처한 상황을 더욱 비참하게 만들었다. 나폴레옹은 그것을 견디고 살아남았다.

나폴레옹은 회고록을 구술하기도 하고 자신과 운명을 같이 하다가 자발적으로 섬까지 따라온 사람들과 이야기를 나누며 시간을 보냈다.

궁전을 가졌던 황제는 이제 두 개의 방을 가진 거처에서 생활했다. 침실에는 낡은 카페트가 깔리고 모슬린 커튼이 쳐져 있었고, 난로와 페인트를 칠한 나무의자 몇 개, 두개의 작은 탁자, 그리고 소파 하나가 놓여 있었다. 녹색 실크 커튼이 있는 야전침대와 은제 램프도 있었고 세면대에는 화려한 은제 주전자 세트와 대야가 있었다. 그러나 방에는 쥐들이 들끓었다.

황제 일행은 3명의 백작과 한 명의 남작, 그리고 두 명의 시종 등 총 40명이었다.

6년이 지날 즈음, 그 수는 반으로 줄어 있었다. 나폴레옹은 자신이 경멸하는 총독과의 면담을 거부했다. 한번은 성사되었지만 그 면담은 비용 문제 때문에 말다툼만 하다가 끝났다.

두 번째 요청이 오자 나폴레옹은 시종에게 "그가 원한다면 사형집행인의 도끼를 가지고 오라고 해라. 그러나 내가 죽기 전에는 이 집에 한발짝도 들여놓을 수 없을 것이다. 자, 권총을 가져오라!"

나폴레옹은 대단한 독서가였다. 자신을 찾아오는 여행자들과도 즐겁게 만났다. 사람들과 어울려 일하는 것에도 열심이었다. 그는 정원을 가꾸는 말레이 출신의 노예에게 큰 동정심을 보이기도 했다.

나폴레옹은 어느 날 동료에게 "저 사람은 가족과 집에서 쫓겨나와 모든 것을 다 뺏기고 결국 노예로 팔린 불쌍한 친구야! 만약 선장이 그렇게 했다면 악인이지만 승무원들이 함께 불쌍한 그를 납치했다면 책임을 추궁할 수는 없는 것이다. 요셉의 교우들이 유다를 죽이는 결정을 내리지 못했기 때문에 그가 스승을 배반했어!"라고 말했다.

그는 부하들에 대한 배려가 깊었다. 언젠가 나폴레옹의 의사가 기절하자 그는 몸소 간호를 했다.

어느 날은 말을 타고 가다가 밭을 가는 농부를 보았다. 나폴레옹은 말에서 내려 쟁기를 넘겨받고는 빠른 속도로 긴 고랑을 갈아나갔다. 일을 끝낸 황제는 놀라서 입을 다물지 못하는 농부에게 금화 한닢을 주었다.

그는 남을 원망하지 않았다. 그는 '내 몰락은 모두 내 탓이야. 내 자신이 내 최대의 적이었어.'라는 기록을 남겼다. 그를 방문한 한 영국인에게 "국가를 만드는 것은 소수의 귀족이나 부자가 아니라 국민 대중이라오."라고 말한 적도 있었다.

나폴레옹의 희망이나 꿈은 늘 분명했다. "나는 하나의 유럽 체제를 세우고 싶었소. 하나의 법률, 하나의 공소심 재판소 등. 그곳에는 하나의 국민이 존재하길 바랐소."

지나치게 솔직한 나폴레옹은 "모든 것을 볼 때 내 인생은 어찌 그리 한편의 민요와 똑같았는지!"라고 말했다. 그러나 그는 늘 몸이 아팠다. 나폴레옹은 '마치 칼로 찌르는 듯한' 복통을 호소했다. 참을 수 없을 정도로 고통이 심해지면 침대에 누웠다.

그는 "이 침대와 정이 많이 들어서 왕의 의자와 바꾸라고 해도 안 바꿀 거야."라고 부하에게 말했다.

"나는 얼마나 불쌍한 인간인가? 잠을 거의 필요로 하지 않던 내가 무기력 속에서 시간을 보내다니. 한낱 눈을 뜨기 위해서도 큰 결심을 해야 하고. 예전에는 한꺼번에 네 명의 부관에게 다른 주제로 말을 했는데. 그 시절의 나는 나폴레옹이었어!"

그의 시종 한 명이 혜성을 육안으로 볼 수 있다고 보고하자, "그 것은 카이사르가 죽기 전의 징조였어."라고 말했다. 사실 혜성은 보이지 않았다. 그러나 나폴레옹은 "사람들은 혜성이 없어도 죽어!"라고 대꾸했다.

해가 가면서 그를 따르던 부하들의 충성심도 줄어갔다. 나폴레옹의 생의 마지막 4주 동안에 많은 사람이 떠났다. 나폴레옹은 충직한 부하 마르샹에게 말했다.

"이렇게 가다가는 너와 나밖에는 남지 않겠구나. 그러나 자네만은 마지막까지 나를 돌봐주고 내 눈을 감겨줄 거야."

쇠약해지자 나폴레옹은 도움을 청하는 마지막 호소를 했다. 그는 친척인 폴린에게 제3자가 쓰는 방식으로 편지를 보냈다. '황제는 당신이 영향력 있는 영국인들에게 황제가 처하신 상황을 잘 알리기를 진정으로 바라십니다. 황제는 지금 그 끔찍한 섬에서 죽어가고 있습니다. 죽음과의 투쟁은 정말 처절합니다.'

1821년 4월 중순, 나폴레옹은 마지막 유언을 구술했다. "나는 영국 과두정치가들과 그들이 고용한 암살자의 손에 살해되어 내게 주어진 시간보다 먼저 세상을 떠나간다."

그는 다양하고 많은 유물을 남겼다. 그는 구술한 유언을 자기 손으로 다시 작성했다. 나폴레옹은 유언 집행자로 세 사람을 임명했다. 그중 한명은 비천한 하인이었다.

"그가 내게 보여준 헌신적인 봉사는 우정이었다."

그는 아들에게 복수를 하지 말고 평화롭게 통치하라는 충고를 잊지 않았다. "나는 무력으로 유럽을 제패하려고 했다. 현재는 이성적인 방법을 써야 한다."

"상황이 무력을 쓰게 하더라도 국민들의 동의를 바탕으로 해야 한다…… 왕은 이성에 귀를 기울여야 한다. 유럽은 더 이상 국제적인 증오를 야기시켜서는 안된다."

이것이 정복자의 말이었다.

유서를 쓰고 난 나폴레옹은 안도했다. 그는 측근에게 "내가 죽으면 너희들은 유럽으로 돌아갈 것이다. 그리고 다시 친구들이나 친척들을 보게 될 테지. 그러나 나는 극락에서 엘리시아 전투에서 용감하게 싸웠던 내 부하들을 만날 것이다. 크레베, 뒤로, 뮤라……."

4월 21일, 나폴레옹은 죽기 보름 전에 코르시카인 사제를 불러 자기가 죽은 후에 할 일을 지시했다. "내 침대 옆에 제단을 만들고 내가 땅 속에 묻힐 때까지 미사를 드려주오."

나폴레옹은 여러날 동안 면도를 하지 않아 텁수룩한 모습이었다. 그는 그동안 위경련으로 심한 고통을 겪었다. 반복되는 통증을 견디지 못해 마침내 신음을 토했다. 경련이 진행되는 도중에 잠이 든 나폴레옹은 조세핀의 꿈을 꾸었다.

4월 29일, 나폴레옹은 밤새 고열에 시달렸다. 그러나 그는 두 개의 계획안을 작성했다. 하나는 베르사유 궁전의 이용과 국방군의 재조직에 관한 것이었다. 그러나 나폴레옹은 공식적인 지시없이 그냥 '첫번째 꿈, 두 번째 꿈'이라고 적었다.

그리고는 안도한 사람처럼 '나는 이제 기분이 아주 좋다. 30마일도 달릴 수 있을 것 같다.'라고 썼다.

그러나 그 다음날 나폴레옹은 정신착란 상태에 빠졌고 죽을 때까지 나아지지 않았다.

그 닷새 동안에도 정신이 맑아지면 다시 지시를 내렸다.

"내가 의식을 잃더라도 절대로 영국인 의사를 부르지 말라…… 내 말을 명심하도록…… 내 행동과 법칙은 모두 엄격하게 원칙을 따른다는 걸……."

다음날, 나폴레옹은 헛소리를 하며 젊은 시절과 코르시카 시절의 기억 속을 오락가락했다. 나폴레옹은 마지막까지 충성을 다한 마르샹에게 황제의 말투로 말했다.

"내 아들에게 아자시오에 있는 집과 부속 건물을 남기노라……."

여전히 정신착란 상태에서 나폴레옹은 죽은 옛 동료를 불렀다.

"데쎄, 마세나! 승리는 우리 것이야! 빨리! 전진! 우리는…… 잡았어……."

그 다음날 사제 한명이 고통으로 밤을 보낸 나폴레옹을 방문했다. 여전히 정신이 오락가락하는 나폴레옹이 중얼거렸다.

"프랑스…… 군대…… 전진…… 조세핀!"

그것이 나폴레옹의 마지막 말이었다. 그러나 그는 다음 순간 다시 자신을 추슬렀다. 놀랍게도 나폴레옹은 침대에서 벌떡 일어나 옆에 있는 몬톨롱을 붙잡아서 바닥에 꿇어앉혔다. 소란스런 소리를 듣고 달려와 그 이상한 광경을 목격한 아르샹보가 나폴레옹의 손에서 몬톨롱을 구했다.

나폴레옹이 마지막으로 목졸라 죽이려고 한 적이 누구였는지는 영원히 알려지지 않았다.

나폴레옹은 이후 고른 숨을 쉬며 누워 있었다. 그는 물을 달라고 했으나 거의 마시지 못했다. 사람들은 스폰지에 신 포도즙을 묻혀 나폴레옹의 입술에 대주었다. 밖에는 폭풍우가 요란했다.

오후 다섯 시, 거친 광풍에 나무 두 그루가 뿌리째 뽑혔다. 두 명이 나폴레옹의 병상을 지켰다. 한 명은 프랑스 구귀족인 백작이었고 다른 한 명은 비천한 출신의 하인이었다.

그순간 나폴레옹은 오랜 경직의 상태에 들어갔다. 통증의 징후는 없었다.

나폴레옹의 눈은 크게 열린 채 허공을 향했다. 임종을 알리는 꼬르륵 소리가 나폴레옹의 목에서 들렸다.

태양이 바다 너머로 사라졌고 나폴레옹의 심장도 박동을 멈추었다.

**Napoleon**[1769-1821] | 프랑스 제1제정의 황제. 본명은 나폴레옹 보나파르트. 1789년 프랑스 혁명이 일어나자, 동참했다. 영국과 에스파냐 함대가 장악한 툴롱항을 해방시켰고, 왕당파의 반란을 진압시켰다. 1796년 조세핀과 결혼하고, 27세에 이탈리아 원정군 사령관에 임명되었다. 1799년의 헌법 제정 때부터 정치의 주도권을 장악했다. 프랑스은행 설립, 행정 사법 제도 개혁, 경찰력을 강화했고, 1804년 민법전, 즉 나폴레옹법전 편찬을 완성했다. 왕당파를 탄압, 1804년 5월 황제로 추대된 뒤 12월 노트르담에서 대관식을 거행했다. 이것이 제1제정의 시작이다. 영국 본토 상륙작전중 트라팔가 해전에서 넬슨에게 격파되어, 좌절되었다. 그뒤 유럽동맹군을 여러 차례 격파한 뒤 베를린, 폴란드를 점령했다. 1806년~1810년 프랑스 제국은 전성기를 맞았다. 1812년 6월 반프랑스적인 러시아 원정길에 올랐으나 러시아의 초토작전에 참담하게 패배했고 1814년 나폴레옹은 엘바섬으로 유배되었다. 이듬해 3월 엘바섬을 탈출해 복권했으나, 같은 해 6월 워털루전투에서 참패해 다시 남대서양의 세인트 헬레나 섬으로 유배되어 그곳에서 죽었다.

토마스 에디슨Tomas Alva Edison

"내세來世요? 난 모릅니다."

전기와 전화를 발명한 위대한 발명가, 토마스 에디슨은 1931년에 84세의 나이로 죽었다.

그는 1300개가 넘는 특허를 가진 천재였다. 그는 어둠을 찍은 사람으로 알려졌고 그것은 사실이었다.

에디슨 덕분에 인류는 밤에도 일할 수 있게 되었고, 더 효율적으로 작업을 할 수 있게 되었다. 그는 산업혁명의 대약진을 가능케 한 인물이었다.

그러나 세월이 가면서 에디슨의 몸도 지쳤다. 그가 실험실을 비우는 시간과 회수가 점점 늘어갔다. 마지막 2년은 에디슨의 의지력으로 버틴 것이나 다름없었다.

그는 거의 먹지 않았다. 에디슨은 집안의 침대나 안락의자에서 많은 시간을 보냈지만 친구들과 동료들과는 밀접한 관계를 유지했다. 특히 과학문제에는 깊은 관심을 가졌다.

찰스 린드버그 대령을 만난 에디슨은 비행기가 어떻게 이륙하고 활주로에 내리는지 보겠다고 했다. 에디슨은 "조종사들이 안개 속을 볼 수 있는 수단이 필요하다고 그러더군. 나한테 그에 대한 아이디어가 있지."라고 말했다. 에디슨의 머릿속엔 언제나 아이디어가 가득했다.

1931년 8월, 에디슨은 갑자기 자리에 누워 죽음으로 다가갔다. 음식을 전혀 먹을 수가 없었다.

한동안 기운을 내려고 노력했지만 곧 자신이 약해져간다는 걸 깨닫고는 삶에 대한 관심을 접었다. 헨리 포드를 비롯한 친구들이 에디슨을 문병했다.

10월이 되자 상태는 더욱 나빠졌다. 단 한순간도 낭비라는 것을 몰랐던 그는 반 수면 상태로 누워 있었다. 여러 의사들이 왔다가 떠났다. 에디슨은 까다롭고 동시에 똑똑한 환자였다. 그는 의사들이 어떤 약을 왜 그렇게 처방하는지 알고 싶어했다. 자신의 혈액을 검사할 슬라이드와 현미경을 요청하기도 했다. 또 그를 '살리려는 운동'이 어떻게 진행되는지를 궁금해했다.

그를 치료하던 한 의사가 에디슨에게 내세(來世)를 어떻게 생각하느냐고 물었다. 그는 낮은 목소리로 "아무도 모르니 상관이 없다."고 대답했다.

1931년 10월 초, 에디슨이 얼마 못 살 것이라는 소식이 널리 퍼졌다. 마침내 에디슨의 정신은 흐려졌고 눈도 침침해졌다. 그는 담요로 몸을 감싸고 침실 창가에 앉아 넓은 잔디밭과 그 너머에 있는 너도밤나무 숲을 바라보았다.

미나 에디슨이 물었다.

"아픈가요?"

"아니오." 에디슨은 부드러운 목소리로 대답했다. "그냥 기다리고 있소."

그는 죽음을 기다리고 있었다. 한번은 "여기서 보니 아주 아름답구면."이라고 말했다.

당시 에디슨은 세계에서 가장 유명한 사람이었다. 그가 죽어간다는 소식이 알려지자 신문기자들이 에디슨의 죽음을 보도하기 위해 찾아왔다.

밤이 되면 에디슨의 방에 불이 꺼졌다. 어둠 속에서 간호사가 그의 병상을 지켰다. 에디슨의 친구들과 동료들은 아래층 홀에서 대기했다. 그들 중에는 옛날 에디슨이 발명한 탄소필라멘트 램프가 얼마 동안 불이 켜져 있는가를 알기 위해 애타게 결과를 기다린 사람들도 섞여 있었다. 그것은 무려 52년 전의 일이었다.

이제 1931년, 에디슨의 아들 찰스가 가끔씩 아버지의 방으로 올라가 상황을 살피고 내려왔다. 그는 기다리는 에디슨의 친구들에게 "아직 빛이 타고 있습니다."라고 아버지의 병세를 알렸다.

에디슨은 천천히, 감지할 수 없을 정도로 아주 천천히 스러져갔다. 10월 17일, 그의 맥박이 갑자기 떨어졌다.

18일 일요일 새벽 3시 24분, 에디슨의 방에 불이 켜졌다. 마지막이 온 것이다. 고통은 없었다.

평생 열심히 살아온 에디슨은 잠자듯 평화롭게 세상을 떠났다. 그 죽음은 모든 사람이 바라지만, 극히 소수만이 누리는 그런 죽음이었다.

■ ■ ■

**Tomas Alva Edison**[1847-1931] │ 미국 발명가. 1300건이 넘는 특허를 얻었다. 초등학교를 3개월만에 퇴학당하고 교사였던 어머니로부터 교육을 받았다. 1871년 인쇄전신기, 1872년에 이중전신기, 1874년에 사중전신기를 발명. 벨의 전화기를 개량하여 탄소 알갱이에 의한 가변저항형 송화기를 고안하여 1878년에 특허를 받았는데, 이것은 오늘날 송화기의 원형이다. 1877년 최초의 축음기를 발명. 백열전구의 연구에 몰두해 수은 배기펌프의 개량과 탄소필라멘트의 채용으로 1879년 40시간 이상 계속해서 빛을 내는 전구를 만들었다. 1882년 에디슨 전등회사 창립. 자신이 만든 발전기와 배전설비를 이용하여 독자적인 전기기관차를 만들어 1883년부터 전기철도사업의 기초를 다졌다. 1888년에 축음기를 개량, 1891년에는 영화의 촬영기와 영사기, 1891~1900년에는 자력선광법, 1900~1910년에는 에디슨축전지 등을 차례로 발명. 제1차세계대전에 미국이 참전한 뒤 해군고문회의 회장이 되어 군사기술 문제에 몰두했다. 전후 다시 웨스트오렌지로 돌아와 고무대용식물 등을 연구했다. "천재란 1%의 영감과 99%의 땀이다"라는 그의 신조처럼 대학 강의를 비판했다.

무솔리니 Benito Mussolini

## "내 심장을 쏴라!"

철권으로 이탈리아를 통치한 파시스트 지배자 베니토 무솔리니 (1883-1945)는 이탈리아에 주둔한 독일군이 연합군에게 함락된 후 레지스탕스에게 생포되어 이탈리아 북부 지방에서 총살되었다.

독재자의 말로는 비참했다. 그의 애인 클라라테 페타치도 무솔리니와 함께 죽었다. 그녀는 무솔리니와 헤어지는 것을 거부하고 "그이가 죽은 후의 내 인생은 무의미하다. 그와 함께 죽여주시오."라고 간청했다.

레지스탕스 본부에서 무솔리니를 죽이라는 명령이 내려왔다. 미군이 그를 인계해달라고 요청할 것을 우려해서였다. 그 명령은 "그를 끝장내버려!"였다.

클라라테와 머물던 집에 레지스탕스 지도자 아우디시오가 무솔리니를 데려가려고 나타났다. 그는 방으로 들어서며 무솔리니에게 인사를 했다.

"당신을 해방시키려고 왔소!"

무솔리니를 안심시키려는 의도에서였다. 무솔리니는 몸을 움직이면서 대답했다.

"내 그대에게 제국을 주겠소!"

그러나 무솔리니는 자신이 죽을 때가 왔다는 것을 알고 있었다. 레지스탕스 지도자는 상부로부터 엄격한 지령을 받은 터였다. 재판 과정이나 판결도 없이 그냥 사형을 집행하라는 내용이었다.

아우디시오는 무솔리니와 클라라테를 차에 태웠다. 뒷좌석에 앉은 클라라테는 무솔리니의 손을 잡았고 두 사람은 말이 없었다.

예정된 장소에서 두 사람을 내리게 한 아우디시오는 사형 선고문을 읽었다.

"자원해방군 사령부의 명령을 따라 내 임무는 이탈리아 인민의 정의를 지키는 것이다."

클라라테가 소리를 질렀다.

"우리를 그냥 이렇게 죽일 수는 없어요. 그렇게 할 수는 없다구요!"

아우디시오는 클라라테에게 경고했다.

"물러서라. 그렇지 않으면 너를 먼저 죽일 것이다!"

아우디시오는 권총집에서 권총을 잡아뺐으나 손이 말을 듣지 않았다. 아우디시오는 욕을 퍼부으면서 권총을 잡아당겼다. 그러나 이번에는 방아쇠가 '철커덕' 둔탁한 소리를 냈다. 총알이 발사되지 않은 것이다.

아우디시오는 부하 모레티에게 고개를 돌렸다.

"자네 총을 주게."

모레티의 권총은 삼색 리본이 달린 프랑스제 7.65 D-매스 형이었다. 그러는 동안에 무솔리니는 기꺼이 죽겠다는 듯이 회녹색 윗도리의 단추를 풀었다.

그의 목소리는 또렷했다.

"내 심장을 쏴라!"

그러나 클라라테가 아우디시오의 총을 잡으려고 몸을 움직였다. 실랑이가 벌어지는 가운데 클라라테는 가슴에 총을 맞고 무솔리니보다 먼저 죽었다. 꽃이 핀 덩굴가지가 그녀의 손에 들려 있었다.

아우디시오는 뒤로 물러섰다가 두 번의 조준 집중 사격을 통해 무솔리니에게 아홉 발의 총을 쏘았다. 네 발은 독재자의 대동맥에 맞았고 나머지는 각각 허벅지, 쇄골, 목, 갑상선, 오른팔에 꽂혔다. 무솔리니는 그 자리에 쓰러져 죽었다. 1945년 4월 29일이었다.

무솔리니가 총살되었다는 소식이 사형 집행장 주변에 퍼져나갔다. 무솔리니와 클라라테의 시체는 공습을 받은 철도역의 대들보에 거꾸로 매달렸다. 누군가가 무솔리니의 손과 클라라테의 흰 블라우스 위에 올려진 그의 머리에 위패를 놓았다. 그러나 곧이어 유례 없는 야만적인 광경이 벌어졌다.

한 남자가 무솔리니의 머리를 사납게 걷어차고 발로 짓이기듯 밟았다. 한 떼의 사람들은 매달려 있는 시체 주변을 돌면서 춤을 추었다. 한 여자가 독재자 무솔리니의 시체에 다섯 발의 총을 쏘았다. 무솔리니와 전쟁을 치르는 동안에 두 아들을 잃은 어머니였다.

또다른 남자가 무솔리니의 셔츠를 헤치고 총을 쏘았다. 몇 명의 여자들은 치마로 몸을 가리고 거꾸로 매달린 무솔리니의 얼굴에 오줌을 누었다.

두 사람의 시체는 토막이 났다. 수년 동안 쌓인 증오로 눈이 뒤집힌 사람들은 시체를 짓밟아 뭉개버렸다. 마침내 레지스탕스 본부에서 지령이 내려왔다. "그 모든 짓거리를 그만둘 것!"

무솔리니와 클라라테의 시체는 사형이 집행된 다른 파시스트들의 시체와 함께 다시 거리에 내걸렸다. 점차 저주의 봇물이 줄어들었다. 그 대신 침묵과 '마치 신의 뜻이고 이것이 끝이다'라는 엄숙함이 감돌았다.

그때 한 여자가 클라라테를 바라보면서 그 침묵을 깨뜨렸다.

"그 모든 일을 생각해 봐. 우리가 한 짓은 이 여자 스타킹에 줄이 간 것에도 미치지 못한다구."

연합군 진영은 기뻤다. 무솔리니가 죽었다는 소식은 처칠에게 전해졌다. 식사중인 처칠은 참석한 손님들에게 그 소식을 알렸다.

"그 악랄한 짐승이 죽었답니다."

연합군 총사령관 아이젠하워 장군이 말했다.

"그 얼마나 수치스런 죽음입니까. 약간의 권력만 가지게 되면 다시는 인간의 존엄성을 되찾지 못하는 모양입니다!"

레지스탕스 지휘부는 무솔리니와 클라라테의 시체를 모욕한 방식에 대해 유감의 뜻을 표했다.

"그짓은 우리의 반파시스트 운동에 불명예가 되었다."고 탄식하는 레지스탕스 지도자에게 한 남자가 대꾸했다.

"역사는 그런 방식으로 이루어지는 겁니다. 누군가는 죽어야 하고, 그것도 수치스럽게 죽어야 합니다."

이제 무솔리니의 시체를 어떻게 처리할 것인가, 하는 문제가 남았다. 마침 가난한 한 남자의 시체 보관소가 발견되었다. 곧 명령이 떨어졌다.

"그를 그곳으로 데려가라. 경호를 하여 불미스런 일이 발생하지 않도록 하라. 모든 것은 끝났다. 더 이상 그에게 불명예스런 일이 없도록, 더 이상 아무런 해가 없도록 조치하라!"

■ ■ ■

**Benito Mussolini**[1883-1945] | 이탈리아 정치가, 파시즘 창시자. 프레다피오 출생. 1919년 3월에 밀라노에서 '전투자 동맹'을 결성했고, 1921년 가을에는 파시스트당으로 개조되었다. 이후 20년 이상이나 총리직에 있었다. 당초에는 연립정권이었으나, 뒤에 파시즘 이외의 모든 정당을 해체하고 일당독재체제를 수립했다(1925~26). 1936년의 에스파냐내전 개입, 1937년 국제연맹 탈퇴, 1939년에는 독일과 군사동맹을 맺는다. 1940년 6월 제2차 세계대전에 참전했으나 1940년 10월의 그리스 침공의 패배로 인해 독일에 종속되었다. 패색이 짙어가는 1943년 7월, 군부 쿠데타로 실각하여 그란사소의 산중에 구금되었다. 그해 9월 독일군에게 구출되어 북이탈리아에 나치스 괴뢰정부를 수립했으나, 1945년 4월 유격대의 봉기로 나치스, 파시스트의 지배는 끝났고 스위스로 도피하려다 코모 호반에서 붙잡혀 처형당했다.

아돌프 히틀러Adolf Hitler

## "이제 끝났어. 죽음이 내게 휴식이 될 거야. 나는 배반을 당했어…"

독일의 나치 독재자 아돌프 히틀러는 56세 생일을 앞둔 1945년 4월 30일 벙커에서 자살했다. 끔찍한 사건이었다. 제2차 세계대전 의 냉혹한 마감이 멀지 않은 때였다.

독일은 이미 끝이 났다. 러시아군과 연합군은 독일의 수도 베를 린을 포위해 들어왔다. 히틀러가 할 수 있는 일은 그저 마지막을 기 다리는 것이었다.

히틀러는 애인 에바 브라운과 함께였다. 히틀러는 그녀와 결혼을 하기로 결심했다. 누가 주례를 맡아야 하는가 하는 문제가 남았다. 선전장관 괴벨스는 자신의 결혼을 주례한 치안판사 발터 바그너를 떠올렸다.

군인들이 나가서 바그너를 데려왔다. 결혼증명서를 만들고 세부 사항이 기재되었다. 히틀러와 에바는 지하에 있는 벙커에서 친구들이 지켜보는 가운데 결혼식을 올렸다. 주례 바그너가 히틀러에게 물었다.

"총통 아돌프 히틀러, 에바 브라운을 아내로 맞이하겠는가?"

"예."

주례는 에바에게 물었다.

"에바 브라운, 총통 히틀러를 남편으로 받아들이겠는가?"

"예."

바그너는 "두 사람이 결혼할 의사를 밝혔으므로 나는 이 결혼이 법적으로 타당하다고 선언합니다."라고 주례를 끝냈다.

두 사람은 서류에 서명을 했다. 1945년 4월 29일 저녁에는 결혼 피로연이 베풀어졌다. 샴페인에 취한 에바 히틀러는 모든 사람들과 축배를 들었다. 히틀러도 샴페인을 마시면서 회상에 잠겼다. 그는 괴벨스의 결혼식 날을 기억했다.

"그때는 행복한 시절이었지. 이제 모든 것이 끝났어."

히틀러는 잠시 후 말을 이었다.

"죽음은 내게 휴식이 될 거야. 나는 모든 사람으로부터 속임과 배반을 당했어."

결혼식은 히틀러가 자살을 하기로 한 날 하루 전에 치러졌다. 그는 유서에다 왜 인생의 마지막 순간에 에바와 결혼을 하기로 결정했는지 그 이유를 설명했다.

그는 유서의 마지막 문장에 '내 아내와 나는 패배나 포로가 되는 모욕을 피하기 위해 죽음을 택한다. 우리가 죽은 후, 국민을 위해 봉사한 지난 12년간 내 과업의 대부분을 수행한 장소에서 즉시 화장할 것을 바란다.'라고 적었다.

히틀러의 유서에는 집행이 불가능한 내용, 즉 고향에 있는 재산을 처분하는 문제도 포함되었다. 그는 전 국가원수 괴링의 직위를 박탈하고 해군 제독 도에니츠를 제국의 대통령으로 임명했다. 히믈러도 해임되었다.

그러는 동안에 4월 29일 새벽 4시가 되었다. 에바와 히틀러는 침대로 가서 잠을 청했다. 자다깨다를 반복하며 밤을 보낸 두 사람은 11시경에 일어났다. 히틀러는 세수와 면도를 하고 정복을 입고 12시 회의에 참석했다.

상황은 절망적이었다. 러시아 군대는 진격해오고 독일의 군비는 바닥이 났다. 히틀러는 조종사에게 러시아인들이 자기가 어디 있는지 잘 알고 있으며 곧 연막을 피워 자기를 끌어낼 것이라고 말했다.

"내가 생포되면 상상하기 어려운 결과가 일어날 것이다."

따라서 빨리 죽어야 했다. 원래는 히틀러가 그들에게 독약을 주기로 했지만 히틀러는 그 독약이 진짜인지 의심스러웠다. 그는 몸소 독약을 시험해보기도 결정했다.

핫세 교수가 불려왔고 독약 한 병이 히틀러의 애견 블론디에게 주어졌다. 핫세는 "즉시 죽을 것입니다."라고 말했다. 히틀러는 사랑하는 개에게 직접 독약을 주지는 못했지만 죽어가는 모습은 끝까지 지켜보았다.

블론디에게는 새끼들이 있었다. 어미의 젖꼭지를 빨던 강아지들도 한 마리씩 죽어갔다. 개와 강아지들은 정원에 묻혔다.

그날 밤, 스톡홀름의 라디오 방송은 무솔리니가 죽었다는 소식을 전했다. 히틀러는 소식을 들었지만 특별히 비탄에 잠기지는 않았다. 그는 이미 죽을 결심을 한 터였다.

밤 12시, 히틀러는 제9사단에 신경질적으로 명령을 내렸다. 그러나 그가 받은 보고는 너무 명백했다. 이제 베를린을 지킬 방법은 없었다. 생포되지 않으려면 더 이상 자살을 미룰 수 없는 처지였다. 그러나 히틀러는 그 결정을 미뤘다. 사람은 마지막 희망이 사라진 후에도 희망에 매달리는 법이다.

히틀러는 오전 2시 30분에 자살하기로 결정을 내리고 자기에게 작별인사를 할 사람은 복도에 대기하라고 지시했다. 대부분 여성인, 약 20명이 히틀러에게 작별을 고하려고 복도에서 기다렸다. 히틀러는 아무 말 없이 사람들과 악수를 나누었다. 흐릿한 눈과 창백한 얼굴을 한 히틀러의 몸이 떨렸다. 누가 말을 해도 듣지 않는 듯했다. 더 이상 말은 필요없었다.

무거운 작별식이 끝나자 히틀러는 본부로 돌아갔다. 뒤에 남은 사람들은 담배를 피우고 축음기를 틀었으며 노래를 부르고 큰 소리로 농담과 이야기를 주고받았다. 결국 히틀러가 사람을 보내 소란을 멈추고 돌아가라고 지시했다.

생의 마지막 날, 히틀러는 몇 시간 동안 잠을 푹 자고 기분 좋게 일어났다. 그는 생애 처음으로 해야 할 일—명령을 내리거나 결정을 내릴—이 없었다. 러시아 군대는 전쟁을 일으켜 유럽을 파멸로 이끈 장본인 히틀러에게서 겨우 100미터 떨어진 곳까지 진격해왔다.

오후 2시, 히틀러는 두 명의 비서, 그리고 요리사와 생의 마지막 식사를 했다. 에바는 배고프지 않다며 자기 방에서 생각에 잠겼다. 점심은 맑은 소스를 뿌린 스파게티였다. 식사 시간은 몇분만에 끝났다. 모두 말이 없었다.

히틀러는 마지막 식사를 하면서 200리터의 휘발유를 벙커로 가져오라고 지시했다. 마지막 행동이 이어졌다. 벙커에서 히틀러와 함께 나온 에바는 짙푸른 물방울 무늬 옷을 입고 이탈리아제 구두에 나일론 스타킹을 신고 있었다.

그녀는 아주 태연했다. 에바는 여자들을 차례로 껴안았고 자신의 손에 키스하는 남자들에게 미소를 지었다. 히틀러는 모든 사람들에게 힘없이 손을 흔들었고 한마디 말도 하지 않았다. 그것이 마지막 인사였다.

히틀러는 에바와 함께 준비된 작은 방으로 들어갔다. 그때 괴벨스의 부인이 달려와 문가에서 "아직 희망이 있으니 자살하지 마세요!"라고 외쳤다.

괴벨스 부인은 히틀러를 만나겠다고 우겼다.

문이 조금 열리고 호위병은 히틀러에게 괴벨스의 부인을 만날 것인지 물었다.

히틀러는 "보고 싶지 않다."고 대답했다. 문이 닫혔다. 호위병은 밖에서 기다렸다. 히틀러와 에바는 작은 방에 있는 긴 의자에 나란히 앉았다. 마지막 순간에 그들이 무슨 말을 주고받았는지는 영원히 알 길이 없다.

이윽고 화약 냄새가 문틈으로 새어나왔다. 호위병들이 문을 열었을 때 히틀러와 에바는 여전히 긴 의자에 있었다. 히틀러의 오른쪽 관자놀이에는 독일 마르크 은화 크기만한 구멍이 나 있었고 피가 흘러내렸다. 청산가리를 먹은 에바는 머리를 히틀러의 어깨에 기댄 모습이었다. 죽어가는 에바의 팔이 건드린 듯 꽃병이 탁자 위에 넘어져 있었다.

에바의 모습은 마치 잠을 자는 듯이 단정했다. 히틀러의 팔 밑에는 자신을 쏜 것이 분명한, 권총이 한자루 놓여 있었다. 총소리는 들리지 않았다. 소음기를 부착한 듯했다.

괴벨스가 오고 이어 적군과 싸우느라 작별인사를 하지 못한 히틀러 청년단의 책임자 아더 액스먼이 들어섰다. 히틀러의 비서 보르만도 왔다.

사진을 찍은 후 시체는 담요에 싸여 정원으로 옮겨졌다. 링게가 히틀러를, 보르만이 에바의 시체를 들었다. 포탄 구멍에 놓여진 둘의 시체 위로 휘발유가 뿌려졌고 불에 태워졌다. 히틀러와 에바가 죽은 지 10분만이었다.

바람이 거칠게 부는 오후의 하늘로 푸른 연기가 솟아올랐다. 두 사람의 흔적이 완전히 사라진 것을 확실하게 하기 위해 화장은 두 시간이나 진행되었다.

1945년 4월 30일 오후 11시, 그들의 재는 정원의 다른 곳에 매장되었다. 그것이 그들이 최후였다.

■ ■ ■

**Adolf Hitler**[1889-1945] | 독일 정치가. 오스트리아-헝가리 제국 브라우나우암인 출생. 오스트리아 세관원의 아들로 태어나 린츠 근교에서 자랐다. 레알슐레(실업계 중등학교)에 입학했으나 졸업하지 못하고, 화가가 되기 위해 빈에 있는 미술학교에 1907, 1908년 두 차례 응시했다가 실패했다. 1913년 병역을 피해 독일 뮌헨으로 이주했다가 1914년 제1차세계대전이 일어나자 독일군에 자원 입대, 바이에른 보병의 전령병으로서 전공을 세워 2차에 걸쳐 철십자훈장을 받았다. 1919년 독일노동당(통칭 나치스)에 입당한 뒤 뛰어난 연설로 선전활동을 전개하여 세력을 확장했고 1920년 군에서 제대, 나치운동에 전념했다. 1921년 임시전당대회 후 당의 총서기가 되어 실권을 장악했다. 1932년 7월 총선거에서 나치스가 승리, 제1당이 되자 1933년 1월 독일 총리로 임명되었다. 1939년 체코슬로바키아와 폴란드를 침공하여 제2차 세계대전을 일으켰다. 유태인 말살정책을 고집하여 수백만의 무고한 유태인을 학살했다. 1945년 4월 29일 소련군 포위 아래 베를린에서 에바 브라운과 결혼한 뒤 이튿날 총통 관저에서 자살했다. 저서로 〈나의 투쟁,1925~26〉 〈제2의 책,1961〉 등이 있다.

마리 퀴리<sup>Marie Curie</sup>

## "평화 속으로 물러나고 싶어…"

퀴리 일가의 죽음에는 코끝이 찡하고 가슴 아프게 하는 그 무엇이 있다. 마리 퀴리는 나이가 들어서 죽었지만(1867–1934) 남편 피에르 퀴리는 머리가 부서지는 사고로 비극적인 최후를 마쳤다. 방사선에 많이 노출된 마리의 딸 이렌느는 백혈병으로 죽었고 이렌느의 남편 프레드도 방사선을 많이 받아서 사망했다.

원자핵은 당시 아직 초기단계에 불과했고 퀴리 일가는 그 분야의 선구자였다. 그러나 피에르 퀴리의 죽음은 생각의 여지가 없었다. 모든 것이 순간적이었다. 오직 한두 사람이 현장을 목격했을 뿐인 그 사건은 끔찍했다.

파리의 퐁네프에서 한 마차꾼이 마차를 끌고 천천히 가고 있었다. 길 맞은편에는 한 승합마차가 지나갔다. 그때 승합마차 뒤에서 검은 옷을 입은 신사 한 명이 나타나 마차 오른쪽으로 왔다.

아스팔트는 축축했고 남자는 발이 미끄러져서 첫 번째 말 아래로 넘어졌다. 남자는 말을 잡으려고 했지만 말이 뒷걸음치는 바람에 상황은 더 나빠졌다.

승합마차 운전수는 브레이크를 걸려고 했지만 말이 내달렸고, 검은 옷을 입은 남자는 두 마리의 말과 마차의 앞바퀴 사이에 끼이고 말았다. 왼쪽 뒷바퀴가 남자의 머리를 치었고 남자의 머리는 박살이 났다. 그가 바로 마리의 남편, 과학자 피에르 퀴리였다.

인생의 절정에서 가버린 이 젊은 과학자의 죽음은 과학사에서 가장 아까운 죽음이었다. 피에르는 측정 가능한 영역으로 가져올 수 있는 영적인 현상을 연구한 인물이었다. 그는 일찍이 아내 마리에게 보낸 편지에서 '이러한 영적 현상이 나를 사로잡고 있다는 걸 말해야겠소. 이 문제는 물리학과 밀접한 관련이 있다고 생각하오.' 라고 적었다.

피에르의 죽음은 마리에게 큰 상실이었다. 이제 마리는 안내자이며 스승인 동시에 영감을 불러일으키던 피에르 없이 혼자 길을 걸어야 했다.

그녀는 마음과 영혼을 온통 일에 쏟았다. 그녀는 단순한 일 중독자가 아니었다. 그녀는 운동을 아주 좋아했다. 시간이 날 때마다 수영을 즐겼다. 50대 후반에도 훌륭하고 당당하게 평영으로 300미터를 나아갈 수 있었다. 그녀는 때로 거울 앞에 서서 딸들의 찬사를 받으면서 자신의 날씬한 몸매를 자랑했다.

방사선의 노출에도 불구하고 마리가 그렇게 오래 산 것은 아주 놀랍다. 그러나 65세가 되자 그녀의 몸도 많이 상했다. 얼굴은 늙었고 빈혈도 나타났다.

1932년 어느 날에는 실험실을 걷다가 미끄러져서 넘어지면서 오른팔이 부러지는 부상을 당했다. 팔목에는 재빨리 깁스를 했지만 쉽게 낫지 않았다. 그녀는 그 일을 잊어버리려고 애를 썼다. 그러나 마리는 그 때문에 오랫동안 침대 신세를 져야 했다.

마리가 허약해지는 것을 알려주는 다른 증상도 나타났다. 방사선에 의해 타버린 손가락들이 악화되어 몹시 아팠다. 더구나 머리에서는 귀와 눈이 원인인 것으로 여겨지는 요란한 소리가 났다.

1933년 12월, 마리는 다시 병에 걸렸다. 이번에는 신장에 큰 담석이 있다는 진단이 나왔다. 수술을 하거나 엄격한 식이요법 중에서 선택을 해야 했다. 마리는 식이요법을 택했다. 아무리 도움이 된다 해도 수술대에 오르는 일은 생각할 수도 없었다.

1935년에는 딸과 사위가 노벨상을 받아 그녀를 기쁘게 했다. 피에르와 마리에 이어 퀴리 일가에 주어지는 세 번째 노벨상이었다.

옛날, 이렌느와 프레드가 작은 유리관에 담긴 인공 방사성동위원소의 첫 샘플을 엄마에게 주자 그녀의 얼굴은 환하게 빛났다. 그러나 곧 유리관을 들고 있던 마리의 손은 방사선에 의해 심하게 타버리고 말았다.

1935년 겨울이 되자 마리는 앓아누웠고 몸은 점점 허약해졌다. 이후 몇주 동안 그녀의 상태는 오락가락했다. 의사는 마리에게 요양을 권유했다. 그녀의 병은 처음엔 결핵으로 보였다. 그러나 엑스레이를 찍은 결과 악성빈혈로 밝혀졌다. 그냥 죽음을 기다리는 수밖에 없었다. 작은딸 이브는 어머니 몰래 복도에 나가서 울었다.

마리는 체온계를 들지 못할 정도로 기력이 떨어졌다. 말하는 것도 힘들어 했다. 목소리가 점점 작아졌다. 때로는 말이 횡설수설했다. 이브는 마리와 대화를 하려고 애쓰면서 엄마 곁을 지켰다.

마리는 "제대로 표현할 수가 없어."라든지 "나에게 무엇을 해줄 거야?"라고 중얼거렸다.

어느 날 마리는 이브가 옆을 지키고 있는 가운데 말했다. "평화 속으로 물러나고 싶어." 그것이 마리 퀴리의 마지막 말이었다.

▪ ▪ ▪

**Marie Curie**[1867-1934] | 프랑스 화학자. 폴란드 바르샤바 출생. 본명은 마리아 스클로도프스카. 피에르 퀴리와 만나 1895년 결혼했다. 1897년 말 우라늄보다 강한 방사선을 발견하고, 방사능이라고 이름 붙였다. 이 시기부터 피에르도 연구에 직접 협력, 1898년 우라늄의 330배나 되는 방사능을 가진 물질을 얻었는데 조국의 이름을 따서 폴로늄이라고 이름붙였다. 우라늄광석 찌꺼기에서 라듐을 추출하는 연구로 1903년 마리는 파리대학에서 박사학위를 받았으며 같은 해 퀴리 부부는 제3회 노벨물리학상을 받았다. 1906년 여성으로서 최초로 파리대학 강사가 되었으며 1908년에는 교수가 되었다. 1910년 미량의 금속라듐을 얻는 데 성공했고 이 실적으로 제11회 노벨화학상을 수상했다. 이리하여 여성으로서 최초로, 그리고 사상 최초로 2번의 노벨상 수상자가 되었다. 주요 저서로 파리대학에서의 강의를 토대로 엮은 〈방사능〉이 있다.

아브라함 링컨Abraham Lincoln

"그래요, 그것은 그냥 꿈일 뿐이오.
메리, 더 이상 말하지 맙시다."

꿈이 미래를 예측해주는가? 적어도 아브라함 링컨의 경우에는
사실이었다.

링컨은 암살되기 며칠 전에 아주 무서운 꿈을 꾸었다. 그는 전장
터에서 올 급송 문서를 기다리느라고 늦게야 잠이 들었다. 나중에
링컨이 친구들과 아내에게 한 이야기를 보면, 그는 오랫동안 잔 것
이 아닌 잠깐 선잠을 자다가 꿈을 꾸었다.

꿈속에서 링컨은 죽음과 같은 정적을 느꼈다. 그리고나자 마치
많은 사람들이 우는 것 같은 흐느낌이 들렸다. 침대에서 일어나 백
악관의 아래층으로 내려갔다. 우는 소리는 들렸지만 우는 사람은

아무도 보이지 않았다.

링컨은 이 방 저 방을 뒤졌다. 그러나 구슬픈 소리만 들릴 뿐, 아무데도 인적이 없었다.

각 방에는 불이 켜져 있고 눈에 익은 물건들이 보였다. 사람들은 다 어디로 간 걸까? 이게 도대체 무슨 의미일까?

집안을 뒤지던 링컨은 마침내 접견실 동쪽 방에서 놀라운 광경을 목격했다.

방에는 관을 놓는 관대가 있고, 그 위에는 수의를 입은 한 구의 시체가 누워 있었다. 시체 주변에는 무장을 한 호위병이 한 명 서 있었다. 방에는 많은 사람들이 모여 있었다.

링컨은 궁금해서 물었다.

"백악관에서 죽은 이 사람은 누구인가요?"

군인 한 명이 대답했다. "대통령입니다. 대통령께서 암살 당하셨습니다."

그때 사람들이 큰 소리로 울었고 그 소리에 놀라 링컨은 잠에서 깨어났다.

그가 꿈 이야기를 하자 링컨 부인은 몸을 떨었다.

"무섭군요. 말하지 않았으면 좋았을 것을. 제가 꿈을 믿지 않는 게 다행이에요. 그렇지 않다면 이 순간부터 공포에 떨 텐데요."

링컨은 아내를 위로하려고 애썼다.

"그래요, 메리. 이것은 그냥 꿈일 뿐이오. 더 이상 얘기하지 말고 잊어버립시다."

그러나 링컨 자신은 꿈 때문에 크게 놀란 것 같았다. 그는 얼마 후 친구들과 대화를 나누면서 '햄릿'의 대화를 인용해서 자신을 위로했다.

"잠자기 위해 꿈을 꾸다! 아, 그것이 큰일이었어!" 링컨은 마지막 말에 악센트를 두었다.

링컨은 다른 곳에서 "좋아, 내버려두자. 신께서 좋은 때 좋은 방식으로 처리하실 거라고 생각해. 신은 무엇이 최선인지 아실 테니."라고 말하기도 했다.

1865년 4월 14일 아침, 링컨은 각료회의를 주재했다. 그는 여전히 꿈이 마음에 걸리는 듯했다. 대통령은 각료들에게 자신이 간밤에 이상한 꿈을 꾸었다고 말했다.

그는 미지의 바닷가를 향해 어떤 넓은 공간을 떠도는 모호한 느낌이 들었다. 각료는 꿈을 좋게 해몽했고 링컨은 마지못해 수긍하는 표정이었다.

각료회의는 정오에 끝났다.

링컨은 아내와 단둘이 드라이브를 나갔다. 링컨은 아내에게 장래에 대해서 말을 꺼냈다.

"메리, 우리는 워싱턴으로 온 이래 아주 어려운 시간을 보냈소. 그러나 이제 전쟁이 끝났고 신의 축복으로 임기 4년 동안 평화를 누릴 것 같구려. 임기가 끝나면 고향 일리노이로 돌아가 여생을 조용히 보냅시다."

그들은 저녁에 연극을 보러 가기로 예정이 되어 있었다.

연극은 포드극장에서 공연되는 '우리의 미국인 사촌'이었다. 그날은 '성 금요일'이었지만 미국에서는 그날을 그다지 성스럽게 지내지 않는 터였다. 더구나 연극은 링컨 대통령의 몇 안되는 취미의 하나였다. 그러나 연극을 보기로 한 링컨의 결정은 몇가지 움직임을 야기했다.

　남부동맹을 지지하는 존 윌키스 부스는 4월 14일 정오에 링컨이 극장에 온다는 사실을 알았고 그를 암살하기로 결정했다. 부스는 암살의 이유를 담은 성명서를 작성했다.

　그는 조심스럽게 계획을 짰고 그 비열한 행동을 도울 공범도 구했다. 부스는 대통령의 좌석에 접근할 수 있는 방법을 파악했고 일이 끝난 후 자신을 싣고 달아날 말도 준비했다.

　대통령은 극장에 늦게 도착했다. 예정에 없던 방문객들이 찾아왔기 때문이다. 링컨이 극장에 도착했을 때에는 이미 연극이 시작된 뒤였다.

　그러나 대통령에 대한 예우로 배우들은 연극을 멈추었다. 악대는 '대통령 찬가'를 연주했고 관중들은 대통령을 환영하려고 자리에서 일어났다.

　링컨은 환호하는 청중에게 답례의 인사를 했다. 그리고는 모두들 자리에 앉았다.

　그러는 동안에 부스는 극장 옆 술집에서 독한 브랜디를 마시고 극장에 들어섰다. 부스는 근무중인 관원에게 입장권을 보여주고 대통령의 자리로 다가갔다.

증오와 방금 마신 브랜디가 부스의 머리에서 작용을 시작했다. 부스는 한 손에 총을 들고 다른 손에 단도를 들었다. 경호는 예상했던 것보다 허술했다.

옆에 있던 라트본 대위는 대통령의 머리에 총을 들이대는 부스를 보고 그와 맞붙어 싸웠다. 옥신각신하다가 결국 대위는 칼에 찔렸다. 총을 쏜 부스는 앞으로 달려나가 무대 위로 껑충 뛰어올랐다. 그러나 구두징이 좌석 앞에 덮인 성조기에 걸리는 바람에 넘어졌다. 즉시 일어난 부스는 칼을 휘두르며 외쳤다.

"그래서 독재자를 끝장냈다!"

관중은 혼란 속에 빠졌다.

"저놈을 잡아라!" 무대를 가로질러 달아나는 부스를 향해 소리가 뒤따랐다.

"저놈이 대통령을 저격했다!"

다시 고함이 들렸다. 그 말이 채 끝나기도 전에 두세 명이 무대 위로 올라가 빠르게 부스를 뒤쫓았다. 그러나 부스는 완벽한 계획대로 밤의 어둠 속으로 사라졌다. 물론, 나중에 어느 헛간에 숨어 있다가 잡힌 부스는 총살되었다.

대통령은 재빨리 극장 맞은편에 있는 피터슨의 집으로 옮겨졌다. 침대에 누운 대통령은 조용했다. 그러나 곧 대통령의 오른쪽 눈이 부어오르고 그쪽의 얼굴색이 변했다.

다음날 아침 7시가 되기 전에 링컨은 죽음과의 싸움을 시작했다. 링컨은 잘 참았으나 두 번은 슬픔을 억누르지 못하고 큰 소리로 울었다.

울음을 그친 링컨은 상원의원 서머의 어깨에 머리를 기대었다. 그의 숨은 점점 느려지더니 7시 22분에 멈추었다.

그의 나이 56세였다.

■ ■ ■

**Abraham Lincoln**[1809-1865] │ 미국 제16대 대통령. 켄터키주의 농가에서 태어났다. 1837년 일리노이주의 스프링필드에서 법률사무소를 개업했다. 1834년 휘그당원으로 주(州) 하원의원에 당선되어 8년간 일했으며, 1842년 메리 토드와 결혼했다. 1856년 노예제를 반대하는 공화당에 입당했다. 1858년 일리노이주 연방 상원의원 선거에서 민주당의 더글러스와 7회에 걸친 공개 토론에서, 그는 더 이상의 노예제 확대를 반대했다. 같은 해 주 당대회에서 노예제를 둘러싸고 분열하는 연방의 미래를 걱정하는 "분열한 집안은 설 수가 없다"는 연설을 했다. 링컨은 이 선거에서 패배하기는 했어도 일약 전국적인 인물이 되었고, 1860년 공화당이 비교적 온건한 그를 대통령후보로 지명하여 북부의 지지를 얻어 대통령에 당선되었다. 그러나 링컨의 당선을 남부 노예제에 대한 공격으로 본 남부 각주는 잇따라 연방으로부터 탈퇴하고, 1861년 2월 아메리카 남부연합을 결성했다. 링컨은 이를 강력히 반대하여 타협하지 않았으며, 마침내 남북전쟁이 일어났다. 1862년 9월 22일에 이르러 사령관의 권한으로 1863년 1월 1일을 기해 점령지역의 노예를 해방한다는 '노예해방 예비선언'을 공포했다. 1864년 대통령에 재선되었고, 1865년 4월 14일 워싱턴 D.C.의 포드극장에서 연극 관람중 남부출신 배우 부스에게 저격당하여 이튿날 사망했다.

붓다 The Buddha

"제행諸行은 필히 멸하여 없어지는
무상법無常法이다."

붓다는 80대의 나이에도 여전히 건강했고 신도들에게 설법을 전
하면서 이 마을 저 마을로 옮겨다녔다.

암바팔리의 영지에서 오래 머문 붓다는 바이살리 근처의 벨루바
로 자리를 옮겨 우기를 보낼 예정이었다. 붓다는 그곳에서 병이 들
었다가 회복되었다. 그러나 자신의 생이 얼마 남지 않았다는 사실
을 깨달았다.

"아난다야, 나는 이제 나이가 많이 들었다. 인생을 다 살았어."

붓다는 가장 아끼는 제자를 돌아보았다.

"이제 내 육신은 특별히 보살피지 않으면 더 이상 움직이지 못하

는 낡은 마차와 같구나."

이승을 떠날 시간이 된 것이었다. 붓다는 아난다에게 일렀다.

"그러니 아난다야. 자신을 등불로 삼고 법을 귀의처로 정진하라."

붓다는 바이살리 인근에 사는 신도들을 다시 한번 불러모아 마지막 설법을 베풀었다. 수련과 진정한 선에 대해 가르쳤다. 그리고는 다음과 같은 당부로 끝을 맺었다.

"이제 머지 않아 내 육신은 사라질 것이다. 내 그대들에게 당부 하나니 제행(諸行)은 필히 멸하여 없어지는 무상법(無常法)이다. 영원한 것을 추구하고 구원을 위해 열심히 정진하라."

붓다는 벨루바에서 파바로 옮겼고 다시 병에 걸렸다. 붓다는 대장장이 춘다의 과수원에 기거하면서 가난한 주인이 준비한 떡과 말린 멧돼지고기를 들었다. 그것이 붓다가 이세상에서 먹은 마지막 음식이었다.

붓다는 병약한 모습을 보이지 않으려고 쿠사나가라를 향해 길을 떠났다. 도중에 갈증을 느꼈다. 아난다는 마차가 지나가는 바람에 흙탕물이 되어버린 개울물을 한 그릇 떠서 붓다에게 드렸다. 붓다가 그 그릇을 받아들자 물은 금세 수정처럼 맑은 물이 되었다.

그리고나서 붓다는, 상한 고기를 붓다에게 드렸다고 춘다를 꾸중한 아난다에게 주의를 주었다.

"춘다에게 말하라. 내가 춘다가 준비한 마지막 음식을 먹고 죽는 것은 좋은 일이라고."

붓다는 쿠사나가라 인근의 히란야바티 강가에 있는 말라의 과수원으로 가서 아난다에게 잠자리를 마련하라고 일렀다. 그러나 아난다는 슬퍼서 눈물을 흘리고 말았다. 붓다는 아난다를 불렀다.

"전에 이것이 자연스런 일이라고 말하지 않았더냐? 우리는 반드시 헤어져 떠나야 한다는 것을. 어리석은 자는 '자기[我]'를 생각하지만 현명한 자는 그 여지를 주지 않는 법이다. 오랫동안 너는 내게 자로 잴 수 없는 사랑의 감정과 행동을 보였다. 아난다, 아주 훌륭했다. 진심으로 노력하면 곧 모든 악, 욕정, 이기심, 현혹, 무지에서 자유로워질 것이다."

그러나 아난다에게는 붓다의 말씀이 위안이 되지 못했다.

"부처님이 가시면 누가 우리를 가르쳐 주오리까?"

"우주를 알고 지혜를 가진 또다른 부처가 태어나 내가 가르친 것과 같은 영원한 진리를 밝힐 것이다."

말을 나누는 동안에 말라의 가족이 붓다에게 축복을 받으려고 과수원으로 줄지어 들어왔다. 붓다는 즐겁게 그들을 맞이하고 말문을 열었다.

"구도(求道)를 위해서는 열심히 노력해야 한다. 나를 본 것으로 충분하지 않다. 내가 일러준 대로 슬픔을 거두고 나아가라. 법(다르마)을 따르는 사람은 언제나 부처가 현신하는 축복을 누리게 될 것이다."

거지 수브하다가 붓다의 축복을 받고 진정한 제자가 되었다.

붓다는 모인 사람들에게 의문이 있다면 자신이 앞에 있을 때 해결하라고 말했다. 의문을 가진 사람이 없다는 것을 확인한 붓다는 다시 말을 이었다.

"신도들이여, 내 이르노니 제행은 필히 멸하여 없어지는 무상법이다. 그러나 진리는 영원하다! 구원을 위해 중단 없이 정진하라!"

그것이 마지막 말씀이었다. 곧 붓다는 깊은 참선에 빠졌고 이에 열반에 들어갔다. 그때 땅에서는 강한 지진이 일어났고 하늘에는 천둥이 쳤다. 모였던 사람들이 외쳤다.

"붓다(깨달은 이)는 너무 빨리 가셨다! 행복한 이는 너무 빨리 사라지셨다! 세상의 등불은 너무 빨리 가버리셨다!"

■ ■ ■

**The Buddha**[?-?] | 불교의 창시자. 생몰년에 관해서는 BC 463~BC 383년 설과 BC 563~BC 483년 설이 있다. 네팔 남부 사카족의 작은 나라의 국왕인 정반왕(淨飯王)의 장남으로 태어났다. 본명은 고타마 싯다르타이다. 흔히 '깨달은 사람'이란 뜻의 붓다(佛陀 ; Buddha)라고 하기도 한다. 생후 7일 만에 어머니와 사별하고, 이후는 이모의 손에 자랐다. 왕자로서의 교양을 쌓았으며 16세에 결혼하여 아들을 하나 두었으나 무상(無常)을 느끼고 29세에 출가하여 극단적인 금식을 하며 6년간의 고행을 했다. 35세때 고행은 깨달음에의 길이 아님을 알고 다시 부다가야의 보리수 밑에서 명상에 들어갔다. 여기서 깨달음을 얻어 성도(聖道)를 완성했다. 이후 고행을 함께 했던 5명의 출가자에게 처음으로 설법했고 그들은 제자가 되었다. 승가(僧伽)라 하는 교단은 여기서 시작되었다. 이후 갠지스 강을 사이에 둔 2개국, 마가다와 고사라의 국왕을 제자로 얻고 수도를 각각 근거지로 하여 45년 동안 설법, 교화하여 10대 제자를 비롯해 수많은 제자를 얻었다. 80세 때 쿠사나가라의 사라쌍수 숲속에서 입적했다.

예수 그리스도 Jejus Christ

"아버지, 자기의 하는 짓을
알지 못하는 저들을 용서하소서."

예수 그리스도의 죽음과 부활은 네 제자인 마태, 마가, 누가, 요
한에 의해 기록되었다.

그러나 그 네 사람은 모두 십자가에 못박힌 예수의 고난을 제대
로 그리지 못했다. 이제 다른 데에서 발견할 수 없는 그 역사적 사
건은 이 네 제자들이 남긴 기록을 이리저리 꿰맞추어 보면 그 전모
를 살펴볼 수 있다.

네 명의 제자는 마치 중세 대학에 있던 네 개의 학과와 같았다. 마
태는 예수가 제자로 불렀을 때 헤롯 왕의 세무를 담당하고 있었다.

이러한 마태의 배경은 그의 복음서에 나타나는 세금 징수인에 대

한 수많은 언급과 돈과 관련된 사건들을 잘 설명해준다. 마태는 다른 유대인에 대해서 글을 쓴 유대인이었다.

마가복음은 전통적인 방식으로 베드로와 로마를 연결시킨다. 마가는 로마에서 베드로의 동료였다. 그는 베드로가 기억하는 예수의 말씀과 행적을 기록했다. 그러므로 마가복음에서는 충동적이고 동정적이며 충만한 에너지가 깃들인, 베드로의 스타일이 그대로 드러난다. 마가복음은 예수의 말씀보다 예수의 행적에 강조를 두었다.

누가는 그리스인으로 신약을 저술한 네 명 중에서 유일하게 이방인이었다. 외과의사인 누가는 베드로와 바울의 동료였고 60년에는 바울과 함께 로마에 가서 마가와 만났다. 그의 저술은 로마시대 초기 그리스 역사가들이 따르던 방식을 특징으로 가지고 있다. 누가는 세심한 연구자였지만 그 역시 예수 최후의 순간에 관해서는 완전하게 기술하지 못했다.

요한은 나머지 세 사람과 아주 달랐다. 그는 예수의 탄생이나 세례, 시험에 대해 기록하지 않았고 예수의 갈릴리에서의 행적도 거의 언급하지 않았다. 요한복음은 예수가 제자들과 가진 마지막 만찬이나 겟세마네에서 예수가 처한 고난과 승천에 대해서도 별다른 기술이 없다. 무엇보다 놀라운 사실은 요한이 예수의 설교를 언급하지 않았다는 점이다.

그러나 요한은 예수를 잘 알았다. 예수의 이야기가 이미 다른 사람에 의해 씌어졌으니 자신은 그것을 반복하지 않겠다고 한 점이 그 예이다. 요한이 원했던 것은 세상이 예수를 신의 아들, 그리스도로 받아들이는 것이었다.

인간으로서 예수는 당대 사람들에게 도전을 한 셈이었다. 예수는 위험한 인물로 여겨졌고 결국 사형을 언도받았다. 예수를 위험한 인물로 간주한 사람들은 로마제국의 통치자가 아니었다. 오히려 예수와 같은 종족들이 예수를 기존의 질서를 위협하는 인물로 여겼다.

유대교의 제사장, 관원, 장로들은 예수를 붙잡아 재판을 하기 위해 감옥에 넣었다. 그러나 아무도 예수를 보호하지 않았기 때문에 성난 군중이 예수를 처단하도록 고의로 방치했다는 의구심을 가질 만했다. 그리고 사실도 그랬다.

산헤드린(유대 최고재판소)이 예수를 죽여야 한다고 선고하는 순간, 성난 군중이 들짐승처럼 그에게 달려들었다. 만약 로마군이 개입하지 않았다면 아마도 예수는 그들에 의해 갈기갈기 찢어졌을 것이었다.

성난 폭도들은 쉽사리 물러나지 않았다. 그들은 예수의 머리를 향해 낡은 옷을 던지고 얼굴을 때리며 큰 소리로 조롱을 퍼부었다.

"네가 그리스도라면 우리에게 예언을 하지 그래? 우리들 중에 누가 너를 죽일 것인지……."

폭도들은 예수의 머리 위에 덮인 옷을 치우고 예수의 얼굴에 침을 뱉었다.

감옥에서 끌려나온 예수는 로마 총독 빌라도의 판결실로 옮겨졌다. 그곳에서 산헤드린이 내린 사형선고는 법률적 조롱거리에서 합법적인 형식을 갖게 될 것이었다. 그러나 빌라도 총독은 예수가 아무런 잘못을 저지르지 않았다는 걸 깨달았다.

유대교 제사장들, 장로들, 서기관들은 공회에서 예수가 이교도라는 걸 인정하게 하려고 애썼지만 실패했다.

"만약 네가 그리스도라면 우리에게 말해 보라."

그들의 요구에 예수의 대답은 명료했다.

"내가 말해도 너희들은 믿지 않을 것이며 내가 너희에게 묻는다 해도 너희들은 대답하지 않을 것이다. 그러나 지금부터 인간의 아들인 나는 신의 종이 될 것이다."

사제들은 "그렇다면 네가 신의 아들이냐?"라고 물었고 예수는 "나는 신의 아들이다."라고 대답했다.

제사장들과 서기관들은 예수의 가르침에 대해 말하라고 요구했다. 그러나 반복할 생각이 없었다.

"나는 세상에 공개적으로 말해왔다. 나는 언제나 유대인들이 모이는 유대교 성전이나 모임에서 가르쳐왔다. 비밀스럽게 말한 적은 한번도 없었다. 왜 나에게 묻는 것인가? 내가 사람들에게 무엇을 말했는지 내 말을 들은 이들에게 물어라. 그들은 내가 말한 것을 알 것이다."

관원 한 명이 손으로 예수를 때리며 말했다.

"이게 높은 사제들에게 하는 대답이냐?"

예수는 대답했다.

"내가 말한 것이 잘못이라면 나는 그 잘못의 증인이 될 것이다. 그러나 내가 말한 것이 옳았다면 당신은 나를 때릴 이유가 없다."

예수에게 죄를 뒤집어씌우는 일이 어렵다는 걸 깨달은 제사장들은 예수를 판결소로 데려갔다.

빌라도 총독이 그들을 맞았다.

"어떤 죄명으로 이 사람을 데려왔는가?"

빌라도가 물었다.

"이 사람이 나쁜 일을 하지 않았다면 데려오지 않았을 겁니다."

제사장들의 답변이었다.

"당신들이 이 사람을 데려가서 당신들의 법률에 따라 판결하시오."

빌라도의 말에 제사장들이 말했다.

"사람을 죽이는 것은 율법에 어긋납니다."

빌라도는 예수를 불러 물었다.

"그대가 유대인의 왕이오?"

예수는 되물었다.

"당신의 판단으로 묻는 것인가요, 아니면 다른 사람이 한 말을 따른 것인가요?"

빌라도는 "나는 유대인이 아니오. 그대의 나라와 제사장들이 그대를 내게 넘겼소. 무슨 짓을 한 거요?"라고 물었다.

예수는 "내 왕권은 세속적인 것이 아니오. 만약 내 왕권이 세속적인 것이라면 내 종들이 싸웠을 것이고 나는 유대인의 손에 넘겨지지 않았을 것이오. 그러나 내 왕권은 이 세상 것이 아니오."라고 대답했다.

"그래서 그대는 왕이오?"

빌라도는 조금 놀란 표정으로 물었다. 예수가 말했다.

"당신은 나를 왕이라고 말했소. 나는 이를 위해 이 땅에 태어났고 이를 위해 진리를 입증하려고 이 세상에 왔소. 진리를 따르는 사람은 누구나 내 소리를 들을 것이오."

"진리는 무엇이오?"

빌라도가 물었다.

누가복음에 의하면, 빌라도는 예수가 갈릴리에서 왔으니 헤롯 왕의 관할에 속하고 따라서 헤롯 왕의 재판을 받아야 한다고 생각했다. 그래서 빌라도는 헤롯에게 예수를 인계했다. 그러나 기적을 일으키는 것에만 관심이 있었던 헤롯 왕은 침묵을 지키는 예수를 다시 빌라도에게 돌려보냈다.

빌라도는 이제 판결을 내려야 했다. 그는 제사장들과 공회의 구성원들에게 자신의 생각을 말했다.

"그대들은 사람들을 교란시킨다고 이 사람을 데려왔소. 그대들 앞에서 조사한 결과 나는 이 사람에게서 그대들이 말한 죄를 하나도 발견할 수가 없었소. 헤롯도 마찬가지였소. 그래서 그도 이 사람을 되돌려 보냈소. 이 사람은 사형을 받을 만한 죄를 저지르지 않았소. 그러므로 나는 이 사람을 징벌하고 풀어줄 것이오."

빌라도는 예수에게 고통스러운 형벌인 채찍질을 판결했다. 로마 군인들은 예수의 옷을 벗기고 채찍을 가했다. 로마의 채찍은 날카로운 금속조각과 뼈가 붙은 가죽제품이었다. 예수는 심한 상처를 입었고 상처에서는 피가 솟아나왔다.

마가복음을 보면 군인들은 예수를 판결소로 데려가 자주색 옷을 입히고 머리에 면류관을 씌운 다음 "유대왕 만세!"라고 심하게 조롱하면서 경례를 붙였다.

군인들은 갈대로 예수의 머리를 때리고 침을 뱉었으며 경의를 표하는 양 무릎을 꿇었다. 조롱이 끝나자 군인들은 자주색 옷을 벗기고 다 헤진 옷이 드러난 예수를 데리고 나갔다.

그러나 총독 빌라도에게는 예수를 살리기 위한 한 가지 계획이 남아 있었다. 감옥에는 바라바라는 상습적이고 악명 높은 범죄자가 갇혀 있었다. 유대인의 축제인 유월절에는 총독이 죄수 한 사람을 석방시키는 관습이 있었다. 빌라도는 소리를 지르는 폭도들에게 선택을 하라고 말했다.

빌라도는 "예수를 사면시킬까?"라고 물었으나 제사장들이 부추긴 폭도들은 열기가 한껏 고조되어 "이 사람 말고 바라바를 석방하시오."라고 외쳤다.

"그러면 자칭 그리스도라고 부르는 이 사람은 어떻게 할 것인가?"

진행된 그 모든 과정에 염증을 느끼기 시작한 빌라도가 폭도들에게 물었다.

"십자가에 못 박으시오." 폭도들의 대답이었다.

빌라도는 예수를 폭도들 앞으로 데려온 후 말했다.

"자, 여기 이 사람을 데려왔다. 그대들이 알고 있는 것처럼 나는 이 사람에게서 아무런 혐의를 찾지 못했다."

폭도들이 소리쳤다. "그를 십자가에 못 박아라! 못을 박아라!"

빌라도는 모인 사람들에게 "자, 그대들이 데려가 십자가에 못을 박아라. 나는 그에게서 죄를 발견할 수가 없다."라고 말했다.

제사장들은 "우리는 법률을 가지고 있고 그 법에 따르면 저 자는 죽어 마땅합니다. 왜냐하면 신의 아들이라고 자칭하니까요."라고 빌라도에게 대답했다.

그 말을 들은 빌라도는 마음이 흔들렸다. 그는 예수에게 고개를 돌리고 물었다.

"너는 어디서 왔느냐?"

찢어진 몸에서 흘러나온 피로 온몸이 흥건한 예수는 아무 말이 없었다. 빌라도는 짜증이 나서 물었다.

"나한테 말을 하지 않겠다는 건가? 내가 너를 석방시킬 수 있고 십자가에 못 박을 수도 있는 권한을 가졌다는 것을 모르는가?"

"하늘에서 권한을 주기 전에는 당신이 내게 할 수 있는 것은 아무것도 없소. 그렇기 때문에 나를 당신에게 데려온 자들은 지금 큰 죄를 저지르고 있소."

빌라도는 여전히 무고한 사람을 십자가에 못 박는다고 여겼다. 그러나 제사장들은 큰 소리로 말했다.

"만약 이 자를 석방한다면 총독은 카이사르의 친구가 아닙니다. 스스로 왕이라고 여기는 사람은 누구나 카이사르에게 도전하는 것입니다."

마태복음에서 기록하기를, 소요의 기미를 보이는 폭도들을 상대로 승산이 없다는 걸 깨달은 빌라도 총독은 물을 가져오게 해 군중

앞에서 자기의 손을 씻었다고 했다.

빌라도는 "내 손은 이 남자의 피로 더럽혀지지 않았다. 자, 그대들 눈으로 직접 보라."

그러나 군중은 "그의 피는 우리와 우리 아이들을 더럽힐 것이오."라고 대답했다.

판결이 났고 사건은 종결되었다. 이제 예수를 십자가에 매다는 일만 남았다. 원래 처벌을 받는 당사자가 자기 십자가를 지게 되었지만 너무 많은 피를 흘린 예수는 몸이 너무 지쳤다. 십자가를 지고 갈 어깨는 채찍을 맞아서 살점이 거의 남아 있지 않았다. 군인들은 구레네에서 온 시몬에게 예수를 대신해서 십자가를 지도록 조치했다.

바람 부는 예루살렘 거리를 지나 천천히 골고다로 나아갔다. 십자가는 땅에 내려졌다. 군인들은 피에 젖은 예수의 옷을 제비뽑기로 나누어 가졌다.

로마 군인들은 땅에 놓인 십자가 위에 예수를 눕히고 손과 발에 못을 박아 고정시켰다. 그 고통은 상상을 초월했다. 예수의 입이 움직이고 말이 새어나왔다.

"아버지, 자기가 하는 짓을 알지 못하는 저들을 용서하소서."

예수를 십자가에 못 박자 힘센 사람들이 십자가를 세워 준비된 구멍에 고정시켰다. 군인들은 예수의 양쪽에 두 명의 강도를 십자가에 매달았다. 예수의 머리에는 '유대 왕'이라고 새겨져 있었다.

군중들의 일부가 예수를 조롱했다.

"아. 당신이 바로 3일만에 성전을 부수고 다시 세웠다는 인물이야? 네 자신을 구하고 그 십자가에서 내려오지 그래?"

한 사람이 말하자 제사장 한 명이 말을 받았다.

"그는 다른 사람을 구했다. 그러나 자신은 구하지 못하는군. 자, 이스라엘의 왕인 그리스도여, 우리가 보고 믿도록 그 십자가에서 내려오라."

예수 옆의 십자가에 매달린 강도도 예수를 비웃었다.

"당신은 그리스도가 아니오? 당신과 우리를 구하시오!"

그러나 십자가에 매달린 또다른 강도는 "똑같은 처벌을 받는 주제에, 너는 신이 두렵지도 않아? 우리야 벌을 받아 마땅한 몸들이지. 우리가 저지른 잘못에 대한 처벌을 받는 거니까. 그러나 이 사람은 아무 잘못도 없어."라고 예수를 조롱한 강도를 나무랐다. 그리고는 예수를 향해 말을 계속했다.

"당신의 왕국으로 가면 나를 기억해 주오."

예수는 극심한 고통 속에서도 그에게 약속을 했다.

"그러지요. 내 그대에게 이르노니 그대는 오늘 나와 함께 천국에 들어갈 것이오."

뜨거운 날 오후가 지나갔다. 군중이 흩어지기 시작했다. 십자가 옆에는 예수의 어머니 마리아와 어머니의 형제이며 글로바의 아내 마리아, 그리고 막달라 마리아가 서 있었다.

예수는 자기 옆에 서 있는 어머니와 사랑하는 제자들을 바라보았다. 예수는 어머니에게 "아들의 손을 잡으시오!"라고 했고 제자들에게는 "네 어머니를 보라!"고 말했다.

십자가에 매단 후 여섯 시간이 지나고 아홉 시간째가 되자 땅거미가 졌다. 예수는 큰 소리로 외쳤다.

"주여, 주여, 왜 저를 용서하셨나이까?"

구경꾼 중의 한 명이 갈증을 풀도록 갈대를 이용해 신 포도즙을 잔뜩 먹인 스폰지를 예수의 입에 대주었다. 신 즙을 다 마신 예수는 큰 소리로 다시 외쳤다.

"아버지, 내 영혼을 당신의 손에 부탁하나이다!"

그리고는 "끝났다!"라는 말이 이어졌다. 예수의 머리가 수그러졌다. 마침내 고통이 끝난 것이다.

▪ ▪ ▪

**Jejus Christ**B.C.6?-A.D.30? | 그리스도교의 시조(始祖). 그가 태어난 해를 서력기원으로 삼고 있다. 헤롯왕의 통치하(BC 37~BC 4)에 베들레헴에서 태어났다. 갈릴리의 나사렛 출신이었다고 추측된다. 아버지는 요셉, 어머니는 마리아이고, 형제자매들도 있었다. 12세 때 예루살렘의 신전에서 선생들과 문답을 하여, 그 현명함에 사람들이 경탄했다는 이야기(누가복음 2:41 이하)가 있을 뿐이다. 28년 무렵 요르단강 강변에서 세례요한에게 세례를 받고, 제자들을 모아 선교활동을 시작했는데 '마가복음'에 의하면 예수는 주로 갈릴리에서 활동했다. 그는 민중들을 가르치고 병자를 고치고 마귀를 내쫓기도 했지만 나중에 서술하는 바와 같이, 유대교의 전통적 가르침을 뛰어넘어 행동했으므로 율법학자나 유대교지도자의 반감을 샀다. 마지막 유월절을 보내기 위하여 예루살렘에 올라가 유대교 지도자들과 논쟁하기도 했으며 제자들을 가르쳤다. 그리고 그 주의 목요일에 12제자와 유월절 식사(최후의 만찬)를 함께 하고, 그 가운데 가롯 유다의 배반으로 유대의 최고법원(산헤드린)에 체포되어 심문을 받았으며, 하나님을 모독했다는 죄로 사형을 판결받았다.

베토벤Ludbig Van Beethoven

## "친구들이여, 박수를 쳐라.
코미디는 끝났다!"

귀머거리가 된 후에도 훌륭한 작품을 썼던 교향곡의 아버지 베토벤은 57세에 사망했다.

그가 1817년 이후 말년에 작곡한 작품 중에는 '장엄 미사곡' '교향곡 제9번' 그리고 5개의 현악 4중주가 들어 있다. 1827년 3월 27일 사망할 당시 베토벤의 명성은 아주 확고해서 거의 신의 경지에 다다라 있었다.

그의 말년은 고통과 슬픔의 연속이었다. 지출이 많아서 그의 수입으로는 감당할 수가 없었다. 조카인 카알도 베토벤에게 불행의 원천이었다. 소년 카알은 자살을 기도한 적도 있었다. 그 사건으로 인한 베토벤의 상심은 말할 수가 없을 정도였다. 그 타격은 대작곡가의 자존심을 뭉그러뜨렸고 그는 곧 70대의 노인처럼 늙어보였다.

베토벤의 건강도 나빠졌다. 그는 불안해했고 걸핏하면 언쟁을 벌였다. 1826년 12월에는 독일에 있는 집에서 비엔나로 가기로 결정했다. 날씨는 추웠으나 베토벤은 옷도 제대로 입지 않아 감기에 걸렸다.

그는 나중에 친구에게 그 일을 농담삼아 이야기했다.

"우리는 모두 실수를 저지르지. 그러나 각기 다른 실수를 저지르지."

상태가 악화되어 의사를 부르지 않으면 안되었다. 폐렴 외에도 수종증이 생겼고 그것은 마취 없이 수술을 받아야 함을 의미했다. 그런 상황에서도 베토벤의 유머는 여전히 빛을 발했다.

의사가 튜브를 베토벤의 위에 집어넣은 후 물을 내뿜게 하자 의사에게 한마디 했다.

"선생님, 막대기로 바위를 때린 모세가 생각나는군요."

그러자 의사는 "기사처럼 잘 참으십니다."라고 대답했다.

베토벤은 고통을 냉정하게 견디었다. 의사가 회복될 것이라고 다짐했음에도 불구하고 베토벤은 죽음을 예감한 듯이 보였다.

1827년 1월 3일, 베토벤은 조카 카알에게 유산을 남긴다는 유서를 작성했다. 그는 자신이 오래 살지 못할 것임을 알았다.

친구들이 계속해서 베토벤을 문병했다. 런던에 있는 한 친구가 헨델의 작품 40편을 선물로 보냈다. 그것은 베토벤이 오랫동안 가지고 싶어하던 것이었다.

베토벤은 헨델을 "가장 위대하고 가장 능력있는 작곡가다. 나는 아직도 그에게서 배울 것이 있다!"라고 말했다.

또다른 때에는 "나는 헨델 앞에 무릎을 꿇는다!"라고 말하기도 했다.

그에게는 병상에서 헨델의 악보를 읽는 것이 그 무엇과도 바꿀 수 없는 큰 즐거움이었다. 런던의 친구가 보내준 헨델의 작품은 베토벤에게는 큰 위안이 되었다.

2월 27일, 친구 쉰들러는 '그 고상한 환자는 벌써 자기 병이 나았다고 여기고 교향곡 10번을 쓰려고 한다. 벌써 일부를 작곡했다.'라고 베토벤에 대해 적었다.

베토벤은 쉰들러에게 '기적이야! 기적! 배운 신사들(의사들)은 모두 패배했어. 말파티의 과학만이 나를 구할 수 있을 거야!'라고 썼다.

베토벤의 생활고에 대한 고민은 계속되었다. "의사의 진료비와 모든 것을 지불해야 하는데."하는 것이 그의 고민이었다.

그는 런던에 있는 친구에게 도움을 청했고 친구는 즉시 100파운드를 보내왔다. 베토벤은 그 돈이 '하늘이 보낸 구원'이었다고 적은 답장을 보냈다.

다른 곳에 있는 친구들도 정기적으로 과일과 술을 선물했다. 한 번은 하이든의 고향에 관한 사진첩을 선물로 받고는 어린애처럼 기뻐했다.

"이 작은 집 좀 봐. 여기에서 위대한 인물이 태어났다니!"

그는 출판업자와도 관계를 유지했다. 베토벤은 특별히 런던에 있는 친구를 위해 새로운 교향곡을 쓰기로 약속하고 구상도 마쳤다. 그러나 그의 건강이 급속히 나빠졌다.

죽기 일주일 전, 유명한 작곡가 한 명과 피아니스트 한 명이 그를 찾아왔다. 그는 피아니스트에게 "이곳에 4개월이나 누워 있었소. 결국에는 인내심을 잃게 마련이지요."라고 말했다.

베토벤은 오래 전에 유서를 작성해 두었다. 1827년 3월 23일, 그는 단순한 내용의 유서를 다시 썼다. 그는 친구 브라우닝에게 "친구들이여, 박수를 쳐라. 코미디는 끝났다!"라고 유언을 남겼다.

그것은 의사들이 떠날 때 말한, 그가 좋아하는 방식의 냉소적인 유머였다. 그 말은 마치 이제 할 수 있는 것은 아무것도 없다는 것을 암시하는 듯했다. 의사들과 그는 농담을 했으나 이제 더 이상은 그것마저도 없었다.

마지막 날이 왔다. 1827년 3월 27일 오후였다.

갑자기 번개가 치고 어두웠던 베토벤의 방이 밝아졌다. 곧 천둥이 화답했다. 마치 하늘이 그를 기다리는 것처럼 요란하게 천둥이 치자 베토벤은 고개를 들고 당당하게 오른손을 들었다. 방에 있던 한 사람은 나중에 그 동작을 '군대에게 명령을 내리는 장군과 같았다.'고 묘사했다.

그순간 모든 것이 끝났다. 팔이 늘어지면서 몸이 뒤로 쓰러졌다. 베토벤은 그렇게 죽었다. 하늘은 베토벤을 받아들였다.

로마 카톨릭 교회는 베토벤에게 그가 평생 싫어했던, 가장 엄숙한 장례를 치를 권리를 수여했다.

베토벤은 죽음의 침상에 누워 있는 동안에 종부성사를 받았고 위안을 준 신부에게 감사를 표시했다. 베토벤의 장례식은 성대하게 치러졌다.

■ ■ ■

**Ludbig Van Beethoven**[1770-1827] | 독일 작곡가. 본 출생. 그의 조부는 궁정악장이었고, 아버지 요한은 본의 궁정가수였다. 1792년 본을 방문한 하이든에게 작곡가로서의 재능을 인정받아 그의 제자가 되려고 21세 때 빈으로 떠난다. 하이든에게 작곡기법을 배우고 피아노의 달인으로 귀족들 사이에서 높은 평판을 얻게 된다. 1800년 빈에서 연주회를 열고 교향곡 제1번을 초연했다. 이듬해 '월광'을 작곡했고, 27세 무렵부터 시작된 난청이 음악가로서 치명적인 귓병으로 악화되자 자살까지 결심했다. 그러나 '하일리겐슈타트의 유서'를 계기로 교향곡 제3번 '영웅' 교향곡 제5번 '운명' 오페라 '피델리오' 등 수많은 걸작을 작곡했다. 빈의 귀족들의 후원으로 평생 오스트리아에 머물게 해주었다. 1809년~1812년까지 피아노협주곡 제5번 '황제' 피아노 3중주곡 '대공' 교향곡 제7번과 제8번 등을 작곡했다. 1813년부터 1816년까지는 사랑편지 <내 불멸의 애인이여>의 상대방인 브렌타노부인과의 비극적인 사랑으로 작곡활동은 침체했으나, 1817년에는 '전쟁교향곡'과 오페라 '피델리오'의 상연이 대성공을 거두었다. 1818년부터 청각을 거의 잃어 필답으로 생활하면서도 후기의 걸작들을 창작했갔다. 그의 음악의 총결산인 교향곡 제9번 '합창'이 1824년 5월 7일 초연되었다. 간경변으로 수술을 되풀이했으나, 1827년 3월 26일 57세의 나이로 생애를 끝마쳤다.

키케로<sup>Cicero</sup>

"내가 봉사해온
이 나라에서 죽을 것이다."

로마의 마르쿠스 툴리우스 키케로(106–43 B.C.)는 웅변가이자 정치가이며 작가였다. 특히 그는 수많은 작품을 쓴 라틴 문학의 거장으로 중세와 르네상스 시대에는 고전문학의 권위자로 존경 받았다.

키케로는 빠른 속도로 철학서를 저술했다. 그는 대부분의 작품을 B.C. 46~44년 동안에 썼다. 그는 자신의 저술에 대해 "그 저술은 그냥 필사본이다. 별로 힘이 들지 않았다. 나는 내가 얼마든지 알고 있는 단어만 집어넣었을 뿐이다."라고 말했다.

법학, 수사학, 그리스 문학과 철학을 공부한 키케로는 스트라보와 술라 밑에서 군인으로 근무했다. 키케로는 시칠리아 재무관으로 근무했고, 집정관을 역임했다. 그는 집정관으로 근무할 때 정부를 장악하려는 카탈리나의 음모를 좌절시켰다. 그러나 후일 제1회 삼두정치가 재판없이 카탈리나를 사형했다고 그를 비난하자 자발적으로 귀양을 택했다.

귀양을 끝내고 돌아온 키케로는 민중이 지지하는 카이사르의 독재정치에 반대하여 공화국 형태의 정부를 지키는 대변인이 되었다. 물론 카이사르가 계급간의 화합이라는 형태로 타협을 주장했기 때문에 과두적 원로원이 전적으로 키케로를 신뢰한 적은 없었다.

키케로는 카이사르가 죽자 정치에서 저술가로 활동 영역을 옮겼다. 당시 로마에는 도서관이 없었지만 키케로는 친구들의 도서실을 이용할 수 있는 유력한 위치에 있었다.

그는 철학에 관한 방대한 저술 〈아카데미아〉와 〈호르텐시우스〉를 저술했다. 그는 다른 책도 썼다. 키케로는 '철학은 영혼을 위한 약'이라고 했고, 독자들에게 죽음을 무시하고 고통을 견디며 슬픔을 참으라고 가르쳤다. 정신이 어지럽혀지지 않도록 하고 도덕이 행복의 충분조건이라는 것을 믿으라고 권유했다.

〈신들의 본성에 대하여〉에서 신학에 관한 그의 어휘는 아주 인상적이었다. 그는 '신이 존재하는가?'라고 묻고 만약 그렇다면 어떻게 언제 존재했는지에 대해 의문을 제기했다. '신은 왜 플라톤이 주장하는 것처럼 갑자기 세상을 창조한 것일까?'

키케로는 카이사르를 잘 알았다. 사실 카이사르는 로마제국의 국경선을 확대하는 것보다 로마의 천재를 늘리는 것이 더 위대한 일이라고 언급하면서 키케로를 칭찬한 적이 있었다.

그러나 키케로는 카이사르를 암살하는 음모에 가담하지 않았다. 너무 나이가 많고 불안하게 여겼기 때문이었다. 그럼에도 불구하고 키케로는 카이사르가 맡았던 원로원에 올랐다.

카이사르가 죽은 후 키케로는 웅변을 통해 안토니우스에 반대하는 공화주의자들을 이끌었는데 그의 웅변이 그 유명한 필리픽 (Philippics)이었다.

키케로는 두 번째 필리픽에서 "안토니, 제발 국가를 기억하라. 동료가 아닌 조상을 생각하라. 나에게는 네가 하고 싶은 대로 해라. 그러나 국가를 위해서는 부디 평화를 생각하라!"라고 썼다.

이 발언은 안토니우스의 분노를 사는데 충분했다. 도망갈 것인가? 안토니우스의 자객에게 굴복할 것인가? 아니면 어디에 숨을 것인가? 키케로는 결단을 내리지 못하고 망설였다.

결국 재산이 있는 카이에타로 가기로 결정했다. 키케로는 하인들이 나르는 가마를 타고 떠났다. 암살자가 그를 찾아나섰다. 헤레니우스가 이끌고 포필리우스 백부장과 호민관으로 이루어진 암살단이 키케로의 집 대문을 부수고 들어가 그를 찾았다. 그러나 키케로는 보이지 않았다. 암살자들은 하인들을 다그쳤다.

키케로가 바다로 나갔다는 대답을 들은 포필리우스는 부하 몇 명을 데리고 나갔고 헤레니우스는 길을 따라 갔다.

키케로는 암살자가 다가오는 것을 보고 하인들에게 가마를 내려 놓으라고 말했다. 그는 도망중이지만 이제 죽을 때가 왔다는 걸 깨달았다. 키케로의 턱과 머리카락은 텁수룩했고 얼굴에는 수심이 가득했다. 그러나 키케로는 단호한 표정으로 암살자를 바라보았다.

헤레니우스가 칼을 뽑아들자 그 자리에 있던 다른 사람들은 모두 자신의 얼굴을 가렸다. 키케로는 마치 목을 바치듯이 가마에서 머리를 밖으로 내밀었다.

헤레니우스는 단칼에 키케로의 목을 쳤다. 피가 흘러내리는 그의 목은 먼지와 뒤범벅이 되었다. 그때 키케로의 나이 63세였다.

잘려진 키케로의 목과 손은 안토니우스에게 보내졌다. 안토니우스는 그것을 로마 공회소에 못 박았다. 키케로의 손을 자른 것은 그가 '안토니를 반대하는 글을 썼기 때문'이었다.

그러나 키케로는 죽기 전에 하인에게 이렇게 말했다.

"나는 내가 봉사해온 이 나라에서 죽을 것이다."

■ ■ ■

**Cicero**[B.C.106-43] │ 고대 로마 웅변가 · 정치가 · 사상가. 로마 아르피눔 출생. 부유한 귀족계급 출신으로 로마에서 법 · 웅변술 · 그리스문학 · 철학 등을 공부했다. BC 75년 시칠리아 재무관으로 부임하여 악질 총독 베레스에 대한 탄핵연설을 하여 웅변가로 명성을 얻었다. 그뒤 로마 집정관으로 취임, 공화정의 전통을 옹호했다. BC 63년 반란을 일으키려던 카탈리나 일파의 음모를 사전에 적발하여 '조국의 아버지'란 칭호를 얻었는데 이때의 '카탈리나 탄핵연설'이 유명하다. BC 60년 카이사르 · 폼페이우스 · 크라수스의 3두정치에 참여할 것을 거부하여 로마에서 추방되었다가 귀국했다. 카이사르와 폼페이우스 내란이 일어나자 폼페이우스를 지지했고 폼페이우스 패배 후 카이사르와 화해하고 문필활동에 전념했다. BC 44년 카이사르가 암살되자 안토니우스를 비난하다 BC 43년 안토니우스의 부하에게 살해되었다. 작품으로 〈웅변론〉, 〈선과 악의 한계에 대하여〉 〈신들의 본성에 대하여〉 〈국가론〉 〈법률론〉 〈의무론〉 등이 있다.

알렉산더 대왕 Alexander

"용기있게 살고 영원한 명성을 남기고
죽는 것은 멋있는 일이다."

처음으로 대제라고 불린 알렉산더는 B.C.356년 마케도니아에서
태어나 32세에 바빌로니아에서 죽었다. 당시 그는 이미 전설적인
존재였다.

그는 인도에서 포루스와 싸웠고 오랜 원정에 지친 군인들과 귀
환, 바빌로니아에 수도를 세웠다. 바빌로니아가 수도가 된 것은 동
과 서의 점령지 중간에 위치했다는 현실적인 이유에서였다.

그러나 습지로 둘러싸인 바빌로니아의 기후는 건강에 좋지 않았
다. 그래도 알렉산더의 야망은 끝이 없었다. 그는 도시의 내부 환경
을 개선하는 일에 착수했는데 그 첫 번째 공사로, 독기 있는 습지에

서 물을 빼냈다. 그는 자신의 죽음이 다가온다는 사실을 꿈에도 알지 못했다.

먼저 알렉산더의 친구 헤파에스티온이 죽었다. 그것은 알렉산더에게 엄청난 충격이었다. 그 무렵부터 불길한 징조가 끊이지 않고 이어졌다.

하루는 알렉산더가 잠깐 자리를 비운 사이에 어떤 미친 사람이 왕좌에 앉는 일이 일어났다. 물론 그 남자는 사형에 처해졌다. 그 다음에는 배를 타는 도중에 알렉산더의 모자가 분실되는 이상한 일이 생겼다. 결국 그것을 뱃사공이 찾아냈지만 뱃사공은 젖은 모자를 빨리 말리려고 그만 자신의 머리에 쓰는 실수를 저질렀다.

어느 날 저녁 만찬에 참석하기 위해 옷을 갈아입던 알렉산더는 몸에 열이 났고 한기를 느꼈다. 그러나 네아르쿠스 장군을 위해 멋있는 연회를 베풀었다.

그날 아침, 알렉산더는 점쟁이의 조언에 따라 나쁜 징조를 쫓는 의식을 치렀다. 알렉산더는 네아르쿠스를 위한 파티가 끝난 후에 가까운 친구 메디우스가 늦은 밤에 마련한 파티에 참석했다.

파티는 이틀 동안이나 계속되었다. 알렉산더는 첫날 밤 파티가 끝날 무렵부터 하루 종일 잠을 잤다. 그는 몹시 피곤해 했고, 안색도 나빴다. 알렉산더는 미열에도 불구하고 다음날의 파티에도 빠지지 않았다. 말라리아인 것 같았다. 그러나 사실은 알렉산더의 열병은 식수가 원인이었다. 물은 군대에서 나온 하수가 뒤섞인 강에서 떠온 것이었다.

둘째날 알렉산더는 파티가 끝나기 전에 자리를 떠났다. 이미 늦은 밤이었다. 그의 머릿속에는 많은 생각으로 가득했다. 알렉산더는 보름 안에 중요한 원정을 치를 계획이어서 많은 일을 처리해야만 했다.

그러나 알렉산더의 열은 점점 심해졌다. 그는 어리석게도 목욕을 했고 처음으로 자신의 몸이 심상치 않음을 느꼈다. 그는 목욕소 옆에 잠자리를 마련하고 그날 밤을 거기에서 보냈다.

아침이 되자 알렉산더는 집안의 신전에서 일일예배를 올리려고 가마를 타고 집으로 돌아왔다. 그의 몸은 더욱 나빠졌다. 6월의 날씨는 더웠고 땀이 난 알렉산더는 다시 목욕을 했는데 그것이 병세를 악화시켰다. 열은 더 높아졌다. 온갖 처방도 효과가 없었다.

9일째가 되자 그는 신전에 가서 숭배를 드릴 수 없을 정도로 상태가 나빠졌다. 그러나 알렉산더의 마음에는 원정에 대한 생각뿐이었고 장군들에게 원정에 대한 브리핑을 계속했다.

10일째에는 병이 급속히 진행되는 것이 뚜렷하게 드러났다. 알렉산더는 주요 장군들을 자기 앞에 불러 모았고, 젊은 장군들은 문 밖에서 대기하도록 지시했다.

알렉산더가 장군들을 불러서 무슨 말을 하려고 했는지는 영원한 미스터리가 되었다. 알렉산더가 채 말문을 열기도 전에 쓰러졌기 때문이다. 알렉산더는 옆에 있는 사람에게 겨우 한두 마디 속삭였을 뿐이었다.

알렉산더의 상태는 아주 나빠서 왕실 목욕소에서 다른 곳으로 옮길 수도 없었다. 그러는 동안에 군대 안에서는 소문이 퍼지고 죽어 가는 지도자를 보려는 군인들로 소동이 일어났다. 알렉산더는 그들 의 청을 허락해야 했다.

열린 방문 앞으로 군인들이 일렬종대로 알렉산더의 곁을 지나갔 다. 알렉산더는 첫 번째 군인이 들어오자 고개를 그쪽으로 향했다. 그 자세는 마지막 군인이 들어올 때까지 이어졌다. 실로 영웅적인 행동이었다.

'알렉산더는 모든 군인에게 인사를 했다. 아주 힘들었지만 고개 를 들고 눈으로 신호를 보냈다.'라고 역사가들은 적었다.

알렉산더는 고통이 심해 보였다. 죽음과의 경기에서 훌륭한 투사 가 될 것이라고 믿었지만 그에게는 그럴 힘이 없었다. 농담을 하기 에도 너무 고통스러웠다. 그러나 알렉산더는 왕의 반지를 뽑아 페 르디카스에게 넘겨주었다. 그를 임시 대리인으로 임명하는 듯이 보 였다. 그 옆에 서 있던 장군들은 이제 때가 왔다는 것을 알았다.

"누구에게 왕국을 물려줄 것입니까?"

장군들이 알렉산더에게 물었다. 알렉산더의 여러 아내는 임신중 이었고 그중에 아들이 태어날 것이 예상되었다. 알렉산더의 대답은 "가장 강하고 가장 훌륭한 사람"이었다.

다음날 그의 친구들은 치료의 신 신전에서 신의 소리를 듣고 돌 아왔다. 그들은 신에게 알렉산더를 신전으로 데려가는 것이 치료에 도움이 될 것인가를 물었다. 대답은 부정적인 것이었다.

피르디카스는 알렉산더에게 신성한 의식을 언제 받고 싶은지 물었다. 알렉산더는 "자네가 행복할 때!"라고 대답했는데, 그것이 그의 마지막 말이었다.

기록에 의하면 '짙은 안개가 하늘을 가로질렀다. 번개가 하늘에서 바다로 떨어지는 것이 보였고, 커다란 독수리도 함께 떨어졌다. 바빌로니아에 있는 아리마즈드의 동상이 흔들렸고 번개가 하늘로 올라갔다. 빛나는 별을 지닌 큰 독수리도 함께 올라갔다. 별이 하늘로 사라지자 알렉산더는 눈을 감았다.'

오래 전에 알렉산더는 이렇게 말했었다.

"용기있게 살고 영원한 명성을 남기고 죽는 것은 아주 멋있는 일이다."

■ ■ ■

**Alexander**B.C. 356-323 | 마케도니아 왕국의 왕. 필립포스 2세의 아들이다. BC 336년 즉위한 뒤, BC 334년부터 동방원정을 시작하여 아케메네스 왕조 페르시아제국을 멸망시키고 중앙아시아와 인도 북서부에 이르는 광대한 세계제국을 건설했으나, 내치(內治)와 외정(外征)을 끝맺지 못하고 BC 323년 32세 때 바빌론에서 병으로 죽었다. 그의 동방원정과 대제국 건설을 계기로 동·서양의 활발한 문물교류와 함께 헬레니즘시대가 시작되었다. 동방에 이은 아라비아반도 항해나 서지중해의 원정을 계획했으나 그의 갑작스런 죽음으로 인해 실현되지 못했으나, 그의 위업에 의해 로마제국 건설까지의 300년에 걸친 헬레니즘세계가 형성되었다.

볼프강 아마데우스 모차르트Wolfgang Amadeus Mozart

## "내가 나를 위해서
## 진혼곡을 썼다고 하지 않았는가?"

피가로의 결혼, 돈 조반니, 마술피리와 같은 훌륭한 오페라를 쓴 볼프강 아마데우스 모차르트는 완전히 빈털터리로 35세에 죽었다. 죽을 당시 그는 진혼미사곡을 작곡중이었다.

그는 신비한 소리를 만들었다. 그가 작곡한 '작은 소야곡'은 가장 유명한 기악곡이다. 그의 현악 4중주도 명곡의 반열에 들어간다. 모차르트는 여러 개의 소나타와 콘체르토도 썼다. 세상은 모차르트의 음악에는 귀를 기울였지만 그를 빈털터리로 내버려두었다.

그는 죽으면서 처제에게 "나는 이미 죽음을 맛보았어. 죽음을 맛보고 있고. 처제가 아니면 누가 사랑하는 아내 콘스탄체를 돌보아주겠어?"라고 말했다.

모차르트의 마지막 병은 엉뚱한 데서 다가왔다. 1791년 11월 21일, 모차르트는 비엔나에 있는 가장 좋아하는 레스토랑 '은뱀'을 찾았다. 예약이 안된 상태여서 그는 뒷방으로 가서 털썩 주저앉았다.

모차르트는 웨이터가 오자 맥주를 주문하던 평소와 달리 백포도주를 주문했다. 웨이터가 포도주를 가져왔으나 그는 관심이 없어 보였다. 레스토랑 주인은 지나가는 투로 말했다.

"몹시 아픈 사람처럼 보입니다."

모차르트는 정말 아팠고 그 자신도 알고 있었다. 주인은 모차르트에게 계속해서 말을 시키려고 했다. 그는 대화 도중에 자신이 몹시 아프다는 걸 깨달았다. 입술을 깨물면서 탁자 모서리를 움켜잡았지만 다리가 비틀거렸다. 모차르트는 레스토랑 주인에게 말했다.

"조세프, 나 감기에 걸렸어요…… 어지러워요. 집으로 가야겠소. 당신이 내 와인을 드시오…… 그리고 내일 우리집에 오시오."

모차르트는 웨이터에게 팁을 주고 비틀거리면 일어섰다. 그는 층계 하나도 올라가지 못했다.

다음날 레스토랑 주인이 모차르트의 집을 방문했다. 그는 침대에 누워 있었고 친구와 이야기를 나눌 상태가 아니었다.

"조세프, 오늘은 안되겠소. 오늘은 의사와 약제사, 그리고 죽음과 만나야 하니까요."라고 말했다.

모차르트는 죽음에 대해 꽤 오랫동안 관심을 가졌다. 지난 12월에는 하이든이 찾아와서 둘은 즐거운 하루를 보냈다. 헤어질 때 모차르트는 눈물을 흘리며 "우리는 지금 이 세상에서 마지막 작별을 하는 거요."라고 말했다.

다른 친구 로렌조와 이별할 때도 마찬가지였다. 로렌조는 모차르트에게 런던으로 갈 것을 설득하려고 했다. 그러나 모차르트는 작곡할 긴 오페라가 있다는 이유로 그 제안을 내키지 않아했다.

"그곳에서 끝내면 돼. 아니면 끝내지 않으면 어때? 우리는 언제라도 더 좋은 곡을 쓸 수 있어."라고 친구가 말했다.

모차르트는 고집이 셌다.

"아니야, 친구. 나는 이 독일 오페라만 생각하고 있어. 그리고는, 그리고는……."

"그리고는 뭐?"

로렌조의 질문에 모차르트는 "죽음……."이라고 대답했다.

모차르트는 신장이 좋지 않아 심한 고통을 겪으면서 침대에서 보냈다.

모차르트의 오페라를 연주하는 음악가들이 공연의 진행에 대해 알려주려고 그를 찾았다. 모차르트는 저녁이 되면 "지금은 제1막이 끝났겠구나…… 지금은 밤의 여왕이 등장할 차례구나……."라면서 머릿속에 무대를 그렸다.

어느 일요일 오후 모차르트는 베개를 받쳐달라고 요청하고 자신을 방문한 사람들을 침대 곁으로 불러 노래를 불러달라고 레퀴엠의 '라크리모자(눈물의 날)' 부분을 주었다.

모차르트도 함께 부르려고 했지만 목소리가 나오지 않았다. 그의 얼굴은 고통 때문에 일그러지더니 급기야 울음을 터뜨렸다.

저녁에 처제 소피가 도착하자 모차르트는 "나는 이미 죽음을 맞았어. 죽음을 맛보고 있고. 처제가 같이 살지 않으면 누가 사랑하는 콘스탄체를 돌보겠어?"라고 물었다.

나중에는 "내가 나를 위해 진혼곡을 썼다고 하지 않았는가?"라고 말했다.

그는 진혼곡을 끝맺지 못했다. 그는 몹시 아팠다. 아내 콘스탄체가 의사를 불렀지만 의사는 마침 극장에 가 있어서 아주 늦게야 도착했다.

의사가 도착했을 때는 이미 가망이 없었다.

그래도 의사는 마지막 시도로 차가운 압박붕대를 모차르트의 이마에 감으라고 지시했지만 효과는 없었다. 모차르트는 격렬하게 몸을 떨더니 곧 의식을 잃었다.

모차르트를 둘러싼 사람들은 가끔씩 그가 지르는 헛소리를 들었다. 한번은 무엇을 잡는 것처럼 손을 들었고, 마치 트럼본을 부는 듯이 볼을 불룩거리기도 했다. 콘스탄체와 소피 그리고 친구 서스마이르는 침대 곁에 무릎을 꿇고 죽어가는 사람을 위해 기도를 올렸다.

자정 무렵, 모차르트는 눈을 뜨고 일어나려고 애쓰다가 다시 쓰러졌다. 얼굴은 벽을 향했다.

세 사람은 기다렸다. 12월 5일 새벽 1시경, 모차르트는 숨을 거두었다. 음악의 세계를 풍부하게 했던 모차르트의 장례는 너무도 초라

한 극빈자의 장례로 치러졌다. 그의 시체는 공동묘지에 묻혔다.

17년이 지난 후, 모차르트의 유해를 찾으려는 시도가 있었지만 그의 무덤은 다른 시체를 묻기 위해 이미 7년 전에 파헤쳐진 뒤였다.

그러나 우리는 오늘날 묘비가 아닌 음악으로써 모차르트를 기억한다.

■ ■ ■

**Wolfgang Amadeus Mozart**[1756-1791] | 오스트리아 작곡가. 잘츠부르크 출생. 18세기 고전파를 대표하는 작곡가로 36년이 채 안되는 짧은 생애에 많은 명곡을 남겼다. 그의 아버지 레오폴트는 궁정악단의 바이올리니스트이며 작곡가로서 어린 아들을 사람들 앞에서 연주시킴으로써 자극을 주어 발전을 기대했다. 이러한 목적으로 거듭된 여행이 10년 이상으로 그의 생애의 1/4 이상을 여행으로 보냈다. 1779년 1월 잘츠부르크로 돌아온 뒤 궁정 오르가니스트 자리를 얻어 평온한 궁정음악가로서의 나날이 계속되었으나, 1780년 11월 뮌헨궁정의 초청으로 떠났던 여행을 계기로 빈에서 살기로 결심, 그의 인생의 후반이 시작된다. 1782년 8월에는 아버지의 반대를 무릅쓰고 콘스탄체와 결혼했고 이 시기에 오페라 〈피가로의 결혼,1786〉 〈돈 조반니,1787〉 〈여자는 모두 이런 것,1790〉 〈마술피리,1791〉 등과, 17곡에 이르는 피아노협주곡 등 많은 걸작들을 작곡했다. 1787년부터 돈을 벌기 위해 여행을 하는데 경제적으로 어려움을 겪었던 듯했다. 수입이 많음에도 빚을 지게 되었던 이유는 아직도 밝혀지지 않고 있다. 차츰 건강이 나빠져 1791년 12월 5일 숨을 거두었다. 다음날 슈테판대성당에서 장례가 거행되었는데, 최후까지 유체를 따라간 사람이 없어 공동묘지에 매장된 유해는 행방불명이 되었다. 현재 성 마르크스묘지에 있는 무덤에는 유골이 묻혀 있지 않다.

**윌리엄 셰익스피어**William Shakespeare

"여기에 묻힌 시체를 파는 이여."

윌리엄 셰익스피어는 화려한 필체로 영웅들의 죽음에 관해 수많은 작품을 남겼다. 그러나 정작 자신의 죽음에 관해서는 아무것도 남기지 않았다.

셰익스피어는 1616년 4월 23일, 52세의 생일을 지낸 직후 사망했다. 요즘 기준으로 보면 중년의 나이로 죽은 셈이었다.

그의 건강이 나빠지긴 했지만 1616년 초까지는 누구도 그의 마지막이 가깝다는 사실을 예상하지 못했다. 셰익스피어는 당시의 상투적인 어법으로 자신이 유서를 쓸 수 있는 전제조건, 즉 '건강이나 기억이 완벽한 상태'라고 말했다.

그의 유서는 변호사 프랜시스 콜린스가 읽었고 1월 25일에 셰익스피어가 서명하기로 되어 있었다. 그러나 유서는 한동안 그대로 방치되었다. 셰익스피어가 슬픈 일을 겪었기 때문이었다.

셰익스피어의 작은딸 주디스가 서른두 살의 나이로 네 살 연하의 남자와 결혼을 하게 되었다. 신랑은 셰익스피어가 중년에 절친하게 지낸 리차드 퀴니의 차남이었다. 원래 결혼은 교회법이 정한 대로 교회로부터 허락을 받은 후 사순절에 결혼식을 거행하는 것이 관례였다.

그러나 셰익스피어의 딸은 교회의 허락을 얻기 전에 먼저 결혼식을 올렸고, 워세스터 주교 법정이 요구한 해명도 하지 못했기 때문에 파문을 선고받았다. 그는 이 문제로 상당한 괴로움을 겪었다.

이 무렵 두 명의 옛 친구 마이클 드라이튼과 벤 존슨이 스트랫퍼드에 있는 셰익스피어의 집을 찾았고 공통점이 많은 세 사람은 즐거운 한때를 가졌다. 찰스 2세 시대에 스트랫퍼드 교구 목사를 지낸 존 워드가 스트랫퍼드 지방의 소문을 기록한, 신뢰성이 다소 미심쩍은 일기를 보면 그때 '셰익스피어는 과도한 음주를 한 것'으로 되어 있다. 어쨌든 셰익스피어는 거기에서 열병을 얻었고 결국 죽음을 맞게 되었다.

세계적인 극작가 셰익스피어의 마지막 행적에 대해 알려진 것은 이것이 전부였다. 젊었을 때 한두 번을 빼고는 과도하게 술을 마신 적이 없는 그가 그때는 아마도 딸이 처한 곤경이 준 깊은 슬픔을 포도주와 함께 날려버리고 싶었던 모양이었다.

그러나 그날의 음주가 셰익스피어를 열병의 희생자로 몰지는 않았다. 셰익스피어의 전기 작가 시드니는 셰익스피어의 집 이웃에 있는 예배당 길이 돼지떼가 나돌아다니는 시끄러운 놀이터였고 비정상적인 그곳의 분위기가 저명한 극작가의 쇠락한 건강에 나쁜 영향을 주었다고 기록했다.

그의 열병은 계속되었다. 3월이 되자 병세는 더 나빠졌다. 셰익스피어는 3월 25일 다섯 명의 이웃이 지켜보는 가운데 이미 1월에 작성한 유서에 서명했다. 그 이후에 대해서는 아무런 기록이 남아 있지 않다.

4월 17일, 셰익스피어의 유일한 동서 윌리엄 하트가 교구 묘지에 묻혔다. 그의 죽음은 셰익스피어에게 크나큰 충격이었다. 4월 17일과 셰익스피어가 죽은 23일 사이에 일어난 일에 대해서는 전혀 알려져 있지 않아 병이 나아졌는지의 여부를 알 길이 없다.

이틀 후 4월 25일 셰익스피어는 스트랫퍼드 교회 안의 제단 앞에 매장되었다. 교회의 북쪽 벽으로부터 멀지 않은 곳이었다. 묘지는 5미터 깊이로 팠고 비석에는 셰익스피어가 말한 대로 다음과 같은 글귀가 새겨졌다.

좋은 친구, 부디
여기에 묻힌 시체를 파는 이여
이 비석을 남겨놓는 이에게는 축복이 있고
내 뼈를 옮기는 이에게는 저주가 있으리니.

위대한 시인 셰익스피어가 자신의 묘비에 그렇게 무미건조한 글귀를 새겼다는 것은 아주 이상한 일이었다. 그러나 그럴 만한 분명한 이유가 있었다.

그가 묻힌 교회의 북쪽 벽에는 납골당이 인접해 있었는데 그곳에는 관습에 따라 주변 묘지에서 파낸 뼈가 수북하게 쌓여 있었다. 17세기 영국 전역에서는 불법적인 묘지 파내기에 대한 불평과 원성이 자자했다.

시드니 리는 셰익스피어가 묘비명에 그렇게 새긴 것도 불경스런 시체 파내기 관행을 막기 위한 조처였을 것으로 파악했다. 만약 묘비명에 그런 저주가 새겨 있지 않았더라면 섹스톤(교회의 머슴)은 셰익스피어의 시체를 납골당으로 옮기는데 조금도 망설임이 없었을 것이다.

셰익스피어는 교회 안에 매장되었다. 이 사실은 교회 제단 앞에 무덤을 마련할 만큼 그가 지역에서 명성을 가지고 있었다는 사실을 말해준다.

그 특권은 누구나 누릴 수 있지 않았다. 교회 안에 묻히기를 바랐던 셰익스피어의 아내와 딸들은 끝내 그 소망을 이루지 못했다. 결국 그의 아내는 셰익스피어의 무덤 북쪽에 따로 매장되었다.

아내의 이름은 셰익스피어의 첫 번째 유서에서 빠져 있었다. 그러나 다섯 명의 친구가 지켜보는 가운데 3월 25일 서명한 마지막 유서에는 자기가 가진 두 번째 좋은 침대를 아내에게 주라는 사항이 포함되었다.

아내는 그밖의 유산을 받지 못했다. 셰익스피어가 별로 사랑을 느끼지 못한 아내에게 경멸감을 보이려고 의도적으로 저지른 행동인지는 알 수가 없다.

어떤 이들은 셰익스피어의 아내가 매사에 무지하고 나이가 많았다는(남편보다 나이가 많은 그녀는 이미 60세가 넘었다) 사실을 지적했다.

따라서 셰익스피어는 아내가 재산을 관리하는데 부적당하다고 여겼을 가능성이 컸다. 사실 셰익스피어는 자기의 현명함을 어느 정도 물려받은 맏딸에게 아내를 보살피게 하는 것이 '신중한 행동'이라고 여겼을 가능성이 많다.

■ ■ ■

**William Shakespeare**[1564-1616] | 영국 시인 · 극작가. 세계 연극사상 최고의 극작가이며 영국 문학사를 장식하는 대시인. 영국 르네상스의 정점인 엘리자베스 1세때 워릭셔의 스트랫퍼드어폰에이번에서 태어났다. 유복한 가정의 장남으로서 유년시절을 행복하게 보냈으나, 13세 때 집안이 몰락하기 시작하여 대학에는 진학하지 못했다. 18세 때 8세 연상인 해서웨이와 결혼하여, 다음해 장녀 수재나를 낳고, 2년 후 쌍둥이 남매 햄릿과 주디스를 낳았다. 런던으로 나가 배우 겸 극작가가 되었다. 로드체임벌린 극단에 소속되어 20년 이상 전속작가로 활약했다. 얼마간 재산을 모아 1597년 고향에서 뉴플레이스라는 저택을 샀다. 1612년 은퇴하여 고향에 돌아갈 때까지 37편의 희곡을 펴냈다. 극작 외에도 3편의 시집이 남아 있는데 〈비너스와 아도니스〉 〈루크리스의 겁탈〉 〈소네트집〉이다. 작품을 4기로 나누어 1기(~1597)에는 〈헨리 6세〉 〈한여름 밤의 꿈〉등, 2기(~1600) 희극기에는 〈베니스의 상인〉 〈십이야〉 〈뜻대로 하세요〉, 3기 비극기에는 〈햄릿〉 〈오셀로〉 〈아더왕〉 〈맥베스〉 등이 있다. 4시 비희극기에는 〈겨울이야기〉 〈폭풍우〉 등이 있는데 그의 생전에 개별로 출판된 작품도 18편이 이르며 전작품을 모아서 최초의 전지 2절판의 대형판으로 1623년에 출판되었다.

성 프란체스코St. Francis of Assisi

## "죽음은 우리의 자매이다.
## 죽음을 위해 신을 찬송하자!"

이탈리아 아시시에서 태어난 성 프란체스코는 가난한 자를 위해 부와 권력을 포기한, 가장 존경받는 성자 중의 한 사람이다.

1209년 2월 24일 성 마티아의 날, 스물일곱 살의 프란체스코는 포르티운쿨라라는 작은 성당에서 기도를 하다가 마태복음의 유명한 말씀을 듣게 되었다.

그것은 그리스도가 제자들에게 가르친 이야기로 '병든 자를 고치고 죽은 자를 눕히며 문둥병자를 닦아주고 악마를 쫓아라……. 금, 은, 동을 모으지 말고 여행 경비를 요구하지 말며 두 벌의 옷과 두 개의 신발을 갖지 말고 일하는 사람을 두지 말라.'였다.

프란체스코에게는 그 말이 마치 자신에게 하는 것으로 들렸다. 그는 즉시 자신이 소유한 신발과 지갑, 그리고 하인을 버렸다.

그는 한 벌의 옷만 지녔고 '청빈·순결·순종'을 상징하는 세 겹의 동아줄로 허리띠를 대신했다. 그때부터 프란체스코의 인생은 신과의 직접적인 통교를 통해 결정되었다. 그는 곧바로 성자가 된 셈이었다.

44세가 되는 1226년까지 프란체스코의 생은 병들고 가난한 사람들을 위해 봉사했다. 그의 거룩함은 프란체스코가 지나가는 마을과 도시에 웃음거리가 되었다.

사람들은 그를 '신의 바보'라고 불렀다. 프란체스코는 물질의 소유에 대해 반대했지만 훈련받은 두 마리의 양과 까마귀, 매 각 한 마리, 그리고 길들인 늑대 한 마리를 가지고 있었다. 그는 살생을 싫어했지만 그래도 맛있는 스테이크를 거부하지는 않았다. 프란체스코는 모순이 교묘하게 섞여 있는 인물이었다.

그는 특히 새를 좋아했다. 그리고 진정으로 자연을 사랑했다. 프란체스코는 기적을 행했고 그것은 조금도 이상한 일이 아니었다. 그것이 바로 프란체스코의 방식이었다. 그러나 자신의 고통은 그도 어쩔 수가 없었다. 프란체스코는 참을성 있게 고통을 견디었다.

새를 좋아하는 그였으므로 한번은 새떼——비둘기, 까마귀, 독수리 등——가 그의 설교를 듣기 위해 나무에 모였다. 설교가 끝나자 프란체스코에게 고개를 숙였다.

프란체스코가 라 베르나 산 숲속에 일시적으로 머물 때 그 지역의 새들이 모두 그를 환영하기 위해서 모여들었다.

어느 날 한 수도사가 덫에 걸린 토끼 한 마리를 데리고 왔다.

"작은 토끼 형제, 이리 오너라. 어쩌다 잡혔니?"하고 물었다.

그러자 토끼는 프란체스코에게 달려가 성자의 가슴에 머리를 묻었다. 그는 막 잡은 물고기에게 다시는 잡히지 말라고 한바탕 훈계를 한 다음 도로 강물에 집어넣었다. 겨울에는 꿀벌이 살 수 있도록 꿀을 주었고 매미에게 신을 찬송하는 노래를 부르라고 말했다. 물론 매미는 노래를 불렀다.

그는 말년에 심한 눈병에 걸렸고 결국 앞을 못 보게 되었다. 그는 상심해서 시를 썼는데 이런 점에서 프란체스코는 단테의 선구자였다. '살아 있는 것을 위한 노래'라고 알려진 그의 시는 그 누구와 비교할 수 없는 아름다운 찬미의 시였다.

가장 높고 가장 성스러우며 가장 강대한 신이여
우리는 당신의 영광, 축복, 찬송을 환호합니다.
그 말을 하는 것보다 가치있는 일은 없나니
그것은 당신의 이름을 부르는 것입니다!

프란체스코는 1225~6년의 겨울을 은거지 중의 하나인 레이티에서 보냈다. 거의 시력을 상실한 상태였다. 더구나 프란체스코는 수종증에 걸렸다. 손과 발에서는 이미 피가 흘렀다.

그는 고향인 포르티운쿨라로 돌아가고 싶어했다. 그러나 여름 더

위가 너무 극심해서 바그나라의 산 은거지로 거처를 옮기게 되었다. 프란체스코는 그곳에서 다른 사람들에게 보낼 편지를 구술하고 유서도 썼다.

여름이 가면서 프란체스코는 아시시에 있는 주교관으로 돌아와 밤낮으로 간호를 받았다. 치료할 의사도 불렀다. 그는 자신이 앞으로 얼마나 더 살 수 있는지 궁금해 했다. 우물쭈물하던 의사는 프란체스코의 병이 불치이며 아마도 9월말이나 10월 첫주 안에 죽을 것이라고 말했다. 프란체스코는 기뻐하며 손을 번쩍 들고 외쳤다.

"죽음의 자매여, 환영합니다!"

그는 신부 레오와 안젤로, 동료들을 오라고 해서 그들에게 '살아 있는 것을 위한 노래'를 부르게 했다. 그들이 노래를 마치자 프란체스코는 다른 절을 읊었다.

죽음은 우리의 자매이다. 죽음을 위해 신을 찬송하자.
누가 영혼을 신의 보시는 빛으로 해방하는가.
죽으면서 우리는 마지막 숨과 함께 외친다.
우리의 감사함과 칭송을.

프란체스코는 그들과 함께 노래를 불렀다. 사람들은 적절한 일이 아니라고 생각했지만 프란체스코는 걱정하지 말라고 말했다.

"나는 이 계시(죽음)를 받아 너무 기뻐서 더 이상 울 수가 없다. 신은 내게 은총과 내가 천국에서 행복을 누릴 것이라는 확답을 주셨으니 나는 마땅히 신의 영광을 위해 노래를 부르고 또 노래를 부를 것이다."

프란체스코는 친구들과 수도사들에게 작별을 고했다. 그러나 그는 불편한 포르티운쿨라에서 성스럽게 죽고 싶다고 우겼다. 그리하여 프란체스코는 그곳으로 거처를 옮겼다.

바닥에 누운 프란체스코는 편지를 구술했다. 하나는 차아라 부인에게, 또 하나는 로마에 있는 그의 후원자 지아코마 부인에게 부치는 편지였다. 편지가 끝나기 전에 지아코마 부인이 두 아들을 데리고 아시시에 도착했다.

1226년 10월 3일 토요일, 프란체스코의 죽음이 임박했다. 프란체스코는 의사에게 죽음의 자매가 왔다고 선언하도록 요청했다. "죽음의 자매는 내게 생명을 열어줄 것이다."는 것이 그의 설명이었다.

프란체스코의 지시를 받은 수도사들은 바닥에 깐 거친 옷감 위에 그를 눕히고 먼지와 재를 뿌렸다. 성 프란체스코의 희미한 목소리는 시편 142장을 읊조렸다.

내가 소리내어 여호와께 부르짖으며
소리내어 여호와께 갈구하는도다.
내 원통함을 그 앞에 토하며
내 우환을 그 앞에 진술하는도다.
내 신념이 속에서 상할 때에도

주께서 내 길을 아셨나이다!

그리고는 다시 '살아 있는 것을 위한 노래'를 부르려고 애를 썼다. 그러나 목소리는 나오지 않았다. 그는 신을 위한 찬송을 부르다가 죽었다. 그 자리에 있던 어떤 사람은 "그는 웃는 성자의 모습이었다."고 전했다.

지아코마 부인이 그를 안았다. 전하는 말에 의하면 그때 종달새 무리가 나타나 환영의 노래를 불렀고 그 소리는 하늘 가득히 울려 퍼졌다. 한 수도사는 프란체스코의 영혼이 빛나는 별이 되어서 흰 구름을 타고 하늘로 올라가는 것을 보았다고 말했다.

■ ■ ■

**St. Francis of Assisi**[1182-1226] | 부유한 포목 상인의 아들로 태어났다. 젊은 시절에 이미 부와 쾌락과 명성을 누렸다. 18세 되던 해에 페루지아와의 전쟁에 참가하여 기사의 꿈을 실현하려 했지만, 그는 페루지아인들에게 잡혀 1여 년 동안 포로생활을 했다. 1205년~1209년 사이, 포로생활에서 풀려난 그는 깊은 영적 변화를 맞는다. 그리고 세속의 모든 생활을 청산하고 완전한 가난의 삶으로 귀의한다. 열두 형제들을 구성하기에 이르렀고, 이것은 인노첸시오 3세 교황의 구두 인준을 통한 수도회의 탄생으로 이어졌다. 뒤이은 그의 사도적 활동은 술탄을 찾아가 복음을 전하는 데까지 뻗어갔다. 그리스도를 그대로 닮기를 열망하던 그는 죽기 2년 전인 1224년 9월 17일, 라 베르나 산에서 그리스도의 거룩한 상처를 상징하는 오상(五傷)을 받았다. 그는 모든 자연 만물에게 자신들을 창조한 주 하느님을 찬미하도록 이끌었다. 그리고 모든 자연을 형제 자매라고 불렀다. 1226년 10월 3일 저녁 프란체스코는 포르티운쿨리로 돌아와 형제들의 기도 소리를 들으며 마지막 시편을 낭송하며, 자매인 '죽음'을 맞이했다.

블라드미르 레닌Vladimir Lenin

## "이제 내 일을 다 끝냈으니
평화롭게 떠날 수 있다."

볼셰비키 당을 만들고 11월 혁명을 주도한 레닌은 불굴의 의지를 가진 사람이었다.

그의 의지력은 가히 전설적이었다. 레닌이 죽고 부검을 실시했을 때 어떤 독일인 의사는 레닌의 대뇌가 정상인의 4분의 1로 작아진 상태였다고 회고했다.

부검을 실시한 로자노프 교수는 "우리가 뇌를 개봉했을 때 발견한 것은 엄청난 뇌연화증이었다. 놀라운 일은 그러한 뇌연화증의 두뇌에도 불구하고 사고력이 손상되지 않았다는 사실이 아니라 그러한 뇌를 가지고도 그렇게 오랫동안 생존했다는 사실이었다."라고 말했다.

　레닌은 죽기 전에 세 차례나 뇌일혈로 쓰러졌다. 앞의 두 번은 모든 이를 놀래키며 회복되었다. 레닌의 건강은 1921년 말부터 쇠약해졌고 1922년이 되자 심한 두통과 현기증을 느꼈다. 담당 의사들이 과로로 인한 가벼운 증세라고 설명하자 레닌은 "아니오. 나는 이것이 첫 번째 증세라고 느끼고 있소."라고 단호하게 대꾸했다.

　레닌을 진찰한 러시아와 독일 의사들은 1918년 첫 번째 암살미수 때 레닌의 몸에 남은 총알이 납중독을 일으킨 것이라고 파악했다. 그래서 수술을 하고 총알을 제거했다. 그러나 증상은 별로 나아지지 않았다.

　1922년 5월 초, 레닌은 처음으로 뇌일혈을 일으켰고 그 후유증으로 말을 하지 못하고 반신마비가 되어 움직일 수가 없게 되었다. 그의 아내와 여동생이 간호를 맡았다. 아내는 레닌에게 왼손으로 글을 쓰고 큰 소리로 발음하도록 훈련시켰다.

　그는 점차 회복되었고 5월 28일에는 가까운 동료를 만났다. 그리고 7월이 되자 홀로 설 수 있었다. 그의 회복은 아주 빨라서 1922년 10월 2일에는 고리키에 있는 집에서 모스크바로 돌아왔다. 의사들은 오랫동안 말하지 말도록 주의를 주었지만 레닌은 제4차 코민테른 회의에 참석하여 청중들에게 더듬거리며 연설을 했다.

　그해 11월 후반부터 레닌은 다시 두통과 불면증을 호소했다. 레닌은 11월 25일 '완벽한 휴식'을 취하라는 경고를 받았다. 방문객의 출입도 금지되었다. 레닌은 그 동안 많은 책을 읽었다. 그리고 볼셰비키 혁명의 승리 후에 시작된 일부 급진적인 정책에서 후퇴하려고 노력했다.

1922년 12월, 레닌은 두 번째 뇌일혈로 쓰러졌다. 전보다 더 심했다. 의사들은 절대 휴식을 권했지만 레닌에게는 쉽지 않은 일이었다. 그는 '우리가 진짜 부르주아 문화와 문화적 발전을 시작할 수 있을 것인가'의 여부를 생각하며 협동의 역할에 관한 글을 완성했다.

12월 12일 레닌은 마지막으로 책상에 앉아 편지를 썼다. 스탈린에게 보내는 편지였다.

'나는 이제 내 일을 끝냈으니 평화롭게 떠날 수 있다오. 나를 괴롭히는 오직 한가지는 소비에트 회의에 참석하지 못한다는 사실이오……'

그는 치통도 겪은 모양이었다. 그것은 정치국에서 보낸, 소련에서 소수민족의 미래가 어떻게 될 것인가를 걱정하는 내용의 짧은 편지에 언급되었다. '나는 지금 러시아의 광신적인 애국주의에 대하여 선전포고를 하는 것이오. 이 망할 놈의 이빨만 빼면 최선을 다해 그것을 잡아먹을 것이오. 중앙집행위원회는 반드시 러시아인, 우크라이나인, 그루지아인, 그리고 다른 지방 사람들이 교대로 사회를 맡아야 할 것이오. 절대 그래야 하오.'

그러나 레닌은 그의 생이 다했다는 걸 알고 있었다. 1922년 12월 25일과 26일에는 유서를 작성했고, 1923년 1월 4일에 추신이 덧붙여졌다. 그는 볼셰비키 지도자들을 다음과 같이 평가했다.

그는 스탈린에 대해 '너무 무례하다. 그 결점이 공산주의자로서 전적인 지지를 받을 수 있는 그를 당서기로서 지지를 받지 못하게 만든다.'라고 평가했다.

그리하여 레닌은 동지들에게 "스탈린을 서기직에서 축출하고 그와 다른 인물, 즉 보다 참을성이 있고 보다 정중하며 동지들의 의견을 잘 듣고 변덕스럽지 않은 인물을 임명하는 방법을 찾으라."고 제안했다.

레닌은 스탈린이 자기 아내에게 무례하게 군 것에 격분하여 3월 5일 스탈린에게 편지를 보냈다. 만약 사과하지 않으면 관계를 끊겠다고 적었다. 그러나 운명은 그가 아닌 다른 사람의 손을 들어주었다. 그날, 레닌의 상태는 더욱 나빠졌다.

3월 9일, 레닌은 세 번째로 쓰러졌다. 그는 거의 말을 하지 못했고 억양과 동작으로 감정을 전달했다. 혁명이라는 단어도 발음하지 못했다. 단어 하나를 두세 번씩 반복해야 했다.

전처럼 다시 레닌의 의지가 발휘되었다. 그는 10월까지는 혼자서 걸을 수 있게 되었다. 10월 10일, 레닌은 다시 고리키를 떠나 모스크바로 돌아갔다. 크레믈린의 자기 사무실로 간 레닌은 책상 주위를 돌면서 생각에 잠겼다.

병을 그를 놓아주지 않았다. 손상된 뇌가 영향을 주기 시작한 것이다. 레닌은 기분을 전환하기 위해 썰매를 타거나 날씨가 좋을 때면 시골로 차를 타고 나가기도 했다. 12월 24일에는 레닌의 아내가 크리스마스 트리를 만들고 농민들을 불렀다. 그는 기분이 좋아 보였다.

1924년 1월 20일, 레닌은 몸에 이상을 느꼈다. 한동안 뜸했던 두통이 다시 시작되었고 입맛도 없었다. 다음날 아침 일어난 레닌은 여전히 기분이 좋지 않은 듯 음식을 먹지 않았다. 가족의 설득으로 겨우 약간의 음식을 먹은 그는 저녁도 아주 조금밖에 먹지 못했다. 저녁 후, 그는 쉬려고 자리에 누웠다. 갑자기 그의 숨소리가 거칠고 불규칙해졌다.

1924년 1월 21일 오전 6시, 다시 심한 뇌일혈이 왔고 레닌은 의식을 잃었다. 그의 얼굴은 창백해졌고 숨쉬는 것이 힘들어 보였다. 체온이 급격히 올라가더니 뇌출혈이 생기고 그로 인해 호흡기관이 마비되었다. 그로부터 50분, 레닌은 마지막 숨을 쉬었다.

그의 나이 54세였다.

■ ■ ■

**Vladimir Lenin**[1870-1924] | 러시아 혁명가 · 정치가. 심비르스크 출생. 본명은 울리야노프 (Ulyanov). 러시아 혁명과 공산주의 운동의 이론적, 실천적 지도자로 마르크스 주의를 러시아와 제국주의 시대의 현실에 적용시켜 창조적으로 발전시켰다. 레닌이란 이름은 혁명운동을 할 때 사용한 150여 개에 이르는 가명 중 하나이다. 장학관인 아버지가 오랜 세월의 공적으로 세습귀족이 됨에 따라 그도 귀족이 되었다. 18세기 경부터 혁명 서클에 가담하였고 이때 마르크스의 〈자본론〉과 접했다. 1895년에는 유럽 각지를 순방했는데 스위스에서는 노동해방단을 대표하는 플레하노프와 접촉했다. 귀국 후 페테르부르크에 노동자계급해방투쟁동맹을 결성했으나 체포되어 투옥되었으며, 1897년에는 시베리아로 추방당해 3년을 유형생활로 보냈다. 1903년 소련공산당의 전신인 볼셰비키파를 결성, 10월혁명으로 프롤레타리아 독재정권을 세웠다. 혁명 후 소비에트 정부의 수반이 되었다. 저서에 〈제국주의, 자본주의 최고의 단계〉가 있다. 1922년부터 뇌연화증으로 인한 발작을 여러 차례 경험한 뒤 1924년 1월 21일 모스크바 교외에 있는 고리키마을에서 숨을 거두었고, 유해는 모스크바 붉은 광장의 묘지에 안치되었다.

마하트마 간디|Mahatma Gandhi

## "짧은 생은…
## 세상이라는 정원에 있는 샘이다."

간디의 말년은 슬픔과 불길한 예감으로 점철되었다. 간디가 누려왔던 모든 가치——즉 힌두와 이스람교도의 화합, 평화와 형제애——들이 그의 주변에서 무너지고 있었다.

유혈 폭동이 국가를 분열시켰고 가슴에 증오심을 품은 망명자들의 물결이 이어졌다. 그가 델리에서 가진 기도회에는 수많은 사람이 참석했지만 가끔씩 군중들 속에서 "간디를 죽여라!"는 외침이 들렸다. 그 소리는 간디를 존경하고 추종하는 사람들의 가슴을 섬뜩하게 했다.

1948년 1월 말, 비를라하우스에서 간디가 연설을 하는 동안 폭탄이 터지는 사건이 발생했다. 공포 분위기는 아니었지만 조카 손녀 마누벤이 간디의 발 아래로 있는 힘을 다해 몸을 날리는 일이 일어났다.

폭탄을 던진 마담랄 피화는 그 자리에서 체포되었다. 그로 인해 마하트마를 죽이려는 음모가 있음이 분명하게 드러났다. 간디 자신도 그 사실을 의식하게 되었다.

폭탄 사건이 있은 이틀 후에 간디는 마누벤에게 말했다.

"나는 아주 낙담했다. 내게 용기를 다오. 네 행동은 아주 훌륭했어. 내가 어제 기도회에서 말한 것처럼 네 무릎에 누워서 웃는 얼굴로 라마신의 이름을 외우느니 차라리 암살자의 총에 맞기를 원한다. 그러나 세상이 뭐라고 하든지—세상은 이중적이지—너는 나를 네 진짜 어머니라고 여겨야 한다. 나는 진정한 마하트마야."

간디는 계속해서 찾아오는 방문자들을 만났다. 1월 29일 아침, 사회주의 지도자 자야푸라카시 나라얀이 간디를 찾아왔다. 그 뒤를 이어 인디라 간디가 네 살짜리 아들 라지브를 데리고 인사를 왔다. 네루의 여동생과 간디의 오랜 동료 사로지니의 딸 파드마자 나이두도 함께였다.

간디는 "공주님들이 나를 보러 오셨구먼."하면서 그들을 놀렸다. 그후로도 많은 방문객이 찾아와 불평을 말하거나 이슬람교도 신뢰하는 간디를 세차게 비난했다.

일부는 간디에게 "그만큼 하셨으면 됐습니다. 당신이 모든 것을 망쳤다구요! 여기를 떠나 히말라야에나 가세요!"라고 힐난하기도

했다.

그 말은 간디를 상심시켰던 것이 분명했다. 그는 그날 저녁에 있은 기도회에서 그 사건을 언급했다.

"저는 혼란 속에서 평화를 찾았습니다."

간디는 그렇게 말했다.

그날 밤 간디는 기침을 했고 몹시 피곤해 보였다. 아마도 심하게 스트레스를 받은 듯했다. 그가 평생 반대했던 폭력이 간디를 삼키고 있었던 것이다.

"어떻게 얼굴을 들고 세상을 쳐다보는가?"

간디는 절망스럽게 말했다. 그는 우르두 시인 나지르의 시 구절을 암송했다.

"짧은 생은 세상의 정원에 있는 샘과 같다. 사는 동안은 용감하게 장관을 누려라."

간디는 자신의 머리를 기름으로 마사지하고 있는 마누벤에게 말했다.

"만약 내가 만성적인 질병으로 죽는다면, 그게 아무리 종기라고 하더라도 지붕에 올라가서 세상에다 내가 가짜 마하트마라고 소리를 쳐라. 그래야 내 영혼이 어디서든 평화롭게 잠들 것이다. 만약 내가 병으로 죽는다면 사람들이 너를 저주하더라도 내가 가짜 마하트마이며 위선적인 마하트마라고 선언해야 한다. 지난 주에 있었던 일처럼 혹시 폭탄이 터지거나 누가 나를 쏜다면 그리고 내가 한숨을 쉬지 않고 라마신의 이름을 부르면서 맨몸으로 총알을 맞는다면 그제야 내가 진짜 마하트마라고 말하거라."

생의 마지막 날, 간디는 평상시처럼 **빡빡한** 일정을 치르기 위해 새벽 3시 30분에 일어났다. 마누벤이 그를 위해 어떤 기도문을 읽을 것인가를 묻자 간디는 그가 가장 좋아하는 기도문을 골랐다.

지치거나 않거나 그대여 쉬지 마라.
네 단독 투쟁을 멈추지 마라.
지속하라, 쉬지 마라.
세상은 어두워지고 너는 그 빛이 될 것이니,
너는 주위의 어둠을 쫓으리라.
오 그대여, 삶이 너를 버리더라도 쉬지 마라.

간디는 편지철을 뒤적이다가 전날에 부친 편지 하나가 다른 곳에 끼워져 있는 것을 보고 기분이 상했다. 간디는 정원을 잠깐 산책하고 마사지를 받고 목욕을 했다. 그리고 기침약을 준비하러 가는 마누벤을 불러서 말했다.

"저녁이 오기 전에 무슨 일이 일어날지, 내가 그때까지 살아 있을지 어찌 알겠느냐? 내가 밤까지 살아 있다면 그때나 약을 좀 준비해다오."

간디는 9시 30분에 아침식사를 하고 비서와 토의를 가졌다. 그는 찾아오는 방문객을 맞았으나 그날따라 이상하게도 우유부단해 보였다.

간디는 비서에게 "중요한 서류를 가져오라. 내일은 살아 있지 못할지도 모르니 반드시 오늘 처리해야지."라고 일렀다. 이는 죽음이 다가오는 것을 암시한 간디의 다섯 번째 발언이었다.

간디는 자신을 기다리고 있는 죽음을 예감했음이 틀림없었다. 오후에는 배에 진흙팩을 하고 몇 통의 편지를 구술했다. 그 다음에는 사진이 담긴 앨범을 선물한 프랑스 사진작가와 만났고, 〈타임 라이프〉지의 사진기자인 마가렛 화이트와 인터뷰를 가졌다.

뒤이어 네루 총리와 의견 차이를 빚고 있는 간디를 설득하려고 찾아온 부총리 사다르 파텔과 대화를 나누었다.

대화 중간에 마누벤이 다가와 멀리 카티와르 왕국에서 두 명의 국민회의당 지도자가 그를 뵈러 왔다고 전했다.

간디는 "기도회로 가는 도중에 말라하고 전해라. 그때까지 내가 살아 있다면 말이야."라고 대답했다. 그러나 아무도 그 말을 심각하게 받아들이지 않았다.

사다르 파텔이 떠난 후 간디는 피곤함을 덜기 위해 약간의 음식을 먹었다. 벌써 5시였고 이미 기도모임에 늦은 터였다. 시간을 엄수하는 걸 자랑으로 여겼던 간디는 다소 기분이 언짢았다. 마누벤이 간디의 안경, 묵주, 노트 그리고 간디가 기도회에 가지고 가는 침뱉는 그릇을 챙겨들었다.

간디의 왼쪽에는 마누벤이 오른쪽에는 그가 신뢰하는 아바벤이 함께 걸었다. 간디는 늦은 시간을 만회하려고 비를라하우스의 정원을 향해 부지런히 발걸음을 옮겼다.

그 거리는 짧아서 3분이 채 걸리지 않았다. 도중에 간디는 저녁 시중을 들은 아바벤에게 '가축에게 먹이기 위한 풀'을 주었다고 가벼운 농담을 던졌고, 아바벤은 바(죽은 간디의 부인)는 그것을 가끔 '말에게 먹이는 건초'라고 말하곤 했다고 응수했다.

재미있게 느낀 간디는 "아무도 좋아하지 않는 것을 먹는 내가 위대하지 않은가?"라고 말했다.

간디가 다가가자 군중이 길을 비켜주었다. 간디는 미소를 지으면서 전통적인 인도의 인사법으로 합장을 하고 군중 속을 서너 발짝 걸었다.

그때 카키색 윗도리에 초록색 옷을 입은 한 남자가 마누벤을 밀치고 지나가더니 간디 앞에 복종하듯 낮은 자세를 취했다. 그 바람에 마누벤의 손에 들려 있던 안경, 묵주, 침뱉는 그릇이 땅에 떨어졌다. 그런 일은 종종 일어났다.

마누벤이 그 남자에게 말했다.

"형제여, 바부지(간디)는 이미 기도에 늦었어요. 왜 성가시게 하세요?"

마누벤의 말이 채 끝나기도 전에 세 발의 총성이 들렸다. 첫 번째 총알은 간디의 복부에 맞았고 두 번째, 세 번째 총알은 가슴에 박혔다.

"아, 라마! 아, 라마!"

비틀거리며 여전히 두 손을 합장한 간디는 늘 경애했던 신의 이름을 외쳤다. 흰 숄 위로 붉은 피가 뚝뚝 떨어졌다.

그곳은 아수라장이 되었다. 나중에 나투람 비나얏으로 밝혀진, 카키옷을 입은 암살범은 그 자리에서 붙잡혀 경찰에 넘겨졌다. 그러나 비를라하우스 정원에는 의사가 한 명도 없었다. 간디의 가슴에서 계속 피가 흘렀다. 간디는 재빨리 방으로 옮겨졌다. 그러나 그때는 이미 숨을 거둔 뒤였다.

간디는 125세까지 살기를 바랐다. 그러나 그보다 한참 적은 78세에 세상을 떠났다. 그때는 인도가 독립한 지 겨우 5개월이 지난 1948년 1월 31일이었다.

■ ■ ■

**Mahatma Gandhi**[1869-1948] | 인도 민족운동 지도자·사상가. 포르반다르 출생. 1888년 영국에 유학하여 런던대학에서 법률을 공부하고 법정변호사 자격을 얻었다. 1891년 귀국하여 봄베이 법원 관할 변호사 활동을 시작했다. 1893년 남아프리카 나탈시 더반으로 건너가 인도인에 대한 인종차별과 억압에 대해서 투쟁을 전개했다. 제1차세계대전중 영국이 약속한 인도 독립이 이행되지 않고 오히려 탄압정책이 심해지자 정치활동을 재개했고, 1919년 인도 국민회의파는 영국에 대한 비협력방침을 명백히 하고 제1차 비폭력투쟁을 전개했다. 1924년 간디는 국민회의파 의장에 선출되었다. 1928년 국민회의파가 인도의 완전한 독립을 요구하자, 이에 호응하여 제2차 비폭력운동을 지도, 1930년 던디행진을 감행하여 다시 투옥되었다. 1947년 인도독립법에 의해 인도연방과 파키스탄으로 분리 독립한 후로도 양 교도간의 대립이 계속되자 그 화해를 위해 애쓰던 중 1948년 1월 델리에서 한 극단적 힌두교도에 의해 암살되었다. 그는 인도의 독립과 평화유지에 크게 기여하며 '마하트마(위대한 영혼)'라고 불리며 인도 국민의 추앙을 받고 있다. 주요 저서에 〈인도의 자치〉 〈자서전〉 〈비폭력으로부터 오는 힘〉 등이 있다.

레오 **톨스토이**Lev Tolstoy

## "그래, 이게 끝이구나!
## 별것도 아니구먼…"

레오 니콜라비치 톨스토이는 1828년에 태어났다. 그는 다른 러시아 귀족처럼 젊은 시절을 군대와 방탕한 쾌락 속에서 보냈고 그 과정에서 사생아를 낳았다.

그러나 그는 영혼의 추구와 사회개혁에도 열심이었다. 그 사실은 톨스토이가 농노들을 위해 학교를 세운 것에서 잘 드러난다.

1862년 결혼한 톨스토이는 고향 야스나야 폴랴나로 돌아갔고 그곳에서 〈카자흐 사람들〉〈전쟁과 평화〉〈안나 카레니나〉와 같은 대작을 저술했다. 그 작품들은 상트페테르부르크 사회를 배경으로 한 마지막 도덕적 비극이었다.

톨스토이는 1876년경부터 기독교의 사랑과 악에 대한 비폭력을 믿음으로 '개종'하였고, 농민에 대한 그의 소박한 믿음은 결국 모든 재산을 포기하는 결과로 이어졌다.

그것은 복잡한 문제를 야기했다. 톨스토이는 자신을 위선자라고 여겼다. 농민은 굶고 있는데 자신은 잘 먹었으며 욕정이 자기의 육체를 지배하고 있다는 생각 때문이었다. 그는 결혼생활에서 금욕의 필요성을 역설했지만 자신은 63세에도 늘 성가시고 화를 돋구는 존재인 아내에게 여전히 욕정을 느꼈다.

그는 아내에게 자신의 계획을 말한 적이 거의 없었고 같이 일을 하지도 않았다. 아이들 앞에서 아내를 심하게 나무랐고 아내를 피해 일부러 밖으로 나가기도 했다.

그의 눈에 비친 아내는 두가지 끔찍한 죄의 전형이었다. 그것은 욕정과 탐욕이었다. 아내는 친구들을 질투했고 특히 그의 대리인 체르코프에게 신경질적인 반응을 보였다. 그 사실이 톨스토이에게 영향을 주자 의사는 그에게 아내와 별거할 것을 권유했다.

톨스토이는 자신의 작품 속에서 러시아와 모스크바에 있는 교회와 국가를 반대했다. 상트페테르부르크 사람들은 '열세번째 제자'라고 불리는 톨스토이가 곧 자신의 영지에서 나오지 못하거나 해외로 추방될 것이라고 말했다. 어떤 이들은 수즈달 수도원에 감금될지도 모른다고 수군거렸다.

톨스토이는 자신의 윤리체계를 여는 열쇠, 〈신의 왕국은 그대 안에 있다〉를 집필했다. 러시아 검열 당국은 그 책을 금지시켰다.

톨스토이는 예전에 살았던 성자처럼 일관성이 부족했다. 그는 보편적인 사랑을 설파했지만 정작 자신의 아내를 비참하게 대우했다. 청빈을 주장했지만 부유한 생활을 버리지 못했다.

망각을 말했지만 자신은 모든 윤리적 가책을 빠짐없이 기록했다. 신과의 합일을 주장했지만 그는 인생의 대부분을 가정불화로 허비했다. 그는 명성을 거부했지만 저명 인사의 비위를 맞추는데 빠지지 않았다.

그러나 그 투쟁은 톨스토이가 참기 어려울 만큼 힘들었다. 1910년 10월 28일 새벽, 여든한 살의 톨스토이는 마침내 아내와 가족을 떠나 친구가 사는 먼 곳으로 갔다.

그는 아내에게 쪽지를 남겼다.

'당신의 가슴을 아프게 하면서 이렇게 떠나게 되어 미안하오. 그러나 나를 이해해주고 다른 선택이 없었다는 것도 믿어주구려. 집에서 사는 것은 더 이상 참기 힘든 고통이라오. 무엇보다도 나를 둘러싸고 있는 안락함이 견디기 어려웠소. 이제 나는 내 나이에 맞는 일을 할 생각이오. 내 인생의 마지막 날들을 침묵 속에서 혼자 보내기 위해 세상을 버리는 것이오. 이를 이해해주시오. 내가 어디에 있는지 알게 되더라도 부디 나를 찾아오지 마시오……'

집을 떠난 톨스토이에게는 딸 샤샤와 의사 마코비츠스키가 동행했다.

그들은 2등열차를 타고 여행을 하다가 나중에는 3등열차로 바꾸어탔다. 연기가 자욱한 3등열차칸에서 톨스토이는 자기를 알아보는 사람들과 대화를 나누었다.

몇 시간 정도 달린 일행은 한 정거장에서 내려 가까운 곳에 있는 수도원을 찾았다. 그곳에서 멀지 않은 수녀원에는 톨스토이의 여동생 마리아가 있었다. 그는 동생과 즐겁게 상봉했다.

이틀 후 그들은 열차를 타고 로스토본돈으로 떠났다. 톨스토이는 기차에서 열병이 났다. 오한으로 이가 덜덜 떨릴 정도였다. 샤샤는 나중에 '처음으로 우리가 집과 가정이 없다는 걸 실감했다. 연기 자욱한 2등칸에서 낯선 사람들에 둘러싸인 우리는 병든 노인네를 누일 한뼘의 자리를 찾을 수 없었다.'라고 적었다.

톨스토이는 수심에 찬 딸을 진정시키려고 애를 썼다. "샤샤, 용기를 내. 모든 것이 좋아질 게다."

그러나 그렇게 되지는 않았다. 가을날의 냉기가 톨스토이의 건강에 좋지 않았던 듯했다. 그들은 아스타포프라는 작은 역에서 내렸다. 톨스토이는 쇠약해져서 부축을 받아야 겨우 기차에서 내릴 수 있었다. 작은 마을에는 호텔 같은 것도 없었다.

다행히 그를 알아본 역장이 작은 정원이 딸린 자기 집을 거처로 제공했다. 거실이 치워지고 작은 철제 침대가 준비되었다. 톨스토이는 그 위에 지친 몸을 눕혔다.

다음날 아침, 톨스토이는 친구 체르코프에게 전보를 쳤다.

'에제 승객들이 허약한 몸으로 기차를 타는 나를 보았다. 알려지는 게 두렵다. 신세를 지고 있다. 준비를 바란다.'

톨스토이는 간호를 하는 딸에게 말했다.

"신은 인간이 유한한 일부를 이루고 있는 무한한 전체이시다. 인간은 물질, 시간, 공간으로 신을 구현한다."

톨스토이는 집에 있는 아이들, 타냐와 세르게이에게 고별의 편지를 썼다.

곧 체르코프가 왔다. 신문기자로부터 아버지의 행방을 들은 아들 세르게이도 도착했다. 이어 톨스토이의 아내도 왔으나 방으로 들어가지는 못했다.

그의 아내 소냐는 늘 그랬듯이 홀로 뒤에 버려진 것에 격노했다. 그녀는 남편에서 욕을 퍼부었고 마귀가 틀림없다고 소리쳤다. 가족들은 톨스토이를 편안하게 해주려고 최선을 다했다.

그러나 톨스토이의 반응은 "농민들이 어떻게 죽어가는지 아는가!"였다.

11월 4일 아침 톨스토이는 나지막이 속삭였다. "이제 죽을 거라는 생각이 들어. 아닐지도 모르지만."

아무 생각도 하지 말라는 말에 그는 "어떻게 생각을 안한단 말인가? 난 생각을 해야만 해."라고 대꾸했다.

톨스토이는 그 전날의 일기에 '힘든 밤이었다. 열병으로 이틀이나 아팠으니…… 내 계획은 이렇다. 무슨 일이 닥치든 해야 할 일을 하라…… 모든 사람의 행복과 내 자신을 위해서 그렇게 할 것이다.'라고 썼다.

톨스토이는 계속 중얼거렸다. "추구하라. 계속 추구하라……." 글자를 쓸 수 없게 되자 손가락으로 쓰는 동작을 취했다.

11월 5일, 상태가 악화되었다. 그는 아들 세르게이에게 "잠들 수가 없다. 아직 나는 글을 짓고 쓰고 있다. 모든 것은 아주 천천히 다음으로 진행한다."라고 말했다.

다음날에도 그의 병세는 나아지지 않았다. 딸 샤샤가 베개를 고정시키려고 하자 톨스토이는 "수많은 사람들이 레오 톨스토이 옆에 있었지만, 이 레오만을 본 사람은 너뿐이었다는 걸 기억하렴."하고 말했다.

여섯 명의 의사가 그를 돌보았다.

톨스토이는 타냐에게 "그래 이것이 끝이구나! 별것도 아니구먼……."이라고 말했다.

사람들은 정말 끝이 왔다고 생각했다. 숨쉬기를 도울 산소통이 운반되었다. 한순간 의식을 찾은 톨스토이는 "아, 귀찮아. 날 가게 내버려 두지, 아무도 날 알아보지 못하는 곳으로 가게. 나를 혼자 내버려 둬……."라고 중얼거렸다. 그는 가물거리는 의식 속에서 여전히 도망치려고 애쓰고 있었다.

그는 갑자기 성난 농부처럼 외쳤다. "치워…… 치워야 해!"

1910년 11월 6일 밤, 그의 상태는 눈에 띄게 나빠졌다. 귀, 눈꺼풀, 손톱에 푸른 반점이 나타났다. 더 많은 산소가 주입되었다. 그러나 톨스토이는 더 이상 이런 것들을 원치 않았다.

"이건 모두 어리석은 일이야. 약을 먹으면 뭐해……."라고 중얼거렸다.

중얼거리는 소리는 점점 잦아들었다. "진리를…… 아주 소중하게 여겼어…… 어떻게 그들이…… ."

그리곤 중얼거림이 멈추었다.

11월 7일 아침 여섯시를 조금 넘긴 무렵, 마침내 톨스토이의 몸에서 생명이 사라졌다. 의사 마코비츠스키가 저명한 톨스토이의 눈을 부드럽게 감겨주었다.

■ ■ ■

Lev Tolstoy[1828-1910] | 러시아 작가. 야스나야 폴랴나 출생. 도스토에프스키와 더불어 19세기 러시아 문학을 대표하는 세계적 작가이며 사상가. 유서 깊은 백작 집안의 넷째 아들로 태어났다. 1847년 대학교육에 실망을 느껴 학교를 중퇴한 뒤 고향으로 돌아와 지주로서 영지 내 농민 생활의 개선을 위해 노력했다. 1851년 카프카스로 가서 다음해 군에 입대하여 실전을 치르기도 했다. 그 뒤 2차례의 서유럽 여행을 통해 문명의 해악을 실감하고 루소처럼 자연에 바탕을 둔 농민교육에 힘을 쏟았다. 1861년 2월의 농노해방령 포고에 강한 불신을 품고 농지조정원이 되어 농민의 이익을 옹호했다.1862년 결혼한 뒤 문학에 전념하여 〈전쟁과 평화,1864~69〉〈안나 카레니나,1873~76〉를 발표했다. 1885년 사회제도에 관심을 가지면서부터 사유재산을 부정, 이 문제로 부인과 자주 충돌했고 그 뒤 모든 저작권은 부인이 관리했다. 1899년 〈부활〉을 발표했는데 이 작품에서 그리스정교를 비판했다는 이유로 1901년 종무원으로부터 파문당했다. 1910년 가정불화로 가출하여 폐렴으로 죽었다.

**앤 볼린**Anne Boleyn

"나는 오랫동안 준비를 해왔다.
네 의무를 다하라."

앤 볼린은 1503년에 출생했다. 정확한 생일은 알려지지 않았다. 국민들의 소망을 저버리고 헨리 8세와 결혼했던 그녀는 남편인 왕의 명령으로 33세의 나이에 단두대의 이슬이 되었다.

당시에는 목을 베는 사형이 그다지 충격적이지 않았다. 그녀가 죽었다는 소식이 알려지자 헨리 왕은 사형을 축하하는 창 시합을 열었을 정도였다.

앤은 검은 피부의 여인으로 윌트셔와 오르몬드 백작인 토마스 볼린의 딸이었다. 그녀는 평민이 아니었다. 헨리는 앤에게 첫눈에 반했다. 그는 이미 캐서린 왕비와 결혼한 상태였지만 왕비가 아들을 낳지 못한다는 이유로 이혼을 하려는 중이었다. 캐서린은 일곱 번이나 임신했으나 매번 유산하거나 사산을 했다.

헨리 8세는 캐서린과의 결혼을 무효화하고 앤과 결혼하고 싶어 했다. 왕은 앤에게 열정적인 사랑의 편지를 보냈다. 다음은 1528년 9월에 쓴 편지 내용이다. '그대가 내 품 안에 있다면 좋겠소. 그대와 키스를 한 지 너무 오래 되었구려.'

마침내 두 사람은 1533년 1월 25일 결혼을 했다. 헨리 8세는 앤이 왕위 계승자를 낳아줄 것이라고 기대했다. 그는 그때까지 앤을 사랑했다. '나는 단 한 시간도 그녀를 떠날 수가 없다.' 헨리는 주 프랑스 대사에게 보낸 편지에서 그렇게 적었다.

앤의 미모가 뛰어나지는 않았던 모양이다. 새로 임명된 베네치아 대사는 앤을 '거무스름한 얼굴에 목이 긴 보통 몸매의 소유자였다. 입은 크고 가슴은 작아서 그저 왕의 눈에 안경인 셈이었다. 그러나 왕비의 검은 눈은 아름다웠다.'라고 기록했다.

앤도 세 번이나 유산했다. 헨리는 결혼 직후부터 앤에게 싫증을 느낀 듯했다. 앤에 대한 나쁜 소문이 수없이 나돌았다. 옥스퍼드에서 술 취한 산파가 관리 앞에서 왕비를 "매춘부, 포주!"라고 부르는 사건도 일어났다.

역사가들은 앤이 정말 방탕했는지에 대해 확신을 갖지 못한다. 그러나 헨리의 재상들은 앤을 그렇게 몰아 그녀를 제거하려고 했다. 헨리도 동의한 듯이 보였다. 왕은 아들을 바랐지만 앤은 그렇게 하지 못했던 것이다.

그때 크롬웰이 그 문제에 개입했다. 왕의 궁정을 염탐하는 스파이들의 활약으로 앤의 간통과 근친상간의 증거가 드러났다. 앤의 오빠를 포함, 네 명이 붙잡혔다. 앤은 자기 방에 갇혔다가 런던탑으로 이송되었다. 5월 13일, 왕비의 집안은 파탄이 났다. 이틀 후 앤은 추밀원과 판사 앞에서 재판을 받았다.

크롬웰이 앤의 죄목을 낭독했다.

"3년이 넘게 영국의 왕비였던 앤은 결혼을 경멸하고 왕에 대한 원한을 즐기며 매일 부정함과 육욕을 일삼았으며 천박한 키스, 애무 그리고 선물과 파렴치한 흥분제로 속여서 수많은 왕의 신하들을 자기의 정부로 만들었다……."

죄명은 무시무시했다. 죄목이 증명된다면 사형을 받아야 한다.

앤은 오빠와의 근친상간을 단호하게 부인했다. 다른 죄명도 마찬가지였다. 그러나 판사는 무죄라는 앤의 주장을 인정하지 않았다. 앤에게는 '근친상간, 간통, 배신'의 죄목으로 유죄가 선언되었다. 재판은 형식대로 진행했다. 앤에게 할 말이 있는지를 물었다.

앤은 "죽을 준비가 되어 있습니다."라고 말하고 "제가 유죄라는 것이 유감스럽습니다."라고 덧붙였다. 그러나 왕은 자기로 하여금 교황에게 도전하고 왕국을 뒤흔들게 만든 바로 그 여인이 치욕스럽게도 자기를 배신하였다고 굳게 믿었다.

런던탑에 갇힌 앤은 마지막으로 성사(聖事)를 받았다. 그녀는 용기를 잃지 않았다. 1536년 5월 18일, 앤의 교도소장 윌리엄 킹스턴 경은 크롬웰에게 편지를 썼다. '저는 수많은 남녀의 사형을 집행했습니다. 모두 비탄 속에 죽었습니다. 제 생각에 이 여인처럼 죽음을 기쁘게 맞는 사람은 한번도 본 적이 없습니다.'

아침 9시로 정해졌던 사형집행 시간이 뒤로 늦추어졌다. 교도소 장이 그 일을 사과하려고 찾아갔다. 앤은 "킹스턴씨, 제가 정오 이 전에는 죽지 않을 것이라고 들었습니다. 미안합니다. 저는 죽었고 고통도 다 지나갔다고 생각하고 있으니까요."

킹스턴은 그녀를 안심시키려고, 고통은 없으며 집행은 아주 '미묘한' 일이라고 재빨리 말했다. 앤은 아주 초연한 표정으로 "사형집 행인이 아주 좋은 사람이라고 들었습니다. 그리고 저는 목이 길거 든요."라고 말하고는 웃었다.

시간이 왔고 킹스턴은 앤에게 가서 "시간이 됐으니 준비를 하시 지요."라고 말했다.

앤은 준비를 끝냈다. 앤은 킹스턴에게 "당신이 맡은 의무를 다하 세요. 저는 오랫동안 준비를 해왔으니까요."라고 대답했다.

킹스턴은 수건으로 앤의 얼굴을 가리기 전에 그녀 앞에 무릎을 꿇으며 말했다. "마마, 저는 제 의무를 다하라는 명령을 받았습니 다. 부디 저를 용서하시길 바랍니다."

앤은 앞으로 나서며 말했다. "기꺼이."

그런 다음 앤은 그에게 20파운드를 대가로 주었다.

앤의 목이 베어지는 것을 보려고 군중들이 몰려들었다. 앤은 그 들에게 입을 열었다.

"훌륭한 기독교인 여러분," 앤의 연약한 목소리는 점차 힘이 붙기 시작했다. "저는 법에 따라, 법에 의해 사형을 언도받았기에 여기에 왔습니다. 그러므로 그에 거역하지는 않을 것입니다. 누구를 비난하기 위해 이곳에 온 것이 아니니까요…… 저는 이 세상을 떠납니다. 진심으로 여러분들이 저를 위해 기도해주시길 빕니다."

앤은 어깨를 덮은 망토를 내려놓고 모자도 벗었다. 대신 린넨캡을 썼다. 앤의 눈이 가리워졌다. 사형집행인은 앤에게 무릎을 꿇고 기도를 드리라고 말한 후, 그녀를 다정하게 단두대로 이끌었다. 앤은 발에 내려온 가운을 잘 접으면서 바닥에 무릎을 꿇었다.

"예수 그리스도여, 제 영혼을 받아주소서. 오 주여 저를 굽어 살피소서. 그리스도께 제 영혼을 드리옵니다. 받아주소서."

사형집행인은 "자, 칼을 가져오라."고 명령했다.

앤은 머리를 단두대에 댔다. 날카로운 쇳소리와 함께 단두대의 칼날이 허공을 갈랐다. 그것으로 족했다. 피투성이가 된 앤의 머리가 짚 위로 굴렀다. 사형집행인은 재빨리 앤의 머리를 집어들어 일이 끝났다는 것을 보여주기 위해 높이 쳐들었다.

그순간 대포 소리가 들려왔다. 한 관리가 외쳤다.

"폐하의 모든 적들이 사라졌다."

---

■ ■ ■

**Anne Boleyn**[1503-1536] | 영국왕 헨리 8세의 두 번째 왕비. 엘리자베스 1세의 어머니. 왕비 캐서린의 시녀로, 왕의 총애를 얻어 1533년 결혼했으나 교황 클레멘스 7세는 이를 인정하지 않아 영국 종교개혁의 원인이 되었다. 결국 이 결혼은 얼마 가지 못하고 간통을 이유로 처형당했다.

이반 **투르게네프** Ivan Turgenev

"나? 죽음에 대해 걱정하지 않아.
그건 슬라브의 안개 속으로 사라져."

시인이며 소설가인 투르게네프는 척추암으로 죽었다. 65세 생일이 얼마 남지 않은 때였다. 어디에서건 눈에 띄는 큰 몸집의 투르게네프는 생의 마지막 날들을 고통으로 보냈지만 그러나 용감하게 대처했다.

그는 1818년 10월 28일 태어나서 1883년 9월 23일 세상을 떠났다. 투르게네프는 플로베르, 헨리 제임스, 에밀 졸라, 모파상, 톨스토이와 같은 위대한 작가들과 동시대 인물이었다.

투르게네프는 러시아 태생이지만 생의 대부분을 프랑스에서 보냈고 언제나 프랑스를 고향으로 여겼다. 따라서 그가 가장 존경하고 애정을 가졌던 작가도 다름아닌 프랑스의 플로베르였다.

종교에 대한 투르게네프의 생각은 생의 마지막까지 늘 변함없었다. 그는 1876년 소설가 피세무스키에게 보낸 편지에서 '몇년간 내가 관찰한 바에 의하면, 우울증과 조울증은 죽음에 대한 두려움에 불과해. 그러한 병은 완치가 어렵지만 어느 정도 완화시킬 수는 있어!'라고 적었다.

투르게네프는 회의론자였다. 1879년에 쓴 산문시 '자연'에서는 자연을 '모든 생물은 내 자식이고 나는 그들을 똑같이 돌보고 똑같이 버린다'고 했다.

그는 여행을 좋아했지만 1871년에는 결국 파리에 거처를 마련하고 2년 뒤에는 보가바르에 여름 휴양지를 만들었다. 투르게네프는 파리에서 문학을 하는 친구들과 만났고 좋아하는 식당의 별실에서 조용하게 식사를 했다.

식탁을 치우고 나면 언제나 토론을 즐겼다. 한번은 알퐁스 도데와의 대화가 죽음으로 흘러갔다. 도데는 그에게 죽음을 어떻게 생각하느냐고 물었다.

"나? 죽음에 대해 걱정하지 않아. 러시아에서는 누구도 죽음의 유령에 대해 걱정하지 않는다네. 그건 멀리 있고 슬라브의 안개 속으로 사라지지."

투르게네프는 프랑스에 살면서 자주 러시아를 방문했다. 그는 1881년 러시아에 갔다가 젊은 여인 사비나와 사랑에 빠졌다. 그의 나이 63세였고 사비나는 스물다섯 살이었다.

투르게네프는 그녀에게 편지를 보냈다. '당신은 결코 떼어놓을 수 없는, 내 인생의 소중한 일부가 되었소.'

그녀는 이미 다른 남자와 약혼한 상태였으나 투르게네프는 그녀에게 반했다. 63세의 나이에도 그는 아주 정정했고 미래에 대해 아주 낙관적이었다. 그가 마지막으로 쓴 작품은 대성공에 관한 내용이었다. 죽음에 관한 망상을 떨쳐버린 투르게네프는 사비나와 사랑의 편지를 주고받았다.

1882년 5월 3일, 투르게네프는 폴론스키에게 특별한 종류의 빈혈로 고생하고 있다고 써보냈다. 심한 통증이 계속되었다. 2분 이상을 서 있거나 15분 이상 의자에 앉아 있을 수도 없었다. 상태는 나빠졌다. 끔찍한 고통을 줄이기 위해 진통제를 맞아야 했다.

투르게네프는 그 상황을 그린 세 편의 시를 썼다. 모두 1882년 6월에 쓰여진 시들은 철학적인 초연함이 풍겼다. 그러나 투르게네프는 움직이기 어려운 상태였다. 의사들은 그가 침대의 높낮이를 조절할 수 있도록 침대에 맞는 철제 틀을 고안했다.

그해 8월 투르게네프는 〈사망부〉라는 제목의 잡지를 창간하고 자신이 겪는 일상의 고통을 기록했다.

그는 톨스토이에게 〈고백〉을 한 권 보내달라고 요청하는 편지를 보냈다. 투르게네프는 그 편지에서 톨스토이가 누구에게도 화를 내지 않으리라고 확신한다면서 '모든 것을 알고 있다고 생각하는 젊은 사람들만이 화를 내기' 때문이라고 적고, 자신은 '곧 64세가 된다'고 덧붙였다.

투르게네프는 폴론스키에게 아픈 동안에 모든 것이 더 나빠졌다고 적은 편지를 보냈다. '결국 시력을 잃고 다리를 잃을 수도 있었지만 지금도 나는 일을 할 수가 있어.'

그것은 조금 과장된 것이었다. 그는 고통 때문에 거의 모든 시간을 침대에서 지냈다. 그러나 실망할 투르게네프가 아니었다. 그는 주치의에게 편지를 보냈다.

'찰스 7세는 아픈 데도 없으면서 18개월이나 침대에 누워 있었습니다. 그리고 그걸 아무렇지도 않게 여겼구요! 저라고 그러면 안 되겠어요?'

11월 7일, 여전히 고통을 느끼면서 투르게네프는 파리로 돌아갔다. 1883년 1월에는 복부에 있는 신경을 제거하는 수술을 받았다.

여러 달이 지났다. 톨스토이가 집필을 중단했다는 소식이 들렸다. 투르게네프는 성자 야스나야 폴랴나에게 편지를 보내, 문학으로 돌아올 것을 권유하고 '당신과 같은 시대에 살고 있음을 아주 기쁘게 여긴다'고 적었다.

죽기 보름 전, 모파상이 찾아왔다. 그때는 이미 투르게네프의 고통이 너무 심해 참기 어려운 지경에 이르렀다. 그는 한순간 그렇게 잘 유지했던 통제력을 잃고 친구에게 권총을 달라고 요청했다. 그렇게 해서라도 고통으로부터 벗어나고 싶었던 것이다. 모파상에게는 아주 슬픈 순간이었다.

투르게네프는 죽기 이틀 전 의식을 잃었다. 이미 어떤 도움도 소용없는 상태였다. 가족과 친구들은 여윈 그의 육체가 살기 위해 싸우는 걸 가만히 지켜보았다.

1883년 9월 3일, 죽기 직전에 그는 몇 초 동안 의식을 되찾았다.
"좀더 가까이 와, 가까이." 그렇게 말했다.

"가까이에서 모두를 느끼게 해줘. 이제 헤어질 시간이 왔어. 안
녕, 사랑하는 이들이여."

■ ■ ■

**Ivan Turgenev**[1818-1883] | 러시아 소설가. 오룔시 출생. 1827년 모스크바에 서 기초교육을 받
은 뒤, 1833년 모스크바대학 문학부, 1834년 가을 페테르부르크대학 철학부 언어학과에 입학,
1838년 독일에 유학하여 베를린대학에서 헤겔철학·언어학·역사학을 공부했다. 1856년 첫
장편소설 〈루딘〉을 발표, 단편작가에서 장편작가로 확고한 지위를 차지했다. 1859년 쓸모없는
인간 유형을 그린 장편 〈귀족 소굴〉, 농노해방 전야의 혁명적 청춘남녀를 그린 장편 〈그 전
야,1860〉, 단편 〈첫사랑,1860〉, 니힐리스트를 주인공으로 신구 두 세대의 사상적 대립을 내용
으로 엮은 장편 〈아버지와 아들,1862〉, 농노해방 후의 반동귀족과 급진주의자를 풍자한 장편
〈연기(煙氣,1867)〉 등을 차례로 내놓았다. 작품의 특징은 자연묘사의 교묘함과 1840~1870년
대 러시아 사회의 전형을 꾸며내어 거기에 불멸의 생명을 불어넣은 데 있으며, 그 중에서도 매
력있는 이상적 여성상 창조와 리리시즘과 일체를 이루는 휴머니즘은 높이 평가되고 있다.

볼테르Voltaire

## "안녕! 사랑하는 모랑.
## 나는 죽는다."

1694년에 태어난 볼테르는 이성의 시대에 살았을 뿐 아니라 그 시대를 대변하는 인물이었다.

생의 마지막 25년 동안 볼테르의 제자들은 평민에서 프러시아의 황제 프레드릭 2세를 비롯한 왕족에 이르기까지 다양했다. 볼테르의 가장 두드러진 장점은 불굴의 용기, 고도의 지성, 상상을 초월하는 업무능력, 그리고 한 작가가 말했던 '뛰어난 설득술'이었다.

볼테르는 건강이 나빠 한평생을 고생했지만 그렇다고 미신과 교회에 대한 투쟁을 포기하지는 않았다.

볼테르는 신을 믿지 않은 것은 아니지만—그는 '자연적인 종교'를 믿었다——조직화된 교회는 따르지 않았다. 그는 무신론자는 아니었고 그가 살던 시대의 물질주의적 무신론에 반대했다.

그가 가장 반대했던 것은 종교의 비관용성, 유일신의 강요 그리고 자유로운 사고의 부정이었다. 그는 속박되지 않는 자유로운 정신을 원했다.

그는 많은 책을 썼는데 중년에는 역사 서술에 몰두했다. 그러나 〈루이 14세〉처럼 아주 객관적인 저술에도 불구하고 그의 역사서는 2편만 문학으로 살아남았다.

그가 쓴 시도 큰 인정을 받지 못했다. 그의 시는 오늘날 인습적인 것과 교훈적인 것의 본보기로 명시선집에서나 찾아볼 수 있다. 그러나 볼테르가 유럽에서 첫 명성을 얻은 것은 시와 운문으로 쓴 비극 작품을 통해서였다.

그는 150명의 이름으로 작품을 출간했고 돈도 꽤 벌어서 자유롭게 여행을 다녔다. 그는 프랑스인이면서 40년 가까이 파리에서 떠나 살았다.

1759년, 65세의 볼테르는 스위스 국경에 자리를 잡고 저 유명한 표어를 발표했다. '우리의 불명예를 박멸하자!' 이것은 그가 시도한 가장 큰 도전이 나이 60이 넘어서였다는 점에서 찬사를 보낼 만한 일이었다. 사실 볼테르는 83세에도 "행동하기 위해 쓴다!"라고 말했다.

군주제와 큰 갈등을 빚지는 않았지만 볼테르는 1765년 저술한 〈공화주의 사상〉에서 자치정부 형태의 마을회의를 지지했다. 그는 나아가 제네바공화국의 대의회에 노동자 의석을 만들려고 애썼다. 볼테르는 노동자에 대해 깊은 연민을 표했고 그 결과는 고용주로부터 해고된 제네바의 시계 제조공과 양말 직조공들이 그의 땅에 마을과 공장을 세운 일이었다.

볼테르는 1778년 2월, 파리로 돌아왔다. 그가 독특하게 묘사한 것처럼 '84년 동안 84개의 병폐'에 싸인 채였다. 그의 인생은 승리의 행진이었고 남은 4개월의 생은 신격화되었다. 수많은 사람들이 줄을 이어 그의 집을 찾아왔다. 그는 자신의 마지막 작품 〈이렌느〉의 공연에 비틀거리며 참석할 수도 있었다.

1778년 5월 12일, 산책을 하던 볼테르는 조카딸에게 몸이 좋지 않다고 말하고 집으로 돌아왔다. 그는 곧바로 침대에 누웠다. 열이 높았고 상태는 나빠졌다. 의사가 도착했을 때는 이미 모든 것이 늦었다.

사흘 후, 그는 잠시 회복되었으나 아무것도 먹을 수가 없었다. 겨우 젤리 한 숟갈이 고작이었다.

그 전날인 11일 볼테르는 '신을 두려워하는 사람은 누구나 편안히 앉는 것을 두려워한다.'라고 썼다. 그는 신을 두려워하지 않았다. 사제들과 친구들의 도움으로 자신의 영혼을 구원하고픈 생각이 조금도 없었다.

며칠 후 아베 마틴도 같은 목적으로 볼테르를 방문했다. 그는 볼테르에게 "회의론자는 고백을 해야만 합니다."라고 주장했다. "그래서 왔소. 조금도 움직이지 말아요."

"누구에게서 왔소, 아베?" 볼테르가 물었다.

"신에게서요." 아베의 대답이었다.

"좋아요, 좋아." 볼테르가 대꾸했다. "그런데 당신의 신임장은 어디 있소?"

5월 25일, 침대에서 글을 구술하던 볼테르는 갑자기 심하게 기침을 했다. 혈관도 터졌다. 친구들과 사제가 불려왔다. 볼테르는 그들에게 등을 돌리고 그들이 '찾아온 의무'를 자신은 이미 달성했노라고 말했다.

그러나 그들은 볼테르에게 그가 신을 믿는다는 걸 보여줄 것을 재촉했다. 그러나 아무 소용이 없었다. 1778년 5월 28일, 볼테르는 확고하고 분명하게 자신의 믿음에 대해 다음과 같이 적었다. '나는 신을 숭배하고 친구를 사랑하며 적을 미워하지 않고 미신을 싫어하면서 죽는다. 1778년 5월 28일, 볼테르.'

볼테르는 그것을 죽기 전에 증거로 내놓았다. 5월 30일 6시, 데티르샤가 죽어가는 볼테르에게 다가가 그를 깨우듯이 큰 소리로 외쳤다.

"예수 그리스도!"

그 소리가 볼테르에게 들렸다. 혼수상태에서 어느 정도 깨어난 볼테르는 그만두라는 손동작을 취하며 부탁했다.

"평화롭게 죽도록 해주시오."

죽기 10분 전, 볼테르는 친구 모랑의 손을 잡고 말했다. "안녕, 사랑하는 친구 모랑, 나는 죽네."

그것이 마지막 말이었다.

5월 30일 11시 15분, 인간의 자유를 위해 싸운 투사 중 가장 위대한 인물이었던 볼테르는 84년의 세월을 뒤로 하고 마침내 저세상으로 떠났다.

. . .

**Voltaire**[1694-1778] | 프랑스 계몽사상가 · 작가. 본명은 François Marie Arouet. 파리 출생. 1717년 오를레앙공의 섭정을 풍자하는 시를 써서 바스티유 감옥에 투옥, 옥중에서 완성시킨 비극 〈외디푸스〉가 다음해 성공을 거두어 볼테르로 필명을 바꾸었다. 1726년 영국으로 건너가 2년여 동안 머물며 셰익스피어 작품에 영향을 받는다. 귀국 후 1734년 프랑스 사회를 통렬하게 비판한 〈철학서간〉을 간행하여 다시 파리에서 추방되었다. 1760년에는 스위스국경에 가까운 페르네에 정착했고 그곳에 머무르는 동안 유럽 각지로부터 문학자 · 지식인을 맞아들였다. 그는 강렬한 회의적 합리정신과 계몽사상으로 사상과 신앙의 자유와 인간의 행복을 기원하였으며 특권계급과 교회를 맹렬히 비난하였다. 그 활동 분야는 문학, 역사, 철학에 이르며 또 종교적 편견에 의한 잘못된 재판을 탄핵하는 등 실천가로서도 활약했다. 오랫동안 대립관계에 있던 루이 15세의 사후, 그는 시민의 열광적인 환영 속에 1778년 2월 1일 파리에 귀환했고, 긴 여행의 피로와 연일 대환영이라는 극도의 흥분으로 그해 5월 30일 파리에서 죽었다. 작품에 철학시 〈인간론〉 철학소설 〈캉디드〉 〈자디그〉 외에 철학사전 〈풍속론〉 등이 있다.

토마스 모어 Thomas More

## "내가 안전하게 단두대에 오르는 것을
## 보기 바라겠소."

〈유토피아〉를 저술한 토마스 모어 경은 영국의 정치가이자 인문
학자였다. 그는 한해 뒤에 죽은 앤 볼린처럼 배신죄로 목이 잘린,
로마 카톨릭의 순교자이며 성자이기도 했다. 당시 모어의 나이는
57세였다.

전기 작가 로버트 볼트는 모어를 '전천후 인간'이라고 불렀다.
모어는 정말 대재다능했다. 국내의 정치적 긴장과 국제적인 압력에
대처하는 한편 국왕들이나 황제들과도 교분을 유지했다. 그는 말하
자면 판사 중의 판사였고 법률가 중의 법률가였으며 외교관 중의
외교관이었다. 그러나 결정적인 순간에는 그 어느 것도 도움이 되

지 못했다.

처음에는 모든 것이 성공적이었다. 모어는 옥스퍼드 대학과 케임브리지 대학의 총장을 역임했는데 그것도 에라스무스의 시대에 그 일을 떠맡았다.

그는 리처드 3세에 관한 역사를 저술하여 셰익스피어가 같은 이름의 희곡을 쓰도록 영향을 주었다.

그는 헨리 8세에 의해 프랑스와 스페인 간의 평화협상을 주선하는 대사로 임명되어 중요한 역할을 수행했다. 모어는 작위를 받았고 마침내 왕 다음의 고위직인 영국의 대법관이 되었다.

그는 왕에게 충성을 다했다. 가족에게 "내 목숨을 바쳐 프랑스에 있는 성을 왕에게 바칠 수 있다면 그렇게 할 것이다."라고 말했다. 그러나 그의 목숨을 가져간 것은 프랑스에 있는 성이 아니라, 첫 번째 왕비 캐서린과 이혼하고 싶어하는 왕과의 불화였다.

교황은 헨리 8세의 이혼 청구를 거부했다. 그러자 헨리는 스스로 영국 교회의 수장임을 선언, 문제를 해결하려고 했다. 이는 모어에게는 양심의 문제였다. 점차 왕을 지지하는 사람들이 늘어갔다. 먼저, 여러 대학들이 왕의 생각을 지지했다. 의회도 헨리의 입장에 찬성을 표시했다.

마지막으로 성직자들이— 결국 죽음으로써 자신의 의견을 지킨 로체스터의 존 피셔를 제외한— 왕에게 충성을 맹세했다.

모어는 기다렸다. 왕에게 충성을 다하던 모어는 자기 양심에게 충실하면서 왕이 잘못이라는 것을 인정한 셈이었다. 그는 타협을 원하지 않았고 인기를 꾀하지도 않았다. 모어는 큰 어려움에 빠졌다. 그는 대가족을 이끌었고 집에는 돈이 없었다. 그 상황에서 주교는 국가에 봉사한 그의 노고를 인정, 35만 파운드라는 거금을 주었다. 그러나 모어는 그 돈을 거절했다. 양심이 허락하지 않았던 때문이었다.

또다른 유혹이 기다렸다. 세 명의 주교가 모어를 앤 볼린의 왕비 즉위식에 초대를 한 것이다. 그는 그것도 사양했다. 이제 모어의 존재 자체가 헨리 8세를 경멸하는 셈이었다.

왕의 가슴에는 분노가 들끓었다. 왕의 입장에서 보면, 모어는 왕국 제 2인자의 자리를 버리고 양심이라는 이름 아래 공개적으로 대학과 주교 그리고 성직자들과 의견을 달리하는 인물이었다. 어리석은 사람이었다.

결국 피할 수 없는 일이 일어났다. 재판을 받게 된 것이다. 법정에서의 그의 답변은 평생 추구해온 고결성을 잘 보여주었다.

"진실되고 선량한 모든 백성은 양심과 관련된 문제에서 그 무엇보다 자기 양심과 영혼을 존중하는 법이라는 걸 이해해주십시오. 저는 아무도 해치지 않았고 해로운 말도 한 적이 없습니다. 오히려 저는 모든 사람의 행운을 빕니다. 훌륭한 믿음을 가진 사람이 그 때문에 살 수 없다면 저는 살기를 원치 않습니다."

그것은 분명히 도전이었다.

그는 죽음을 두려워하지 않았지만 자신의 명예가 실추되는 것은 두려워했다. 재판은 진행되었고 최종적인 판결, 즉 사형을 받게 될 것이 분명했다. 그러나 불충(不忠)을 했다는 증거를 찾는 일이 쉽지 않았다.

불행한 인물, 리처드 리가 모어와 수상쩍은 대화를 꾸몄다고 증언했을 때 그는 다음과 같이 대답했다.

"주여, 제가 만약 맹세를 존중하는 사람이라면 피고로 서 있는 이 시간 이 경우에도 맹세를 고집할 필요는 없을 것입니다. 리씨, 당신의 서약이 사실이라면 다시는 얼굴을 들고 신을 만나지 않을 것입니다."

진정 용감한 사람의 용감한 말이었다.

런던탑에 갇혀 있는 오랜 기간 동안 모어는 무거운 짐을 견딜 힘을 빌며 명상과 기도로 시간을 보냈다. 왕은 말버러의 할복(배를 갈라 창자를 꺼내는 형벌)을 목을 베는 걸로 감형해 주었다. 모어는 다른 친구들이 그러한 왕의 친절을 받지 못하길 바란다고 농담을 하기도 했다.

목이 잘리는 날, 단두대로 가는 그는 여전히 명랑했고 간수들에게 정중함을 잃지 않았다. 그는 부간수의 부축을 받으며 단두대 오르며 말했다.

"내가 안전하게 오르는 것을 보기 바라겠소. 내려올 때는 나 혼자 내려오리다."

끔찍한 농담이었지만 그와 같은 도량을 가진 사람이나 가능한 말이었다.

단두대에 오른 모어는 사형집행인을 포옹하고 그에게 관례대로 금화를 지불했다. 그리고 자기 수염은 배신을 하지 않았으니 수염만은 자르지 말아달라고 요청하면서 수염을 단두대 밖으로 내밀었다.

하고픈 말이 있느냐는 물음을 받은 모어는 그 자리에 모인 사람들에게 이 세상에서 자기를 위해 기도해달라고 부탁하면서 자기는 다른 세상에서 당신들을 위해 기도하겠다고 말했다. 그리고나서 모어는 놀랍게도 진심으로 왕을 위해 기도를 올리자고 말했다. 왕에게 좋은 조언자를 주신 신을 기쁘게 할 것이라는 뜻에서였다. 자신은 왕의 좋은 신하로서 죽지만 그보다는 먼저 신의 신하였다는 사실을 주장하는 것이었다.

이윽고 단두대의 칼이 그의 목을 내리쳤다. 1535년의 일이었다.

■ ■ ■

**Thomas More**[1478-1535] | 영국의 정치가·사상가. 런던 출생. 옥스퍼드대학의 캔터베리 홀에서 당시 르네상스의 새로운 교육·지식을 대표했던 리너커 등으로부터 배웠으며, 런던의 법학원에서 법률학을 연구했다. 처음에는 목사가 되기를 원했으나 적성이 없다는 것을 깨닫고 학자가 되기로 결심했다. 1504년 하원의원으로 선출되어 헨리 7세가 의회에 청구한 왕녀결혼비용의 삭감을 위해 노력했는데, 그로 말미암아 헨리 7세의 노여움을 사게 되었다. 그후 1509년 헨리 8세가 즉위할 때까지 정치생활에서 물러나 변호사로서 활동하여 명성을 얻게 되었다. 1515년에는 모직물상인의 대표로서 프랑스와 네덜란드로 건너가 외교적인 활동을 했다. 그가 유럽대륙에 체재하면서 여가를 이용해서 집필한 것이 유명한 〈유토피아〉이다. 1517년, 왕의 간청에 의해 정치생활에 복귀하여 청원재판소판사·재무차관·하원의장 등을 역임하고 1529년에 대법관에 임명되었다. 1532년 헨리 8세가 캐서린과 이혼하고 앤 불린과의 결혼을 주장하게 되자 양심의 가책을 느끼고 대법관직을 사임했다. 1534년 왕위계승법에 대한 선서를 거부하여 헨리 8세에 의해 1년 동안 런던탑에 투옥되었다가 사형되었다.

도조 히데키東條英機

## "비록 지금은 가지만
## 다시 이 나라에 태어나리라."

제2차 세계대전이 끝나고 일본은 패전국이 되었다. 도쿄에 도착한 맥아더 장군은 성조기가 휘날리는 일본 황궁에서 명령을 내렸다. 일본을 패배로 이끈 수상 도조 히데키를 어떻게 처리할 것인가?

세타가야에 위치한 평범한 가옥에 머무른 도조는 기자들에게 둘러싸였다. 도조의 아내는 남편에게 무슨 일이 있을까봐 전전긍긍했다. 남편의 자살을 염려하는 것이다.

도조는 아내더러 하녀와 함께 집을 떠나라고 말했다.

"조심하세요, 제발 조심하세요."

아내와 하녀는 집을 떠났고, 미군 헌병이 도조의 집을 포위했다.

그들은 도조에게 밖으로 나오라고 외쳤다.

"그 노랑개에게 우리가 기다릴 만큼 기다렸다고 전해라! 그놈을 빨리 데리고 나와!"

그러나 도조는 다른 계획이 있었다. 그의 가슴에는 주치의가 백묵으로 그려준 표시가 있었다.

도조는 아내가 떠나자 그 표적을 향해 권총의 방아쇠를 당겼다. 총소리를 들은 체포조가 급히 집안으로 달려들어갔다. 뉴욕 타임즈 기자 한명이 그 뒤를 따랐다.

체포대장 폴 크레스 대위는 "쏘지 마!"라고 소리쳤다. 도조는 그 말을 듣지 못했다. 그는 가슴에 피를 흘린 채 의자에 쓰러져 있었다. 오후 4시 27분이었다. 그러나 도조는 기대했던 것처럼 즉사하지 않았다.

옮겨진 도조는 물을 달라고 요청했고, 건네받은 물을 다 마신 뒤 더 달라고 했다. 2분 후, 그는 입술을 움직였다. "죽는 데 시간이 너무 많이 걸려 미안합니다." 도조는 그렇게 중얼거렸다.

그를 지켜보는 미군들에게는 동정심이라곤 보이지 않았다.

목소리에 다소 힘을 찾은 도조는 "일본국과 대아시아국의 국민들에게 대단히 죄송합니다. 나는 점령군의 법정에서 재판을 받고 싶지 않습니다. 저는 역사의 정당한 심판을 기다리고 있습니다."라고 말하고, 자살하려 했지만 '시간을 놓쳤다'고 설명했다.

이번에도 그는 의사가 가슴에 표시해준 곳을 정확하게 맞추었지만 총알이 심장을 빗나가 죽지 못한 것이다.

병원으로 이송되려고 앰뷸런스에 실린 도조는 위생병에게 "사람들이 내 모습을 알아보고 내가 죽었다는 것을 알게 하려고 머리를 쏘지 않았다."고 말했다.

도조는 병원에서 자신을 보려고 온 아이젤버거 장군에게 "저는 죽습니다. 너무 귀찮게 해서 미안합니다."라고 말했다.

장군은 "오늘 밤을 말하는 건가, 아니면 지난 몇 년 동안을 말하는 건가?"라고 냉소적으로 대꾸했다.

도조는 살아남아서 전범으로 재판을 받았다. 1948년 11월 12일, 그는 사형을 선고받았다.

도조는 감옥에 있는 동안 사람이 바뀌었다. 종교를 받아들인 것이다. 존 톨랜드가 쓴 〈떠오르는 태양〉이라는 책에는 사형이 집행되기 전 도조의 행적이 적혀 있다.

도조는 불교 스님인 신소 하나야마에게 깊은 감사의 뜻을 전했다. 그는 자신의 몸이 곧 일본 땅의 일부가 될 것이고 그의 죽음이 일본에 대한 사죄뿐 아니라 평화와 일본 재건을 향한 움직임이 될 것이라고 말했다.

도조는 초로의 나이에 죽었다. 그는 여생을 감옥에서 보내느니 차라리 죽는 것이 낫다고 말하고 자신이 아미타불의 나라에 다시 환생할 것을 알고 죽는다는 것이 기쁘다고 말을 맺었다.

도조는 유서를 썼다. 그는 미국인에게 일본인의 감정을 무시하지 말 것과 일본인이 공산주의에 물들지 않도록 해줄 것을 당부했다.

그는 일본군의 잔학성을 사죄하고 미국은 일본 시민에게 연민과 유감을 보여달라고 촉구했다. 그는 또한 미국과 소련의 이해가 상충되기 때문에 제3차 세계대전이 발발할 것이며 그렇게 되면 전쟁터는 일본, 중국, 한국이 될 것이라고 전망했다.

그러므로 미국이 힘없는 일본을 보호해야 할 것이라고 덧붙였다. 유서는 다음 시로 끝이 났다.

> 비록 지금은 가지만 나는 다시 이 땅에 태어나리라
> 조국에 대한 빚을 다 갚지 못했으니
> 이제 작별을 할 시간, 난 이끼 아래서 기다릴 것이니
> 야마토(大和)의 섬에 다시 꽃들이 향기로울 때를

크리스마스를 3일 앞둔 1948년 12월 22일, 64세의 도조는 말없이 교수대를 향해 열세 걸음을 떼놓았다. 자정 직후, 올가미가 조여졌다.

■ ■ ■
**東條英機**[1884-1948] | 일본 군인·정치가. 도쿄 출생. 육군사관학교·육군대학교를 졸업, 독일대사관 무관·연대장·여단장 등을 지냈다. 만주와 몽골의 지배를 주장하여 만주국 창설 후인 1935년 관동군 헌병대 사령관이 되고, 1937년에는 관동군 참모장이 되었다. 노구교 사건이 일어나자 국민당 정부와의 타협에 반대, 중앙의 통제파와 결탁하여 중·일전쟁의 추진자가 되었다. 1941년 기도 고이치(木戶幸一) 내무장관 등의 추천으로 내각을 조직하여 현역군인인 채로 총리·내무장관·육군장관을 겸했다. 12월 태평양전쟁을 개시, 국내의 통제를 극단으로 강화하고 독재체제를 확고히 했으며 대동아공영권 건설을 선전하여 1943년 '대동아공동선언'을 발표했다. 종전 이후 극동국제군사재판에 의하여 A급 전범(戰犯)으로 기소되어, 1948년 교수형에 처해졌다.

다그 하마르쇨드Dag Hammarskjold

"지도를 알고
나의 방향을 찾기 시작한다."

다그 하마르쇨드는 1905년 7월 29일 스웨덴에서 태어나 1961년
9월 17일 멀리 떨어진 아프리카 정글에서 죽었다. 그의 나이 56세
였다.

유엔 사무총장인 하마르쇨드는 국제적 음모의 암투장인 콩고에
서 타결안을 모색하라는 임무를 떠맡았다. 콩고뿐만 아니라 다른
지역에서도 긴장이 고조되는 때였다.

유엔 사무총장은 편한 자리가 아니었다. 하마르쇨드는 말하자면
사면초가였다. 독신인 그는 외로웠고 스트레스도 적지 않았다. 그
의 일기 '흔적'에서는 그가 당시 어떤 생각—결심, 체념, 피로, 외

로움, 높아가는 신뢰심 등──을 했는가를 보여준다.

1961년 어느 날 그는 일기에 다음같이 썼다.

'누가 그 질문을 했는지 모르겠다. 언제 했는지도 기억이 나지 않았다. 어떻게 대답했는지도 모르겠다. 그러나 누군가에게 예, 또는 뭐라고 대답한 기억은 난다. 그 순간부터 내 존재는 의미를 가지게 되었고 내 삶도 목표가 생겼다. 그때부터 나는 "돌아보지 않는다"와 "내일을 생각하지 않는다"라는 말의 의미를 알게 되었다.'

'나는 삶의 미궁을 헤치면서 사실상 몰락인 승리와 그 반대로 승리인 몰락으로 이어지는 길을 터득하게 되었다. 노력의 대가는 불명예이며 유일한 삶의 기쁨은 품위의 저하라는 것도 깨달았다. 그때부터 용기는 내게 의미없는 단어가 되었다.'

'그 길을 따라가면서 나는 점차 성서의 모든 말씀이 한 개인의 경험이라는 걸 알게 되었다. 또 기도가 개인의 약속이라는 것도 알 수 있었다. 모든 말씀도 그리스도의 수난에서 나왔다.'

8월 24일, 하마르쇨드는 마지막 일기를 썼다.

'계절이 바뀌었다.

빛과

기후와

시간.

그러나 여기는 똑같은 나라.

나는 지도를 알고

나의 방향도 알기 시작한다.'

하마르쉴드는 '행동의 시'를 짓고 싶었다. 탐험가인 친구 텐 셀랜더가 그에게 던진 그 화두는 하마르쉴드를 매료시켰다. 그는 깊이 사색하는 사람이었지만 동시에 행동가이기도 했다.

콩고의 경우, 하마르쉴드는 개인 외교를 펼치기로 결심하고, 콩고로 가서 촘베 대통령과 대화를 나누고 싶어했다.

콩고에서는 한참 전투가 벌어지고 있었고, 유엔은 카탕카에 군대를 파견했다. 불행한 나라에서 벌어진 그 상황은 세계 전역에서 지켜보았고 유엔도 마찬가지였다.

하마르쉴드는 콩고 내전을 종식시키고 싶었다. 군대도 곧 싸움을 끝낼 것이라는 소식을 전했다.

하마르쉴드는 그의 사절 오브리앙에게 콩고 대통령 촘베와 타결안을 찾는데 최선을 다하고 그에게 콩고 중앙정부를 설득하도록 지시했다. 동시에 유엔 사무총장이라는 자신의 특권을 이용해 사태를 해결하기 위해 직접 콩고로 갔다.

1961년 9월 13일, 레오폴드빌 공항에 도착한 하마르쉴드는 총리, 부총리 그리고 외무장관의 영접을 받았다. 영접하러 나온 사람들은 내전중인 양측의 연립내각 구성원이었고 그것을 안 하마르쉴드는 기뻐했다. 하마르쉴드는 총리와 함께 사열대를 시찰하고 이어서 각료들과 회의를 가졌다.

9월 15일, 유엔 안전보장 이사회에 보고를 하기 위해 뉴욕으로 귀환할 예정이던 하마르쉴드는 계획을 취소하고 유엔의 위상을 강화하고 콩고 내전을 끝낼 방법을 찾기로 결정했다.

그러나 하마르쇨드는 카탕가 반군 촘베와 대화를 해야만 했다. 촘베가 고용한 용병은 끈질기게 유엔군을 공격했고 전면전을 하겠다고 위협했다. 하마르쇨드는 그 상황에서 카탕가 지도자와 만나는 일이 급선무라고 판단했다.

9월 16일 자정이 가까울 무렵, 촘베는 하마르쇨드의 사절 오브리앙에게 다음날 로데지아에서 만날 것을 제안했다. 그러나 하마르쇨드는 자기가 직접 촘베를 만나기로 결정하고 느돌라에서 만나자고 제안했다.

촘베의 대답은 9월 17일에 왔다. 촘베는 유엔군이 활동을 중단한다면 즉각적으로 휴전한다는 타협안에 원칙적으로 동의할 것임을 시사했다.

그날 2시, 촘베가 한 시간 안에 전세 비행기로 느돌라를 향해 출발할 것이라는 전갈이 왔다. 하마르쇨드도 그와의 약속을 지키려 느돌라로 떠날 예정이었다.

하마르쇨드가 타고 갈 비행기는 그날 아침 엘리자베스빌에서 귀환한 DC-6B 기종이었다. 하마르쇨드는 느돌라에서 하루 이상 머물 예정이 아니었으므로 간단한 손가방만 챙기고 모든 물건을 레오폴드빌에 남겨두었다.

그 물건들은 지갑, 수표책, 열쇠고리, 스웨덴 관광협회의 연감에 싣기 위해 쓴 원고의 사본 일부 그리고 읽던 책 등이었다. 손가방에는 개인적인 물건 외에 유엔헌장의 사본, 신약 영문판, 라이너 마리아 릴케의 영문판 시집이 들어 있었다. 그밖에도 글씨를 쓸 받침대와 최근에 사서 채 읽지 못한 책 한권 그리고 뉴욕의 지도를 가지고 있었다.

현지 시각으로 4시 30분이 조금 지난 시각, 하마르쇨드와 일행을 태운 비행기는 느디질리에 도착했다. 업무를 보고 메시지를 발표한 후 비행기는 4시 51에 이륙했다.

4시간 후 비행기는 셀리스베리 관제탑을 불러 느돌라에 도착 예정시간을 표준시로 10시 35분(현지 시각 12시 35분)이라고 전했다.

그로부터 30분 후 비행기의 위치는 탕카니카 호수의 남쪽을 가리켰다. 앞으로의 계획을 묻는 관제탑에 조종사는 비행기가 공항에 도착한 후에 알려주겠노라고 답신했다. 현지 시각으로 11시 35분, 비행기는 느돌라 관제소에 자정 20분 후에 도착할 예정이라고 알려왔다.

12시 10분. 비행기는 공항의 불빛이 보인다고 말하고 착륙을 시작하겠다고 연락했다. 관제탑은 고도 6천 피트에 도달하면 보고하라고 지시했고 알았다는 회신을 받았다. 그것이 마지막이었다.

비행기는 고도 2천 피트에서 공항 위를 날았지만 더 이상 연락이 없었다. 비행기는 착륙을 준비하기 위해 바퀴와 보조날개를 내린 채 회전을 하다가 공항 15킬로미터 지점에서 나무꼭대기를 스쳤다. 비행기의 추락은 표준시로 10시 11분에 일어났다.

하마르쇨드를 애타게 기다리고 있던 연합통신사는 유엔 사무총장과 촘베가 한 시간 전에 만났다는 소식을 느돌라 발신으로 이미 전송했고 뉴욕타임즈는 그 외신을 받아 보도를 마쳤다. 그때 하마르쉴드는 작은 덤불 위에 누워 있었다.

그는 비행기 잔해로부터 튕겨나와 희생자 중에서 유일하게 전혀
화상을 입지 않았다. 척추가 부셔졌고 갈비뼈도 여러 개 부러졌다.
넓적다리와 가슴에도 큰 부상을 입었다.

비행기 추락 후 외상으로 큰 고통을 겪었을 하마르쉴드는 내출
혈도 아주 심했다. 고통을 덜 수 있게도 죽음이 빨리 찾아온 모양
이었다.

수색대가 그를 발견했을 때 손은 덤불을 잡고 있었고 얼굴은, 그
의 전기 작가의 말을 빌리면, '이상할 정도로 평화로웠다.'

. . .

Dag Hammarskjold[1905-1961] | 스웨덴 정치가. 이원최핑 출생. 총리를 지낸 K.H.L. 하마르쉴
드의 넷째 아들이다. 웁살라대학에서 경제학을 전공하고, 1933년 스톡홀름대학 정치경제학조
교수가 되었다. 1936년 재무차관 · 국립은행 총재를 지냈다. 1946년 외무부에 들어가 세계경제
와 금융문제를 담당했고, 1949년 외무차관, 1951년 외교담당 무임소장관, 1953년 미 · 소 양진
영의 지지를 얻어 T.H. 리의 후임으로 국제연합(UN) 제2대사무총장에 취임했다. 1956~1957
년 수에즈전쟁을 해결하기 위해 가끔 중동에 갔다. 1960년 콩고에서 분쟁이 일어나자 즉시 UN
군을 파견했고, 1961년 현지를 방문하여 분쟁을 해결하기 위해 동분서주하던 중 9월 17~18일
사이의 밤에 항공기사고로 북로디지아(지금의 잠비아)에서 죽었다. 그해 10월 1961년도 노벨
평화상이 추증되었다.

**마틴 루터 킹** Martin Luther King JR

"나는 마침내 자유를, 마침내 자유를 얻었다.
고맙게도 나는 마침내 자유로워졌다!"

인권 투사, 마틴 루터 킹 목사는 암살될 당시 39세의 젊은 나이
였다. 1929년 1월 15일 그는 애틀랜타에서 태어났고 그의 죽음은
멤피스에 있는 한 모텔에서 1968년 4월 4일에 일어났다.

그는 미국의 인종 차별 상황을 크게 변화시킨 인권혁명가였다.
그리고 그 운동은 비폭력을 수단으로 삼았다.

그의 인생은 순탄치 않았다. 한번의 자살 기도, 투옥, 경찰의 야
만적 취급 등으로 사실 그의 생은 아주 고달픈 것이었다. 그는 마지
막 순간까지 그걸 잘 견디어냈다. 그는 죽음을 두려워하지 않았다.
마틴은 "목숨을 걸 가치를 찾지 못한 사람은 살 가치가 없다."라고

말했다.

마틴의 활동은 그의 지도력을 필요로 하는 미국의 도시에서 이루어졌다. 그는 국가적인 지도자가 되었고 노벨상을 받았다.

"내가 노벨상을 받은 것은 미국에 사는 2천2백만 흑인들이 오랜 인종 차별을 종식시키기 위해 투쟁을 하는 바로 그 순간이었다."

그것은 창조적인 투쟁이었고 마틴은 최루가스와 경찰의 폭력을 맞으면서 적의 영토를 수없이 공략한 장군이자 보병이었다.

링컨 기념관 앞에서 수많은 군중을 향해 자유를 외치며 열변을 토하며 연설할 때처럼 영광의 순간도 있었다.

"자유의 종이 울리면, 그 종이 모든 마을과 주 그리고 도시에서 울리게 되면 우리는 신의 자식인 흑인과 백인, 유대교인과 기독교인 그리고 카톨릭 교도들이 손을 잡고 '마침내 자유를, 마침내 자유를! 고맙게도 우리는 마침내 자유롭게 되었습니다!'라는 흑인영가를 부르게 될 날을 빠르게 앞당길 수 있을 것입니다."

마틴 루터 킹은 아주 이상한 방식으로 그의 '자유'를 얻었다.

악의 세력——그의 꿈을 죽인——이 강해졌고 폭력의 냄새가 풍겼다. 백인 우월주의자들이 마틴의 도전을 받았다. 여러 도시에서처럼 멤피스에서도 시가행진이 예정되었다. 그러나 마틴은 멤피스 시가 데모를 금지하는 연방법원의 명령을 받았다는 걸 알게 되었다. 그것은 멤피스에서 시가행진이나 데모를 할 수 없다는 뜻이었다.

그럼에도 불구하고 그는 계획을 강행하기로 결정했다. 그는 친구들에게 말했다. "법원의 명령이나 철퇴가 우리를 멈추게 할 수는 없다. 우리는 헌법 제1조를 따른다. 과거에도 양심에 근거하여 명령을 어겼다. 필요하다면 이번에도 그렇게 할 수밖에 없다. 우리는 때가 오면 다리를 건널 것이다."

마틴은 사법적인 위협에도 꿈쩍하지 않았다. 그러나 보다 나은 행사 준비를 위해 예정된 날짜를 연기하자는 의견이 제시되었다.

그는 공포 속에서 살아왔다. 어느 순간에 누군가 자신을 향해 총을 쏘는 것처럼 늘 주위를 둘러보는 버릇이 생겼다. 그의 가라앉은 분위기를 북돋아줄 필요가 있었다.

그 무렵 메이슨 교회에서 흑인들이 설교를 해달라는 제의가 들어왔고 마틴은 그 초청을 받아들였다.

그는 설교가 끝날 즈음, 자기의 목숨이 위협을 받고 있다는 말을 꺼냈다. "제게 어떤 일이 일어날지 모릅니다. 그러나 저는 그 문제에 상관 안 합니다. 저는 이미 정상에 올랐기 때문에 걱정하지 않습니다."

물론 자신도 다른 사람처럼 오래 살고 싶다고 했다. "오래 산다는 건 좋은 일입니다. 그러나 지금은 그걸 생각하지 않습니다. 신의 뜻을 따를 겁니다. 신은 제게 높은 산에 오르게 하셨습니다. 저는 약속의 땅을 보았습니다."

그의 바리톤 목소리가 교회 안에 울려퍼졌다.

"그곳에 여러분과 함께 갈 수 없을지도 모릅니다. 그러나 저는 오늘 밤 여러분들이 인간으로서 그 약속의 땅에 다다를 수 있다는 것을 아셨으면 하고 바랍니다. 그래서 저는 오늘 밤에 아주 큰 기쁨을 느낍니다. 다른 것은 생각하지 않습니다. 어떤 사람도 두렵지 않습니다. 제 눈은 신이 오시는 영광을 보았습니다."

그날은 수요일이었다. 다음날인 목요일, 마틴은 월요일에 있을 시위를 준비하며 로레인 모텔 306호에 머물렀다. 모텔 바로 맞은편 음침한 여관의 한 방에서는 암살자가 곧 일어날 끔찍한 일을 추진하고 있었다. 그러나 마틴은 그 사실을 알 수 없었다.

오후 6시 조금 전, 마틴을 지지자의 집에 모시고 갈 운전사가 로레인 모텔이 도착했다. 마틴은 준비를 마쳤으나 넥타이를 찾지 못해 헤매고 있었다. 친구 랠프가 넥타이를 가리켰고 그는 재빨리 집어들어 목에 맸다.

마틴은 초대한 이의 안주인이 '영혼의 음식'을 만드는 능력을 가졌다고 농담을 했다. 그리고나서 마틴은 운명의 장난인지 갑자기 유리문을 열고 발코니로 나갔다. 아마도 신선한 공기를 마시고 싶었을지도 모른다. 또는 화장실에 있는 랠프에게 시간을 준 뒤 밖으로 나갈 생각이었는지도 알 수 없다.

다른 사람들도 그를 따라 발코니로 나왔다. 아래층 마당에는 운전사 존스, 제시 잭슨, 앤디 영 그리고 그 지역 음악인 벤 브랜치가 기다리고 있었다.

"벤을 아세요?" 잭슨이 마틴에게 물었다.

"그럼요."라고 대답한 마틴은 동지애를 느껴 "벤, '소중한 신이여 내 손을 잡아주오'를 부르는 걸 잊지 말아요."라고 친근하게 말했다.

저녁식사 후에는 또다른 교회에서 군중대회가 있을 예정이고 벤은 거기에서 노래를 부르기로 되어 있었다. 마틴은 잠시 생각하더니 "노래를 진짜 멋있게 부르세요."라고 덧붙였다.

대화를 듣고 있던 존스는 "날이 쌀쌀하니 코트를 입으세요."라고 마틴에게 소리쳤다.

마틴은 "알았소. 그러지."라고 대답했다.

그 말을 채 마치기도 전에 총소리가 울렸다. 마틴은 총을 맞고 쓰러졌다. 한쪽 다리가 발코니 난간에 걸린 채 얼굴에서는 피가 쏟아졌다. 창백한 얼굴에 충격을 가누지 못하는 랠프가 몸을 숙이고 "마틴, 마틴, 나야, 랠프."라고 말했다.

그러나 대답이 없었다. 그는 그렇게 사망했고 자유를 얻었다. 마틴 루터 킹은 마침내 인간의 증오로부터 자유롭게 된 것이다.

∎ ∎ ∎

**Martin Luther King JR**[1929-1968] | 미국 침례교파 목사 · 흑인민권운동 지도자. 조지아주 애틀랜타 출생. 1957년 남부그리스도교 지도자회의(SCLC)를 조직하고, 1963년 노예해방 100주년을 기념하는 워싱턴행진에서 '나에게는 꿈이 있다'라는 유명한 연설을 했다. 몽고메리 버스보이콧운동의 시작으로부터 1965년 셀마몽고메리 행진에 이르기까지 그리스도교의 가르침과 간디의 시민적 불복종사상을 결합한 비폭력적 직접행동으로 흑인에 대한 법적 · 제도적 차별을 타파하기 위한 운동을 전개했다. 1966년부터 진정한 인종통합을 요구하며 현실적으로 존재하는 차별과 빈곤 타파를 위해 활동했다. 또한 베트남전쟁 반대 입장을 밝히고 흑인노동자의 투쟁을 적극적으로 지원했다. 1968년 4월 4일 테네시주 멤피스 청소노동자 파업을 지원하던 중 암살당했다. 1964년 노벨평화상을 수상했다. 저서에 〈자유를 향한 위대한 행진,1958〉〈흑인은 왜 기다릴 수 없는가,1964〉〈흑인이 가는 길,1967〉 등이 있다.

올리버 웬델 홈스Oliver Wendell Holmes


"만약 죽는다면 내 마지막 말은
'신념을 가지고 미지의 세계를 추구하라'이다."


"올리버 웬델 홈스 판사의 이야기는 그의 조국 이야기였다."라고 전기 작가는 말했다. 이 말은 미국이 배출한 가장 위대한 판사 중의 한 명이었던 그에게는 작은 찬사에 지나지 않았다.

오늘날에도 '위대한 이단자'라고 불린 그의 판결은 인용할 만한 충분한 가치가 있다.

그는 장수를 누렸다. 1841년 3월에 태어나서 1935년 3월에 94세로 죽었다.

죽음은 적이 아니라 친구처럼 찾아왔다. 이 말은 한평생 죽음을 준비해온 그에게 아주 적절한 말이었다.

홈스는 언젠가 "주어진 일을 마치고 죽음을 준비하며 살았다고 말하기 위해……."라고 한 적이 있었다.

마침내 죽음이 찾아오자 그는 만반의 준비를 하고 있었다.

죽기 며칠 전 그는 비서에게 말했다.

"왜 죽음을 두려워하겠는가? 나는 죽음을 너무 자주 보아왔다. 죽음이 오면 아마 옛친구 같을 것이다."

"만약 신이 5분밖에 살 수 없다고 하시면 '좋습니다. 10분이 안 되는 걸 유감으로 생각합니다'라고 답할 것이다."라고 덧붙였다.

또다른 때에는 "만약 죽는다면 내 마지막 말은 '신념을 가지고 미지의 세계를 추구하라'일 것이다."라고 했다.

94세의 나이를 산 사람이 자기의 생각을 가지는 것은 당연한 일이다. 그러나 그 생각이 당연히 즐거운 것만은 아니다. 홈스는 여생을 말과 마차를 타고 여행을 했다.

그는 91세에 미국 대법관직을 조용히 사직했다. 사직하던 날도 그는 평소처럼 대법원에 나갔다. 굵은 목소리로 더듬거리며 판결문을 낭독한 그는 여느 날처럼 점심 시간에 휴식을 취했다. 법정이 4시 30분에 문을 닫자 홈스는 코트와 모자를 집어들고 담당 서기의 책상에 가서 조용히 말했다.

"내일부터 나오지 않을 거요."

그것이 전부였다.

그날 밤, 홈스는 대통령에게 사직서를 썼다. 동료들에게도 쪽지를 보냈다. "친애하는 동료들, 이렇게 부르는 것을 허락해주시오.

내게 아주 친절하게 대해 주었소. 관대한 편지는 내 심금을 울렸다오. 내가 존경하고 흠모하는 사람과 그렇게 오랫동안 유대를 맺은 것이 기뻤소. 내게 남은 시간이 아주 적으므로 소중하게 보낼 생각이오."

신문은 그에 관한 기사에서 '홈스 판사는 노년을 희망차고 즐거운 것으로 만들었다'라고 썼다.

홈스의 90회 생일날, 국가는 그에게 감사의 찬사를 보냈다. 기념 심포지엄도 열렸다. 자신의 차례가 오자 홈스는 청중에게 말했다.

"이 심포지엄에서 제가 맡은 역할은 조용히 듣는 것입니다. 마지막이 가까운 사람이 자기의 감정을 말하는 것은 너무 사사로운 일입니다. 그러나 청중으로 앉았다가 문득 떠오른 한가지 생각을 말씀드리겠습니다.

달리기에 참가한 사람은 결승점에 도착해도 갑자기 멈추지 못합니다. 완전히 멈추기 전에 구보를 하는 시간이 있습니다. 인생에도 친구들의 목소리와 자기 자신에게 하는 소리가 들리는 시간이 있습니다. '일이 끝났다.'라는.

그러나 곧 누가 말합니다. '경주는 끝났지만 일을 할 수 있는 힘이 남아 있는 한 일은 결코 끝나지 않았다.' 멈출 때까지 뛰는 구보가 반드시 쉬는 것을 의미하지는 않습니다.

살아 있는 한 쉴 수는 없습니다. 산다는 것은 기능을 한다는 겁니다. 그것이 살아 있는 전부입니다. 이제 1500년 전에 살았던 한 라틴 시인의 말로 끝을 맺겠습니다. 죽음이 내 귀에 대고 속삭입니다.

살아가라. 내가 간다."

죽음은 조용히 찾아왔다. 1935년 2월 23일, 홈스는 드라이브를 나갔다. 잠자리에 들면서 재채기를 한 홈스는 다음날 바로 감기에 걸렸다. 그는 계속 재채기를 했다.

재채기는 기침으로 발전했고 폐렴이 되었다. 홈스는 자신이 죽어 간다는 걸 알았지만 낙심하지 않았다. 그는 조용히 누워 있었다.

기운이 생기면 간호사들과 농담을 했다. 먹으라고 달래거나 자극제를 주려고 하면 "아주 어리석은 일이야."라고 불평하면서 물리쳤다.

그는 두려워하지 않았다. 그는 주어진 인생을 최선을 다해 살았다. 홈스는 남북전쟁때 군인으로 참전했고 매사추세츠에서 판사를 지냈고 대법관을 역임했다. 그는 언젠가 '인생은 행동과 열정'이라고 말했다. 그는 그렇게 살았다. 이제 무엇을 위해 산단 말인가? 게다가 사랑하는 아내도 죽었다. 아내의 죽음과 함께 그의 인생의 반쪽도 떠났지 않은가.

이제 홈스는 죽음을 맞았다. 며칠이 지나갔다. 3월이 왔다. 길다란 흰색 철제 침대에 누운 홈스는 눈을 감은 채 가쁜 숨을 몰아쉬었다. 옆방의 의사들은 그의 마지막이 멀지 않았다는 걸 알고 의논을 하고 있었다.

3월 5일 오후, 신문기자들은 앰뷸런스가 홈스의 집 앞에 서 있는 것을 보았다. 산소통이 집안으로 운반되어 들어갔다. 침대의 홈스는 커다란 산소통이 실려오는 걸 보고는 몸을 움직였다. 의사들은 그가 나지막이 중얼거리는 소리를 들었다.

"아주 어리석은 일이야."

그러나 의사들은 필요하다고 생각하는 모든 조치를 취했다. 물론 그들은 한계를 알고 있었다.

새벽 2시, 사람들은 마침내 시간이 왔음을 알았다. 의사들은 조용히 산소통을 제거했다. 눈을 감은 홈스는 여전히 숨을 쉬었지만 그 속도는 점점 느려졌다. 그의 모습은 아주 평화로웠다. 창밖 3월의 정원에는 물오른 나무들이 잔설 아래 서걱거렸다. 곧 봄이 올 모양이었다.

의사들은 홈스를 지켜보았다. 똑딱똑딱 시간이 흘러갔다. 그러나 의사들은 홈스가 죽었는지 알지 못했다. 죽음과의 투쟁을 알리는 어떤 징후도 없이 홈스는 아주 조용하게 세상을 떠났기 때문이었다.

∎ ∎ ∎

**Oliver Wendell Holmes**[1841-1935] │ 미국 법률가 · 법관. 매사추세츠주 보스턴 출생. 하버드대학에서 법학을 공부하고 남북전쟁에 참전한 뒤 1867년 변호사가 되었다. 1882~1902년 매사추세츠주 최고재판소 판사와 수석재판관을 거쳐 1902~1932년 미연방대법원 판사로 활동했다. 보수적인 태도에 당당히 맞서 변화하는 시대에 맞는 법을 적용하려 노력한 진보적인 법관으로 '위대한 소수의견자'로 불렸다. 언론자유의 제한은 '명백한 현재의 위험'이 있을 때에만 법으로 규제하자고 주장했고 법적용에서 도덕적 접근을 배제했다. 20세기 실용주의적 법학에 영향을 주었다. 저서로 〈관습법,1881〉 〈법률논문집,1920〉 등이 있다.

**말버러 공작**John, Duke of Marlbough

# "이기지 못하는 전투를 한 적이 없다."

권력이나 명성, 또는 명예로써 질병과 불행을 막을 수는 없다. 이는 말버러 공작, 존의 인생이 우리에게 전하는 메시지이다.

군인으로서 말버러 공작의 성공은 "나폴레옹과도 비교할 수가 없다."는 칭송을 들을 정도였다. 처칠은 말버러에 대해 "그는 이기지 못하는 전투를 해본 적이 없고 점령하지 못하는 성을 공격한 적이 없다."라고 말했다.

말버러는 군인으로서 큰 명예를 얻었지만 그 덕분에 적도 많이 얻었다. 그 결과 말버러는 불명예와 추방을 감수해야 했다.

역사가들은 말버러가 위대한 군인이었다는 사실에 이의를 제기하지 않는다. 역시 위대한 군인이었던 웰링턴 공작은 언젠가 "나폴레옹과 말버러 공작 중에서 누가 더 훌륭한 장군이었는가?"라는 질문을 받은 적이 있었다.

웰링턴은 "저는 나폴레옹의 존재가 4만 명의 지원병을 얻는 것과 같다고 말하곤 합니다. 그러나 영국군의 선두에 있는 말버러보다 더 위대한 인물은 생각할 수도 없습니다."라고 대답했다.

말버러는 전제주의의 위협에 맞서 연합군을 이끌었다. 그것은 루이 14세의 통치 아래 패권을 잡으려는 프랑스를 역습하기 위한 말버러의 계획이었다.

처칠은 말버러 공작을 "가장 뛰어난 군인인 동시에 영국 역사상 존재했던 가장 훌륭한 정치가들 중의 한 사람이었다. 그는 태양의 신처럼 용감했을 뿐 아니라 고결하고 관대한 인물이었다."라고 했다.

영국에 영광을 가져온 당사자, 말버러는 여왕에 의해 해고되고 사실상 추방을 당하는 설움을 겪었다. 그가 여왕 앞에 불려나왔을 때 아무도 그를 변호하지 않았다. 그는 적들 가운데 홀로 섰다. 여왕은 재상들과 회의를 갖고나서 다음과 같은 결정을 내렸다.

"공공재정 위원들이 하원에 제출한 말버러 공작에 대한 고발을 접한 여왕 폐하는 그를 모든 공직에서 해직하고 그 문제에 대해 공정한 조사가 진행되어야 마땅하다고 생각하셨다."

승리의 열매는 너무도 썼다. 고통은 그것으로 끝나지 않고 딸 한 명이 늑막성 열로 죽는 일이 이어졌다. 말버러는 큰 충격을 받았다. 그와 아내 사라는 깊은 우울증에 빠졌다.

그들은 영지로 은퇴했다. 그곳에서 말버러를 늘상 괴롭히던 두통과 어지럼증은 마비성 발작으로 진행되었다. 말버러는 감각을 잃었고 말도 하지 못했다.

회복되는 데는 6개월이 걸렸다. 다행스럽게도 그의 정치적 운명도 바뀌었다. 그를 해고한 앤 여왕이 죽었고 그 뒤를 이은 왕은 말버러를 불러 총사령관으로 복직시켰다.

그러나 그는 가족 문제로 여전히 괴로웠다. 두 딸은 어머니와 사이가 좋지 않았다. 말버러의 아내는 딸들로부터 가혹한 대접을 받았다. 이 문제로 나이든 말버러는 깊이 상심했다.

말버러의 옛 적들은 활동을 계속했다. 그의 아내 사라를 질투하는 적들은 왕을 폐위하려는 음모를 꾸몄다고 그녀를 고발했다. 말버러는 아내에 대한 터무니없는 고발로 인해 자신의 사위에게 소환을 받는 슬픔을 겪었다. 그 사건은 가뜩이나 몸집 작은 그에게 큰 타격이었을 것이다.

그러나 다음 이야기가 있다. 어느 날 말버러는 실수로 자신이 세운 블렌하임 궁정에 있는 큰 방들을 둘러보다가 벽에 걸린 자신의 초상화와 마주 서게 되었다.

오랫동안 주의깊게 초상화를 들여다본 그는 "한때는 사람이었어!"라는 말과 함께 발길을 돌렸다. 분명히 시간은 말버러에게 그 대가를 거두어갔다.

1722년 6월 초, 말버러는 발작을 일으켜 침대에서 생활했다. 정신은 명료했지만 기력은 급격히 떨어졌다. 대개 그런 상황에서는 가족간의 불화가 해소되게 마련이었지만 말버러의 병은 아내와 딸들간의 관계를 더욱 악화시켰다.

아내는 딸들이 병든 아버지를 찾아올지 확신하지 못했다. 그러나 딸들은 아버지를 찾아왔다. 말버러가 누워 있는 방으로 사라가 들어서자 딸들은 입을 다물어버렸다. 사랑하는 아버지는 그것이 한없이 가슴 아팠다.

사라는 기도를 하자고 제안했다. 기도가 끝난 후 사라는 말버러에게 기도를 들었는지 물었다. 그는 기도를 들었을 뿐만 아니라 자신도 그들과 함께 기도를 올렸다고 대답해 아내를 기쁘게 했다. 얼마 후 말버러는 의식을 잃었고 그렇게 몇 시간이 지났다.

1722년 6월 16일 새벽, 말버러는 드디어 세상을 떠났다. 그의 나이 73세였다. 그것은 말버러가 패배한 유일한 싸움이었다.

말버러의 전기를 쓴 처칠은 '사람의 수명은 짧고 그 끝은 모두 똑같다. 쇠약과 은퇴를 수반하는 우울한 기분은 그 자체가 진통제이다. 인생을 마치는 것에 슬픔을 낭비하는 것은 어리석은 일이다. 고매한 인물들은 자신을 보다 나은 세상이나 망각으로 이끄는 죽음을 기꺼이 맞는다.'라고 적었다.

인생의 말년에 그를 슬픔으로 몰아넣은 가족의 불화에도 불구하고 죽은 뒤의 말버러는 아마도 행복했을 것이다. 말버러의 아내는 예전에 그랬던 것처럼 죽는 날까지 남편에 대한 절개를 버리지 않았다.

62세에도 여전히 아름다움을 잃지 않은 그녀는 수많은 프로포즈를 받았다. 코닝스비 경은 사라에게 청혼했지만 완곡하게 거절을 당했다. 상당한 부자인 서머셋 공작도 그녀에게 애정을 고백했다.

사라는 공작에게 저 유명한 편지를 보내 자신의 입장을 밝혔다.

'늙고 시들어가는 지금의 나 대신에 내가 옛날처럼 젊고 아름답다면 당신은 제 발아래 세계제국을 가져올 수 있었을 것입니다. 그러나 당신은 한때 말버러 공작, 존에게 속했던 제 마음과 손은 결코 갖지 못할 것입니다.'

■ ■ ■

**John, Duke of Marlbough**[1650-1722] | 영국의 군인·정치가. 1672년 네덜란드와의 전쟁에 참가고 1677년 근위장교가 되었다. 제임스 2세가 즉위하면서 남작이 되었으며, 1688년 명예혁명 때에는 국왕군의 부사령관으로 출전했으나, 도중에 윌리엄 3세에게 가담했다. 혁명이 성취되자 그는 추밀고문관·백작이 되었다. 1702년 앤 여왕이 즉위하자 영국군 총사령관에 임명되었고, 그 뒤 공작이 되었다. 이 때부터 그는 영국의 육군을 정비하는 일에 노력하는 한편, 정치와 외교의 실권자로서 에스파냐계승전쟁을 적극적으로 추진했다. 이후 그는 국민적인 영웅으로서 그의 아내와 더불어 권세를 누렸다. 1711년 앤 여왕과의 대립 등으로 실각하고 이듬해 대륙으로 망명했다가 여왕의 사후 귀국하여 영국군 총사령관에 복귀했으나 과거의 세력은 누리지 못했다.

스와미 비베카난다 Swami Vivekananda

## "일단 훈련이 끝나면
## 스승들은 제자를 떠나야 할 필요가 있다."

라마크리슈나 선교회를 세우고 힌두교의 의미와 메시지를 서양에 전한 스와미 비베카난다는 언젠가 자신이 나이 마흔을 넘기지 못할 것이라고 예언했다. 비베카난다는 1902년 7월 4일, 자신이 세운 목표를 6개월 앞두고 죽었다.

그의 건강은 한동안 지속적으로 나빠졌다. 일찍이 1901년 8월 27일에 친구에게 보낸 편지에 "나는 죽어간다. 나는 바보가 되었다…… 나는 지금 먹고 자는 걸 빼면 아무 일도 하지 않고 종일 내 몸을 추스르는 데 시간을 보낸다."라고 썼다.

비베카난다가 아프다는 소식을 듣고 전 세계에서 제자들이 찾아왔다. 그의 생애 마지막 두달 동안의 일이었다. 찾아온 이들은 모두 각각 베베카난다를 접견했고 그로부터 격려와 그들의 사명을 다하라는 요청을 받았다.

그는 중요한 업무를 놓기 시작했다. 비베카난다는 종종 "제자들과 남아 있으면서 얼마나 자주 제자들을 망치는지! 일단 사람을 훈련시키면 지도자는 제자들은 떠나는 것이 필요하다. 지도자가 없어야 제자는 발전할 수 있다."라고 말했다.

또다른 때에도 비슷한 말을 했다. "큰 나무 아래 있는 식물은 늘 작다."

마지막 8주 동안 그의 생도 그러한 경향을 보였다. 비베카난다는 한때 열정을 가지고 했던 바깥일에 무심했다. 그는 솔직하게 "나는 더 이상 바깥일에 개입할 수가 없다."라고 말했다. "나는 이미 떠나고 있는 중이야."

언젠가는 보다 직설적인 표현을 사용하기도 했다. "네가 옳을지도 몰라. 그러나 더 이상 이 문제에 개입할 수 없어. 나는 죽어가고 있거든."

그는 마치 산책을 나간다고 말하듯이 죽는 것을 아무렇지 않게 이야기했다.

그는 때로는 정신이 흐려졌다. 1902년 5월 15일, 비베카난다는 맥로드에게 편지를 썼다. "다소 기분이 나아졌소. 그러나 물론 기대했던 것만은 못하오. 정적이라는 좋은 생각이 떠올랐소. 나는 영원히 은퇴할──더 이상 일은 없소──것이오. 가능하다면 옛날의 유랑하던 시절로 돌아가고 싶소."

그의 스승인 성자 라마크리슈나는 비베카난다가 일단 자기의 사명이 끝나면 육체를 버리고 영원히 정적 속으로 들어갈 것이라고 말한 적이 있었다. 그곳은 자신이 누구인지를 깨달은 사람만이 가는, 돌아올 수 없는 곳이었다.

어느 날 한 스님이 비베카난다에게 말했다.

"자신이 누구인지 아십니까?"

"물론 알고말고!" 비베카난다의 말을 충격적이었다. 그 스님은 재빨리 화제를 바꾸었다.

비베카난다의 제자들은 자기의 스승이 죽음의 신 시바의 은총을 받았고 그래서 자신의 죽는 시간을 결정할 수 있는 능력을 가졌다고 믿었다.

어느 날 한 기자로부터 자신의 죽을 때를 알고 있느냐는 질문을 받은 비베카난다는 긍정적인 대답을 했다. 그는 마치 자신이 세상을 떠나는 시간을 가장 좋은 때를 골라서 결정하려는 것처럼 보였다. 실제로 '완전한 소멸'을 얻기 3일 전, 비베카난다는 스와미(출가한 승려의 존칭) 프레마난다에게 자신을 화장할 곳으로 수도원의 한 장소를 지정했다.

1902년 6월 2일, 비베카난다는 단식했다. 그날은 음력으로 12일이고 관례적으로 단식을 하는 날이었다. 그날 영국인 여제자가 조언을 구하러 그를 찾아왔다. 비베카난다는 그녀에게 다른 수도원에 있는 다른 스와미들을 추천했고 아침밥을 먹게 했다.

그녀가 인도식으로 손으로 아침을 먹자 비베카난다는 물을 부어 주며 먹은 손을 씻게 하고 수건을 주어 물기를 닦게 했다.

그녀는 "스와미지(스님), 이것은 제가 스님에게 해야 할 일이지 스님이 제게 할 일이 아닙니다."라고 항의했다.

비베카난다는 심각하게 말했다. "예수는 제자들의 발을 씻어주었어."

훗날 그녀는 그때 자신이 "그러나 그것은 마지막 순간이었어요!"라고 말할 뻔했다고 기록했다. 그러나 그 말은 하지 못했다.

비베카난다는 슬프거나 엄숙하게 보이지 않았다. 그와 대화를 하려는 사람은 없었고 있다 하더라도 애완동물이나 정원, 책, 부재중인 친구에 대한 이야기가 화제의 대상이었다.

그러나 비베카난다에게 빛나는 그 무엇이 있었다. 누구나 그의 존재를 느꼈다. 금요일이 되자 비베카난다는 일찍 일어나 혼자 사원으로 갔다. 평소와는 다르게 창문과 문을 모두 닫고 세 시간 가량 명상을 했다.

사원에서 나오며 비베카난다는 칼리 여신을 칭송하는 시를 읊조렸다. 칼리는 그가 숭배하고 어머니라고 부르는 신이었다.

나는 누가 어머니인지 알지 못하네,
평생 생각을 했건만은,
이제 그 공허, 어머니인 듯하다.

그리고나서 거의 속삭이는 소리로 혼잣말을 했다.

"만약 또다른 비베카난다가 있다면 비베카난다가 무엇을 했는지 이해할 것이다! 그리고 때가 되면 얼마나 많은 비베카난다들이 태어날는지!"

비베카난다는 제자들에게 다음날 칼리 여신을 숭배하고 싶다고 말하고 의식에 필요한 물건들을 준비하라고 요청했다.

다음날, 비베카난다는 한 스와미에게 힌두교 성전(聖典)인 베다의 한 문장과 유명한 학자의 주석을 읽어달라고 부탁했다. 그는 읽은 주석에 동의하지 않는다고 말하고, 보다 나은 해석이 필요하고 제시했다.

그 누구도 비베카난다의 마지막이 다가온다는 걸 상상할 수가 없었다. 그는 동료 스님들과 둘러앉아 결국 마지막이 된, 식사를 함께 했다. 비베카난다는 또 그들과 농담을 나누었고 마지막 봉사로 초심자들에게 3시간 동안 산스크리트 문법을 가르쳤다.

오후에는 스와미 프레마난다와 길게 산책을 하면서 수도원에 베다 대학을 설립하는 계획을 토의했다.

"베다를 배워 좋은 게 무엇입니까?"

프레마난다가 짓궂게 물었다.

"미신을 죽이지."

비베카난다의 대답이었다.

산책을 마친 비베카난다는 기분이 좋은 듯했다. 수도원으로 돌아온 그는 국가의 흥망에 관해 이야기를 했다.

비베카난다는 스님들에게 말했다. "신을 계속 추구한다면 인도는 영원할 것이다. 그러나 정치적, 사회적 갈등에 빠지면 인도는 망할 것이다."

그러고나서 비베카난다는 집회를 돌면서 설법을 했다. 모든이의 가슴을 누그러뜨리는 순간이었다. 곧 사원의 종이 울리면서 7시 예배시간을 알렸다. 비베카난다는 한마디 말없이 조용히 일어나서 자기 방으로 돌아와 한 시간 동안 명상했다.

비베카난다는 제자들을 불러 모든 창문을 열고 선풍기를 틀라고 지시했다. 그는 말없이 자리에 누웠고 방에는 정적이 흘렀다. 제자들은 비베카난다에게 부채를 부쳤다. 몇분이 흘렀으나 여전히 말이 없었다. 비베카난다가 잠들었거나 깊은 병상에 들었다고 여겼다. 어쨌든지 제자들로서는 말이나 행동으로 스승을 깨울 입장이 아니었다.

한 시간이 지날 무렵 비베카난다의 손이 약간 흔들렸고 길게 숨을 내쉬는 것처럼 보였다. 그리고는 다시 침묵이 이어졌다. 비베카난다는 다시 긴 숨을 내쉬었다. 전기 작가에 따르면 '그의 눈은 미간쪽에 고정되었고 얼굴은 신성한 표정이었다. 그리고 영원한 침묵이 감돌았다.'

밤 9시 10분쯤, 비베카난다는 무아의 경지에 들었다. 7월 4일이었다.

후일 제자들은 그때 비베카난다의 코와 입 그리고 눈에서 '약간의 피'가 나오는 걸 보았다고 기록했다. 그것은 요가경전에 나오는 그대로였다.

그러나 제자들은 비베카난다의 의식이 돌아오길 바라면서 스승의 주변에 모여 그의 이름을 부르기 시작했다. 의사를 부르고 인공호흡도 시도했다. 그러나 모든 것이 허사였다.

자정, 의사는 비베카난다의 죽음을 선언했다.

. . .

**Swami Vivekananda**[1863-1902] | 인도 종교사상가. 캘커타 출생. 본명은 Narendranath Datta 이다. 크샤트리아의 명문 출신으로 캘커타에 있는 대학에서 근대 서양교육을 받았으나, 1882년 라마크리슈나를 만나 그에게서 사사했다. 스승이 죽은 뒤에는 그 가르침의 포교에 전력했다. 1893년 미국 시카고에서 열린 세계종교회의에 남인도 힌두교의 대표자로서 참석하여 "모든 종교는 결국 하나로 귀착된다"고 주장하여 호평받았다. 이를 계기로 세계적인 전도활동이 시작되었다. 1896년에는 뉴욕에 베단타협회를 설립하고 이듬해에는 인도에 라마크리슈나선교회를 창설했다. 1898년부터 1900년에 걸쳐 미국 및 유럽의 각지를 전도를 위해 유랑했다. 1902년 39세에 캘커타 부근의 벨루르사원에서 죽었다. 그는 라마크리슈나가 신비체험에 의해 얻은 베단타철학의 불이일원론(不二一元論) 사상을 전파하는데 일생을 바쳤다. 또한 불이일원론에 따라 여러 종교의 대립이 해소된다는 것을 주장했으며, 봉사활동이야말로 종교 수행의 출발점이라 하여 병원 설립이나 교육활동을 추진했다. 주요 저서로 〈카르마 요가〉가 있다.

토마스 제퍼슨Tomas Jefferson

"나는 아버지께 간다.
나는 그 강가를 반가이 받아들인다…"

미국의 대통령을 지낸 토마스 제퍼슨은 가장 중요하다고 생각되는 세 가지 업적을 골라서 자기의 묘비명을 스스로 썼다. '토마스 제퍼슨, 미국 독립선언서와 버지니아 종교 자유령의 저자이며 버지니아 대학교의 설립자인 그가 여기 잠들다.'

누구도 그 이상을 이루기는 어려울 것이다.

제퍼슨은 1743년 4월 2일 태어나서 83년 후 1826년 7월 4일에 죽었다. 독립선언서를 기초한 그가 독립기념일에 사망한 것이다.

철학자이자 과학자이며 정치가인 제퍼슨은 이 세 분야에서 모두 뛰어났다. 게다가 그는 권력에 현혹되지 않았다.

대통령직을 포기하고 몬티셀로에 있는 저택으로 돌아간 제퍼슨은 친구에게 '마침내 자유롭다'는 편지를 썼다.

"족쇄를 벗은 죄수 그 누구도 권력의 속박에서 벗어난 내가 갖는 안도감을 느끼진 못할 것이다. 나는 차분하게 과학을 추구하는 것에서 가장 큰 기쁨을 느꼈다. 그러나 내가 살던 시대가 나로 하여금 정치적인 영역에 내 자신을 바치도록 이끌었다. 이제 그 영역에서 비난 없이 은퇴하고 대중의 인기라는 가장 큰 위안을 가지게 된 것을 감사한다."

이보다 더 진실한 말은 없을 것이다.

1809년 3월 1일 워싱턴을 떠난 제퍼슨은 이후 고향에서 17년을 더 살았다. 그는 밭을 갈고 곡식을 심는 즐거움을 한껏 누리면서 새벽부터 어둠이 내릴 때까지 일하는 것을 자랑스러워했다.

그는 옛날의 우정을 다시 쌓고 친구들과 돈독한 우정을 유지했다. 제퍼슨은 전세계에 있는 과학자들과 편지를 주고받았고 1815년까지 미국 철학회 회장을 지냈다.

은퇴한 뒤에도 그는 인디언의 언어를 배우고 몬티셀로에 있는 저택에서 일했으며 〈제퍼슨 바이블〉로 알려진 책을 편집했다. 74세에는 그가 늘 가슴에 담았던 프로젝트, 버지니아 대학을 설립했다.

버지니아 대학은 제퍼슨이 죽기 1년 전, 1825년 3월에 개교했다. 당연히 제퍼슨이 초대 학장이 되었다.

그는 젊은 학생들을 불러 같이 식사를 하면서 우주의 신비에 관해 대화를 나누었다.

그는 잠시도 한가한 시간이 없었다. 학자들은 정보와 혁명에 대한 설명을 듣기 위해 제퍼슨을 귀찮게 쫓아다녔다. 사실, 독립선언서를 기초한 사람보다 더 마땅한 인물을 찾기 어려웠다. "내 자신에 대해 말하는 것에 지쳤다."라고 도중에 말하기도 했지만 제퍼슨은 77세부터 회고록을 쓰기 시작했다.

그러나 다른 사람들은 그의 말을 듣는데 지치지 않았고 그래서 방문객은 끊임없이 이어졌다. 그는 친구들에게 계속 편지를 썼고 어려움에 처한 친구들을 위로했다. 아내를 잃은 존 애덤스도 제퍼슨에게 마음을 의지했다.

"당신이 살아 있는 동안, 나는 언제나 꺼내 쓸 수 있는 은행을 당신에게 가지고 있는 것 같소."

그리고 그는 제퍼슨의 마음을 꺼내 썼다.

제퍼슨은 81세의 나이와 류마티즘에도 불구하고 '독수리'라는 이름의 말을 타고 승마를 즐겼다. 어떤 이들은 집안의 비극이 아니었다면 제퍼슨의 그러한 생활이 한동안 계속되었을 것이라고 말했다.

제퍼슨은 사랑하는 손녀딸 앤이 잘못된 결혼으로 고통받는 걸 안타까워했다. 1826년이 되자 제퍼슨은 그렇게 소중하게 관리해 온 몬티셀로의 저택을 잃었다. 그 저택은 자신이 손수 설계하고 지은 집이었다.

빚이 산더미처럼 쌓였다. 제퍼슨이 서명한 2만 달러의 약속어음이 친구의 배신으로 부도가 되어 돌아왔다.

그 소식을 들은 제퍼슨은 기력을 상실했다. 가족들은 실제로 그가 죽는다고 여겼을 정도였다. 제퍼슨은 그렇게 몰락에 직면했다.

제퍼슨은 심한 설사병으로 고생하면서 1826년 2월을 거의 침대에서 지냈다. 제퍼슨은 자신이 죽어간다는 걸 깨달았다. 그 무렵 그는 친구인 제임스 메디슨에게 감동적인 편지를 써보냈다. '자네는 늘 내 인생의 지주가 되어주었네. 내가 죽으면 내 뒤를 돌봐주고 내가 자네의 사랑과 함께 떠날 수도 있도록 해주게.'

3월 16일에는 유서를 작성했다. 이후 제퍼슨의 상태는 꾸준히 하강곡선을 그렸다.

6월 말, 워싱턴 시장으로부터 독립 50주년 기념행사에 참석해 달라는 초청장이 날아왔다. 벌써 50년이 흘러갔고 일을 주도한 명사들, 제퍼슨의 말에 의하면 '그날 우리에게 동참한, 그리고 복종이냐 칼이냐 사이에서 우리가 국가를 위해 시도한 대담하고도 불투명한 선거에 참여한 사람들'도 떠났다. 남은 사람은 존 애덤스와 찰스 캐롤뿐이었다.

제퍼슨은 초청을 사양하는 편지에 아름다운 희망을 표명했다. "저는 인류의 다수가 특권을 갖고 태어나는 것은 아니며 또한 신의 은총에 의해 선택받은 소수가 합법적으로 그 특권을 누릴 수 있지 않다는 점이 앞으로 분명한 진리가 되리라는 걸 믿습니다…… 해마다 돌아오는 이날이 영원히 이러한 권리에 대한 우리의 기억과 그에 대한 헌신을 새롭게 다짐하는 날이 되길 빕니다."

죽기 이틀 전인 7월 2일, 제퍼슨은 가족을 침대맡에 불러 정직하고 진실된 삶의 가치에 대해 간단하게 말했다. 그는 딸 마르타 랜돌프에게 작은 상자를 넘겨주었다. 그 안에는 그가 분명한 글씨체로 쓴 특별한 작별의 말이 들어 있었다.

인생의 전망은 사라졌고 그 꿈도 더 이상 없다.
친애하는 내 친구, 왜 눈물을 흘리는가?
나는 아버지께 간다. 그 강가를 반가이 받아들인다.
내 희망을 피우고 내 근심을 파묻는.
그러면 안녕, 사랑하는 내 딸, 아듀!
삶의 마지막 괴로움은 너와 헤어지는 것!
두 명의 천사가 수의를 입은 나를 오랫동안 기다린다.
헤어지는 마지막 숨결 위의 네 사랑을
그들에게 가지고 가리라.

7월 3일, 제퍼슨은 하루종일 잠을 자다가 저녁 7시경에야 잠을 깼다. 그의 옆에는 충직한 손자 랜돌르 제퍼슨과 손녀사위 니콜라스 트리스트가 자리했다.

제퍼슨은 "오늘이 7월 4일이지."라며 감동했지만 곧 아니라는 말을 들었다. 밤 9시, 의사가 왔지만 제퍼슨은 의사가 주는 약을 거절했다.

"의사 선생, 약은 이제 그만두시오."

그 목소리는 단호했다.

제퍼슨은 점점 안절부절하지 못했다. 침대에 일어나 앉은 그는 마치 글을 쓰는 것처럼 몸을 앞으로 숙였다. 그는 정신이 나간 상태였다. "안전위원회는 경고를 받아야 해." 제퍼슨은 그렇게 중얼거렸다.

시간이 흘렀다. 11시. 제퍼슨은 손녀사위에게 물었다. 속삭임에 가까운 목소리였다. "오늘이 7월 4일인가?"

트리스트는 못 들은 척 시치미를 뗐다. 그는 제퍼슨이 죽을까봐 두려웠고 더구나 죽는 사람에게 거짓말을 하는 것이 두려웠다. 트리스트는 비참한 심정이었다.

제퍼슨은 다시 질문을 반복했고 트리스트는 말없이 고개를 끄덕였다.

"아!"

그 말을 들은 제퍼슨은 안도의 숨을 내쉬었다. 마치 사랑하는 조국의 탄생 50주년 기념식을 본 듯이 만족해했다.

다른 사람들도 제퍼슨의 침대에 모였다. 제퍼슨은 잠이 들었다. 드디어 자정을 알리는 종이 쳤다. 의식하든 못 하든 그가 바라는 7월 4일이 된 것이다.

7월 4일 새벽 4시, 제퍼슨은 몸을 움직여 마지막 유서에서 해방시킨 노예 버웰을 데려오라고 말했다. 그리고 그는 다시 말을 하지 않았다.

7월 4일 정오, 제퍼슨은 마지막 숨을 쉬었다. 그의 옆에 있던 트리스트가 제퍼슨의 눈을 감겨주었다.

몇 시간 뒤, 제퍼슨의 오랜 친구 존 애덤스도 매사추세츠에서 사망했다. 애덤스는 제퍼슨이 살아 있다고 믿으면서 죽었다. 애덤스의 마지막 말은 "제퍼슨은 아직 살아 있다!"였다.

■ ■ ■

**Tomas Jefferson**<sup>1743-1826</sup> | 미국 제3대 대통령(1801~1809)이자 미국독립선언문의 기초자. 버지니아주 출생. 1767년 변호사가 되었으며, 1769년~1774년까지 버지니아 식민지의회의원으로 재직, 당시 반영(反英) 운동중 애국파의 지도자로서 활동했다. 제1,2회 대륙회의에 버지니아 대표로 참가하여 다른 4명과 함께 독립선언의 기초위원에 임명되었으며, 제1초고를 단독으로 기초했다. 이 초고는 기초위원회와 대륙회의에서 약간의 수정을 거친 뒤 1776년 7월 4일에 공포되었다. 독립선언은 "모든 인간은 평등하게 태어났다"라는 유명한 말과 함께 미국정치사상의 고전이 되었다. 1779년~1781년 버지니아연방지사, 1783~1785년 연합회의의 대표, 1785~1789년 주프랑스공사, 1790~1793년 초대 국무장관이 되었다. 1796년의 대통령선거에는 리퍼블리컨(반연방파)의 후보로서 출마하여 페더럴리스트(연방파)의 애덤스 다음가는 득표를 기록, 차점자가 부통령이 된다는 당시의 선거법에 따라 이듬해 부통령에 취임했다. 정계에서 은퇴한 뒤에는 버지니아대학을 설립했다. 그는 정치가·사상가로서 뿐만 아니라 자연과학자로서도 알려졌다. 특히 건축방면에 재능이 뛰어났는데 그의 설계를 제퍼슨식 고전건축이라 부르고 있다. 몬티셀로의 웅장한 저택도 자신의 손으로 지은 것이다. 1826년 7월 4일 독립선언 공포기념일에 대저택에서 생애를 마쳤다.

교황 요한 23세 Pope John 23

"모든 날은 태어나기에 좋다.
모든 날은 죽기에도 좋다."

1881년 11월 25일 가난하게 태어난 안젤로 론칼리는 1963년 6월 3일 사랑과 존경을 받는 교황이 되어 죽었다. 82세였다. 그가 사랑과 존경을 받은 것은 교황이어서가 아니고 이웃을 사랑했기 때문이었다.

그는 교황으로 선출되자 몹시 놀랐다. "나는 떨렸고 두려웠다." 그가 추기경들에게 한 말이었다.

어떻게 불리우기를 바라느냐는 질문에 '요한'으로 불러달라고 말했다. 이미 같은 이름을 가진 교황이 22명이나 더 있었고 그래서 그는 요한 23세라고 불렸다.

왜 그 이름을 선택했느냐는 질문에 요한 23세는, 거의 모든 22명의 요한이 "교황을 짧게 했다."라고 설명했다. 그 역시 오래 가지 않을 것이라는 암시였다.

1958년 교황으로 선출되었을 때 그의 나이는 이미 77세였다. 요한 23세는 5년 안에 교황을 전세계로부터 사랑받는 자리로 만들었다. 소련의 후르시초프도 요한 23세에게 평화의 메달을 보냈고 교황은 그것을 자랑스럽게 여겼다.

요한 23세는 개혁가이고 인도주의자였다. 인류를 사랑하고 인류에 봉사하는 걸 좋아했다. 요한 23세는 교황 즉위 4주년을 맞는 전날에 "죽는 것을 두려워하지 않고 사는 것도 거부하지 않는 성 마틴같이 느껴진다."라고 말했다.

결국 그를 죽음으로 이끈 병은 80회 생일이 있는 1961년 11월에 시작되었다. 요한 23세는 개인 기록부에 '나는 노인에게 당연한, 몸에 어떤 이상이 일어나고 있음을 알았다. 때로 지치고 또 나빠질지도 모른다는 두려움도 있지만 나는 그것을 체념으로 받아들인다. 그것에 대해 지나치게 생각하는 것이 즐거운 일은 아니지만 어떤 일에도 준비가 되었다고 여긴다.'라고 적었다.

그는 위암이었다. 요한 23세의 어머니는 위암으로 사망했고 남동생 1명과 4명의 여자형제도 마찬가지였다. 그는 자신의 마지막이 멀지 않았다는 걸 깨달았다.

82회 생일을 앞둔 날, 그는 방문객들에게 말했다. "나는 여든두 살에 들어갑니다. 여기서 끝낼까요? 모든 날은 태어나기도 좋지만 죽는 데에도 좋답니다."

의사들은 요한 23세에게 그가 '위장장애'를 겪었다고 말했다. 요한 23세는 "그것은 내가 교황이기 때문이오. 그렇지 않으면 아마도 위통이라고 불렀을 텐데."라고 농담을 했다.

자신이 죽어간다는 소문을 들은 교황은 "교황은 아직 살아 있다고 말하시오. 죽기도 전에 묻을 건 없다구요!"

1962년, 요한 23세는 눈에 띌 정도로 몸이 쇠약해졌다. 어느 날 교황은 자신이 암이라는 말을 들었다. "암이요?" 반문한 그는 "좋아요. 신의 뜻대로 되기를. 그러나 내 걱정은 마세요. 나는 벌써 짐을 다 싸놓았지요. 떠날 준비가 되었답니다!"라고 말을 이었다.

11월 27일 밤, 요한 23세는 상당한 내출혈이 있었다. 교황의 비서는 당직 의사에게 달려갔다. 의사는 혈액응고제와 혈장을 주사했다. 다음날 아침이 되자 출혈은 멈추었다. 그러나 사람들을 접견하는 스케줄은 취소되었다.

일요일, 교황은 일어서서 서재 창문에 모습을 드러내고 아래에서 환호하는 사람들에게 "나를 떠나겠다고 위협하는 건강이 돌아오고 있습니다."라고 말했다. 사람들은 환호했고 교황은 감동을 받아 눈물을 흘렸다.

교황은 마음을 정리했다고 말했지만 하던 일은 계속했다. 그는 〈땅 위에 평화를〉을 저술했고 자신의 가족에게 긴 편지를 썼다. 그는 큰형에게 보낸 편지에서 다음과 같이 적었다.

'제가 보낸 80여년의 세월이 형님과 모든 가족, 그리고 제게 말합니다. 가장 중요한 것은 갑작스런 죽음에 잘 대비하는 겁니다. 이것이 가장 문제가 되는 것, 우리를 살피고 대비를 해주시는 주님의 덕을 믿으면서 영생을 확신할 수 있게 해주기 때문입니다…….'

요한 23세는 늘 친절했다. 그러나 그는 더욱 더 주변 사람들을 배려하기 시작했다. 그는 비서 카포빌라에게 조금 더 쉬라고 촉구하면서 "그렇지 않으면 나보다 먼저 갈 것이다."라고 말했다.

요한 23세는 자기가 태어난 소토일 몬테 교구의 많은 이들이 자신을 보고 싶어한다는 말을 듣고는 "빨리 오라고 전하시오. 내가 죽을 때까지 기다리는 건가요?"라고 농담을 하기도 했다.

1963년 4월 30일, 요한 23세는 다시 출혈로 고생했다. 그러나 교황은 농민 출신답게 그 고통을 잘 견디어냈다. 5월 20일에는 폴란드의 추기경 비잔스키가 교황을 방문했다. 비서는 요한 23세에게 침실에서 그를 접견하라고 말하고는 손님을 만나기 위해 걸어서 도서관으로 갔다.

면담을 마치고 떠나는 추기경은 다음 바티칸 회의가 열리는 9월에 다시 교황을 뵙기 바란다고 말했다. 요한 23세는 미소를 지으며 "9월에 오면 나든 다른 교황이든 교황을 볼 수는 있을 거요. 한 달이면 한 교황의 장례를 치르고 다른 교황을 선출할 수 있다오."

대단한 유머였다. 그러나 그 유머는 죽기를 두려워하지 않는 사람만이 할 수 있었다.

이후 교황은 세 번의 출혈을 겪었다. 5월 29일, 또다른 출혈이 일어났다. 이번에는 암덩어리가 장을 터뜨렸고 복부에 독이 가득찼다. 복막염이었다. 그가 언제나 말했던 '죽음의 자매'가 가까이 온 것이다.

요한은 4일 동안 고통 속을 헤매었다. 침대에 누운 덩치 큰 그의 몸은 수척하고 여위었다. 그는 침대 맞은편에 걸린 상아 십자가를 보고 위안을 얻었다. '눈을 뜨자마자 맨 먼저, 그리고 잠들기 전에 마지막으로' 십자가를 바라보는 것이 낙이었다.

5월 30일, 주치의 맛조니가 교황을 방문하여 말문을 열었다. "교황께서는 저에게 언제 마지막이 오느냐고 여러 번 물으셨습니다. 아시고 준비를 하시겠다고 하셨습니다."

의사는 말을 잇지 못했다.

위엄있게 침대에 누운 교황은 미소를 지으며 말했다. "그래요. 어려워하지 마시오. 알아들었소. 나는 준비가 되었소."

교황의 침대 옆에 무릎을 꿇은 비서는 눈물을 흘렸다.

"내 아들, 용기를 내시오." 교황은 부드러운 소리로 계속했다. "나는 주교이고 주교답게 소박하고 위엄있게 죽어야 하오. 나를 도와주시오. 가서 사람들을 불러오시오."

그는 고해신부를 불렀다. 고해성사와 마지막 성찬식이 끝나자 교황은 종부성사의 성유를 받았다. 예수가 마지막 만찬 후에 한 말, "그들이 하나가 되게 하소서."를 여러번 반복했다.

추기경들과 대주교가 교황의 임종을 지키기 위해 들어왔다. 교황의 가족도 불렀다. 요한 23세는 형제들과 하나뿐인 누이를 포용했다. 요한은 형제들에게 "얼마 안 있으면 천국에서 아버지와 어머니를 볼 수 있으니 기쁘다."라고 말하고 "기도하라."고 덧붙였다.

6월 2일 일요일, 교황의 체온은 38도를 넘었다. 그는 의사를 불렀다. 의사에게 자기를 기억할 수 있는 무언가를 주고 싶었다. 더듬거리다가 만년필을 잡은 교황은 의사에게 주면서 "거의 새것이나 마찬가지요!"라고 말했다.

의사는 이미 울고 있었다. 교황은 충직한 비서를 불러 "오랫동안 어머니와 떨어져 있게 해서 미안하네."라고 사과했다. "이 모든 것이 끝나면 어머니를 찾아가겠다고 약속하게나."

6월 3일 월요일, 의사들은 산소를 주입하기 쉽도록 그의 틀니를 제거했다. 요한 23세는 의식을 잃었다. 그날 저녁 교황의 대리, 트라글리아 로마 추기경은 요한 23세의 죽음이 임박했음을 알고 성베드로 광장에 몰려든 수천 명의 인파를 위해 옥외 미사를 집전했다. 부드럽게 중얼거리는 기도가 향기처럼 공중에 퍼졌다.

8시 조금 전, 트라글리아 추기경은 전통적인 언어로 산회를 선포했다. "가시오, 미사는 끝났습니다."

그 순간, 요한 23세는 어둑한 침실에서 마지막 숨을 거두었다.

■ ■ ■

**Pope John 23**[1881-1963] | 로마 교황(1958~63). 본명은 안젤로 주제페 론칼리. 베네치아 대주교를 지낸 후 비오 12세를 계승하여 교황으로 선출되었다. 소박한 인품으로서 인망을 얻었다. 교회의 쇄신을 사명으로 하여 1962년 제2차 바티칸공의회를 소집했는데, 그의 에큐메니즘의 정신은 모든 그리스도인들의 일치뿐만 아니라 비(非)그리스도교 세계의 포용, 나아가서는 여러 민족문화의 상호 이해를 통해 세계평화에 이르는 길을 구했다. 1963년에 발표한 그의 교서 <파쳄 인 테리스(Pacem in terris ; 땅 위에 평화를)>는 온 세계의 공감을 불러일으켰다.

헨릭 **입센**Henrik Ibsen

## "나는 곧 깊은
## 어둠 속으로 갈 것이다."

노르웨이가 낳은 위대한 극작가 입센은 78세의 나이로 사망했다. 그는 일생동안 아주 건강했고 20세기가 시작될 때에도 여전히 이상이 없었다. 그때 입센은 이미 72세의 노인이었다.

입센은 한번도 의사에게 가지 않은 걸 자랑스럽게 여겼다. 그러나 그는 점점 몸이 쇠약해졌다. 입센은 1900년 1월 자신의 주치의 크리스티앙 손툼에게 메모를 보냈다.

'더 이상 내 이름이 지난 세기부터 선생의 장부에서 신용없는 채무자로 남아 있는 걸 허용하지 못하겠소. 선생이 당연한 권리를 행사하지 않았으므로 이제 내 손으로 그 문제를 처리하지 않으면 안

될 것 같소. 선생이 들인 시간과 노고의 보상으로 적은 금액을 동봉합니다. 선생이 내게 다시 준 건강은 아마 금으로도 갚지 못할 것입니다. 새해 복 많이 받으시오!'

그때는 입센의 걸작 〈페르귄트〉 〈사회의 지주〉 〈인형의 집〉 〈헤다 가블러〉 〈죽은 우리가 깨어날 때〉 등이 이미 완성된 뒤였다.

20세기 초, 입센은 근대 연극계에 저명한 인물로 명성이 확고했다. 그리고 입센은 생의 황혼기에 병에 걸렸다.

1900년 4월, 입센은 한 독자에게 '나는 5주일 동안 병을 앓았고 의사들이 글을 쓰는 것을 금지했다'라고 적은 편지를 보냈다. 그러나 그는 여전히 기분이 좋았다.

8월 11일 입센이 조카딸에게 보낸 편지에는 자신을 '태양의 신'으로 부르라고 말하면서 그 이유를 '내 안에서 젊음의 불꽃이 타오르기 때문'이라고 설명했다.

그러나 인생의 황혼기에 있는 그의 건강은 점점 나빠졌다. 그 다음해, 그는 뇌일혈로 쓰러졌고 사실상 걸을 수 없게 되었다. 여름이었지만 입센은 좋아하는 산책을 즐기지 못했다.

그는 의사의 딸에게 불평을 털어놓았다. "난 걸을 수가 없어. 그러나 나를 데리고 나갈 수는 있을 텐데."

그의 성격은 부드러워졌다. 1902년 입센을 본 어떤 친구는 그의 매너가 '종전의 단호함에서 아주 온화한 태도'로 바뀌었지만 입센이 '예전처럼 명석하다'라고 묘사했다.

입센은 1903년 봄에 다시 쓰러졌다. 그 결과로 한쪽 손을 쓸 수 없었다. 그는 왼손으로 글씨 쓰는 연습을 매일 꾸준히 반복했다. 입센은 슬픈 심정으로 아내에게 말했다.

"이상도 하지, 한때 훌륭한 극작가였던 내가 지금은 알파벳을 배우고 있다니."

비참한 일이었다.

1904년 2월, 입센은 의사에게 '고맙다'는 단어를 삐뚤삐뚤하게 썼다. 의사가 나중에 자기 아들에게 들려준 말에 의하면 입센은 노르웨이어로 고맙다는 뜻인 'Tak'를 쓰는데 무려 3일이나 걸렸다고 한다.

그래도 입센은 용기를 잃지 않았다. 그는 한 인터뷰에서 자신의 건강이 "그다지 나쁘지도 않으며 그저 조금 조심만 하면 된다."고 말했다.

그러나 뇌일혈의 결과로 입센은 언어기능도 상실하고 말았다. 그는 말을 하기가 힘들었고 때로 틀린 단어를 쓰거나 말을 통역할 사람이 필요했다. 언어의 달인이 통역할 사람을 필요로 하다니! 그 사실은 입센을 몹시 슬프게 했다.

하지만 친구들과 이야기를 나누는 입센의 눈은 빛을 발했다. 그렇지만 동작은 몹시 느릿느릿했다.

1905년 1월, 잠을 자던 입센은 큰 소리로 외쳤다. "내가 글을 쓰고 있어! 아주 잘 써지네!" 입센의 좌절감이 꿈속에서 표출된 것이었다.

입센의 무력감은 점점 커져만 갔다. 그는 종이 한 장을 집어서 탁자 위에 올리지 못하는 딱한 처지가 되었다. 입센은 몹시 상심했다.

어느 날 정기적으로 입센을 방문하는 친구 크리스토퍼 부런은 그에게 암시적으로 신에 관한 주제를 꺼냈다. 입센은 얼굴을 붉히며 불같이 화를 냈다.

"내버려 둬!"

그러나 입센은 아내가 자기보다 먼저 죽을 것을 크게 염려했다. 입센은 아내에게 말했다.

"만약 당신이 먼저 가면 5분 후에 당신을 따라 죽을 거요."

그것은 농담이 아니었다.

어느 날 입센은 항상 병상을 지키는 아들에게 "나는 곧 깊은 어둠 속으로 갈 것이다."라고 말했다. 후일 그의 며느리는 그날 저녁을 '아름다운 추억'이라고 기록했다.

78세 생일이 지났다. 그는 쇠약했고 5월 16일부터는 설 수도 없어 침대에서 길게 누웠다. 종종 의식을 잃기도 했다. 그는 그 상태에서 가끔씩 알아들을 수 없는 말을 한두 마디 중얼거렸다.

5월 22일, 입센은 눈을 뜨고 의사의 손을 꼭 잡고 속삭였다. "고맙소!"

잠시 후, 간호사는 입센이 "이와는 반대로!"라고 말하는 것을 들었다. 삶과 죽음을 오락가락하는 입센이 무슨 생각을 하고 있었는지는 알 길이 없다.

한순간 정신을 차린 입센은 침대 옆에 앉아 있는 아내를 올려다보며 말했다.

"사랑하는 마누라, 당신은 정말 친절하게 잘해 주었소."

더는 말이 없었다. 5월 23일 오후 2시 30분, 끝이 왔다. 그렇게 입센은 죽었다.

---

. . .

**Henrik Ibsen**[1828-1906] | 노르웨이 극작가. 텔레마르크주 시엔 출생. 1857년 크리스티아니아에 신설된 노르웨이극장의 지배인이 됐으나 경영난으로 5년 만에 극장이 폐쇄되었다. 이 사이에 최초의 현대극 〈사랑의 희극,1862〉과 사극 〈왕위를 노리는 자,1863〉를 썼는데 인정받지 못하자 돌아오지 않을 결심으로 외유에 나섰다. 독일을 거쳐 이탈리아로 가서 그리스 로마의 고대미술을 접하고 심기일전한 그는 대작 〈브란, 1866〉으로 극작가로서의 지위를 확립했다. 이어서 〈페르귄트, 1867〉, 〈황제와 갈릴리사람, 1873〉 등으로 사상적 입장을 확고히 했다. 그뒤 눈을 현대로 돌려 사회의 허위성과 부정을 예리하게 파헤치는 사회극 방향으로 나갔다. 〈인형의 집, 1879〉에서 "아내이고 어머니이기 이전에 한 사람의 인간으로서 살고 싶다"는 신여성 노라의 자각을 그려 전세계를 들끓게 함으로써 근대극의 제1인자가 되었다. 그후에도 점점 더 깊이 자신과 사회를 응시하면서 〈유령,1881〉 〈민중의 적,1882〉 〈들오리,1884〉 〈로스메르저택,1886〉 〈바다에서 온 부인,1888〉 〈헤다 가블러,1890〉 등, 작품마다 새로운 경지를 개척했디. 28년 만에 고국으로 돌아간 뒤에, 〈건축사 솔네스,1892〉 〈작은 에욜프,1894〉 〈보르크만,1896〉을 썼다. 1906년 5월 크리스티아니아에서 생애를 마쳤는데, 국장으로 장례가 치러졌다.

괴테|Goethe

## "빛을! 조금 더 빛을!"

시인이며 극작가인 동시에 소설가인 볼프강 괴테(1749-1832)는 말하자면 전천후 천재였다.

그는 난산 끝에(괴테의 어머니는 3일 동안 진통을 했다) 태어났으나 볼테르나 뉴턴처럼 80대의 나이까지 장수했다. 출생이 평탄치 않은 것처럼 그의 죽음도 편안하지는 않았다.

누군가 말하기를 자신의 위대성을 믿고 그것에 환상을 갖지 않은 인물은 거의 없다고 한다. 괴테도 그러했다. 그는 한 인터뷰에서 자신의 재능은 주변 세계에 큰 신세를 졌다고 대답했다.

"자기 자신 속에서 모든 것을 찾으려고 하는 천재는 멀리 나아가지 못할 것이다. 자기의 손에 닿는 모든 것을 이용하는 재능이 없거나 자기 집을 짓기 위한 대리석이나 청동을 여기저기서 얻지 못하는 사람이 어떻게 천재가 될 수 있겠는가?"

괴테는 멀리서 자기 자신을 바라보듯이 "나는 누구인가? 나는 무엇을 창조했는가?"라고 묻고 "나는 내가 보고 들은 것을 모두 받아들였다. 내 작품들은 바보와 현자, 영리한 자와 어리석은 자와 같이 가장 상극적인 성격을 가진 수천 명의 사람들로부터 자양분을 받았다."라고 말을 이었다.

그는 또 "내 작품은 혼성된 사람들의 작품이다. 그 작품이 괴테의 이름을 가지고 있는 것이다."라고 대답했다.

괴테는 생의 마지막까지 자연과학, 광물학에 적극적인 관심을 가졌고 심지어 천문학에도 관심을 기울였다.

그는 1834년에 나타나는 혜성을 관측하고 싶다며 그 준비를 해달라는 요청의 편지를 제나에 있는 천문대에 보낸 적도 있다. 그는 꾸준하게 글을 썼다. 마지막 시 '유산'에서 "어떤 존재도 무(無)로 퇴화할 수는 없다!"라고 썼다.

8월생인 괴테는 생의 마지막 몇 개월을 자신의 문제를 하나씩 정리하며 보냈다. 재산과 수집품 그리고 유고 작품을 처분하는 문제가 있었다. 괴테는 습관대로 모든 것을 질서정연하게 처리했다.

그리고 1832년 3월 어느 날, 매서운 봄바람을 헤치고 드라이브를 나간 괴테는 감기에 걸려 돌아왔다. 후일, 그를 치료했던 의사 보겔은 이후 괴테의 행적을 자세하게 기록했다.

괴테는 금세 죽지 않았다. 그는 죽음을 두려워했고 끈질기게 죽음과 싸웠다. 조금만 몸이 좋아지면 그의 희망은 산처럼 부풀어서 하인에게 날짜를 물었다. 하인이 3월 22일이라고 대답하자 "아, 그렇다면 봄이 시작되었다는 것이고 빨리 나을 수 있겠구먼!"하고 좋아했다.

괴테는 바깥공기가 치료의 성질을 지니고 있다고 굳게 믿었다. 그는 의사에게 밖의 공기를 쐬면 금세 좋아질 것이니 약을 더 이상 주지 말라고 요청했다. 의사는 그 반대라는 걸 알고 있었다.

죽기 이틀 전, 아침 일찍 괴테를 왕진한 의사는 슬픈 광경을 보고 말았다. 그는 다음과 같이 기록했다.

'슬픈 광경이 나를 기다리고 있었다. 오랫동안 침착하게 행동하는 습관을 유지해왔던 노인은 끔찍한 공포와 흥분 상태에 빠져 있었다. 어느 순간 침대로 펄쩍 뛰어오른 괴테는 끊임없이 자세를 바꾸면서 안정을 찾으려고 애쓰는 모습이었다. 그러더니 다시 침대 옆에 있는 안락의자로 뛰어들었다. 점차 가슴에 심한 통증을 느낀 그는 연거푸 신음과 큰 비명을 토해냈다. 뒤틀린 몸에 창백한 얼굴과 움푹 꺼진 눈을 한 괴테는 멍한 채 힘이 하나도 없어 보였다. 괴테의 모습에는 가장 끔찍한 죽음의 공포가 배어 있었다.

얼음처럼 차가운 몸에는 땀이 흘렀고 늘 힘찼던 맥박은 희미해서 잡히지도 않았다. 배는 부어올랐고 갈증도 고통이었……'

괴테는 카타르성 열에 감염되었고 결국 폐렴으로 진행되었다. 그 결과로 심장과 폐가 망가지기 시작했다. 그러나 괴테는 죽음과의 싸움을 계속했다. 그는 죽을 때까지 꿈을 꾸었다. 그는 꿈 이야기를 들려주었다.

"아름다운 저 여인의 머리를 봐. 검은색을 배경으로 아름답게 빛나는 저 머리타래를!"

마치 그의 정신이 이야기를 전개하면서 새로운 책을 쓰는 듯이 여겨졌다. 그는 더 이상 말을 할 수 없었다. 그래서 구술하는 동안 늘 하던 대로 손을 들었지만 이제는 단어가 말이 되어 나오지 않고 그냥 머리에 남아 있었다.

그래도 괴테는 투쟁했다. 지쳐서 손도 올리지 못했다. 그러나 세계 걸작을 쓴 괴테의 위대한 정신은 쉬지 않았다. 그는 의자에 웅크리고 앉아 무릎덮개 위에 놓인 종이를 손가락으로 더듬었다. 친구들이 전하는 바에 의하면 그가 쓴 마지막 글자는 대문자 W였다.

괴테의 전기 작가는 그것이 괴테의 이름 Wolfgang의 첫 자에서 딴 것이거나 세계문학과 인류의 상호 이해에 대한 그의 위대한 생각을 볼 때 World의 첫 자를 의미하는 것이라고 해석했다.

또 전하는 이야기를 보면, 괴테는 죽어가면서 "빛을! 조금 더 빛을!"이라고 했다.

자신이 태어난 시간인 정오, 1832년 3월 22일 정오에 괴테는 빛의 한가운데서 죽었다. 아마도 그 말은 자신의 주변세계를 보려는 그의 마지막 노력이었을 것이다.

괴테의 시작과 끝은 작은 상징물에서 서로 연결되었다. 그의 관은 괴테의 깔개 위에 놓였다. 그 깔개는 괴테 가족의 물건으로 80

년 전 프랑크푸르트에서 괴테가 세례를 받을 때 사용된 것이었다.

비에스바덴에 도착하면서 쓴 그의 마지막 시는 불꽃이 되어 타오르는 죽음의 상징과 함께 끝을 맺었다.

'그물도 알지 말고 간격도 알지 마라.

그대 날아들면서 유혹이 되었다.

불꽃의 권유에 굴복할 때까지

나비, 그대는 소멸했다.'

따라서 '소멸했다'라는 표현은 지나치고 괴테는 늘 우리들 가운데 '살아 있다'고 말하는 것이 타당하다.

. . .

Goethe[1749-1832] | 독일의 시인 · 작가. 고전파의 대표자. 프랑크푸르트 암 마인의 명문 출신. 라이프치히대학에서 법률을 공부했으나 병으로 중단한 뒤, 병을 회복하고 슈트라스부르크로 대학에서 1771년에 학위를 받았다. 여기서 5년 선배인 J.G. 헤르더를 만나 큰 영향을 받았는데, 후일 '슈투름 운트 드랑(질풍노도운동)'의 계기가 되었다. 1771년 변호사 자격을 얻어 귀향하여 변호사를 개업했고, 이듬해 법무 실습을 위해 잠시 베츨라어의 제국 고등법원에 부임하여, 후일 〈젊은 베르테르의 슬픔, 1774〉의 모델이 된 부프를 사랑했다. 프랑크푸르트로 돌아가서 역사극 〈괴츠 폰 베를리힝겐,1773〉을 발표하며 '질풍노도운동'시대의 중심인물로서 그 이름을 떨쳤고 이때부터 〈파우스트〉를 쓰기 시작했다. 1775년 바이마르공국의 영주 아우구스트의 초청으로 그곳에 가서 문학적 활동뿐만 아니라 많은 공직을 수행하면서 각료로서 능력을 발휘했다. 1786~88의 이탈리아 여행을 통해 고전주의로 전향하여 희곡 〈이피게니에,1787〉〈토르크바토 타소,1789〉 등을 썼다. 1788년 불피우스를 만나 1806년 결혼했으며, 아들 아우구스트를 낳고 비로소 가정적인 행복을 누리게 되었다. 94년 바이마르의 실러와 만나 1805년 실러가 작고하기까지 우정은 지속되었다. 1829년 〈빌헬름 마이스터〉를 완성했으며, 23세부터 쓰기 시작하여 무려 59년이나 걸린 그의 생애 최고의 대작인 비극 〈파우스트,1832〉를 완성했다.

악바르 대제Akbard

"위대함에는
신뢰가 존재하지 않는다."

인도 무굴제국의 제3대 황제이며 가장 훌륭한 황제로 일컬어지는 악바르 대제는 슬프고 쓰라린 상태로 죽었다.

그의 말년은 괴로움의 연속이었다. 그가 믿었고 그에게 아낌없이 헌신과 충성을 다했던 신하들이 하나씩 떠났다.

먼저, 바가반다스와 토다르 말이 1589년 세상을 등졌다. 이어 1593년 8월에는 악바르가 추진한 종교개혁의 주축이었던 셰이크 무바락이 사망했다. 1596년에는 악바르가 계관시인의 칭호를 부여한 파이즈가 오랜 투병 끝에 죽었다. 악바르는 혼자 남았다.

악바르에게는 세 명의 왕자가 있었는데 모두 하나같이 그의 속을 썩였다. 둘째, 셋째인 무라드와 다니엘은 알코올 중독자였다. 왕위를 계승할 아들 살림은 더욱 문제였다. 그는 아버지가 살아 있는데도 왕위에 오르고 싶어 안달이었다.

일찍이 1591년, 악바르가 복통을 일으켰을 때 살림이 아버지에게 독약을 먹였다는 소문이 파다했다. 그때 악바르는 "이 제국이 결국은 네게 넘겨질 것인데 왜 나를 공격하는 것이냐?"라고 소리를 쳤다고 전해진다. 그 일은 악바르를 몹시 슬프게 했다.

그러나 살림은 조금도 뉘우치는 기색이 없었다. 그는 악바르가 동생 무라드를 총애한다고 생각했다. 무라드는 과도한 음주로 1599년 5월 데칸 지방에서 죽었다. 악바르에게는 슬픈 일이었다. 1604년에는 다니엘도 술병으로 40일 가량 투병하다가 죽었다.

두 왕자의 오욕적인 죽음은 왕실에게는 비극이었지만 살림 왕자 측에서는 기쁨이었다. 무굴제국의 왕권을 노릴 사람은 더 이상 없었다.

살림은 이전에도 음모를 꾸미고 반란을 시도했다. 살림의 오만방자함은 끝이 보이지 않았다. 알하바드에 주둔한 살림은 자신의 이름을 새긴 금화와 은화를 만들었고 뻔뻔스럽게도 그것을 악바르의 궁정에 보내기도 했다.

악바르는 이 모든 일을 참았으나 살림의 행패는 더욱 심해졌다. 당시 데칸에 머무르던, 악바르의 심복 아불 파즐은 살림의 불충에 대해 강력한 조치를 주장했다. 아불 파즐은 몸소 황제에게 자신의 주장을 펴기 위해 수도 델리로 귀환하기로 결정했다. 파즐에게는 그것이 실수였다.

그 소식을 들은 살림은 하수인 비르 싱에게 아불 파즐을 죽이라고 시켰다. 충분한 군사도 거느리지 않고 델리로 돌아가던 파즐은 분델에서 비르 싱에게 살해당했다.

잘려진 파즐의 머리는 살림에게 보내졌다. 기쁨을 감추지 않고 좋아한 살림은 파즐의 목을 '더러운 장소'에 집어던졌다. 그 소식은 악바르에게 전해졌다. 황제에게 그것은 더 이상 참을 수 없는 모욕이었다.

그러나 역적은 자신의 아들이자 왕위 계승자였다. 그 사실을 무시할 수는 없었다. 귀족들은 악바르가 손자에게 직접 제국을 계승하는 것을 반대했다. 온갖 노력이 시도된 후 겉으로는 타협이 이루어졌다.

마침내 황제와 계승자는 여러 사람이 보는 앞에서 만나 왕위를 주고받았다. 악바르는 방탕한 아들 살림에게 왕관을 씌워주고 계승권도 부여했다. 그러나 궁정에서는 음모가 끊이지 않았다.

악바르는 외형적으로 아들과 화해를 한 것처럼 지냈다. 그러나 걱정과 근심은 강철 같은 체질을 자랑하던 악바르를 잠식해갔다. 1605년 9월 21일, 악바르는 설사병이 났다. 병은 나아지지 않았다. 관례인 접견을 하지 못했고 왕좌에도 앉을 수도 없었다.

10월 22일 토요일, 성 사비에르의 일행이 악바르를 방문했다. 마지막을 맞은 악바르가 기독교인으로 죽기를 원할 것이라고 생각한 사비에르는 기독교로 황제를 위로하려 했다. 그러나 악바르가 소문처럼 위독한 상태가 아니라 기운이 생생하다는 걸 알게 된 그들은 빈손으로 돌아갔다.

그러나 악바르의 상태는 악화되었다.

자기 거처에서 뿌루퉁해 있는 살림은 죽어가는 아버지를 만나는 것을 거부했으나 이제 황제를 만나는 것이 정치적으로 유리하다는 판단을 하게 되었다. 악바르는 점차 쇠약해져서 말을 할 수도 없는 처지였다.

그러나 아직 정신이 멀쩡한 악바르는 찾아온 살림에게 왕의 터번을 걸치고 침대 밑에 걸린 황제의 검을 집어들라는 손짓을 했다. 그런 다음 아들에게 궁정 뜰에 모인 사람들을 향해 그가 정당하게 권력을 이양받은 사실을 보여주라고 지시했다.

10월 22일에서 27일 사이에 악바르는 죽음과의 싸움에서 패배하기 시작했다. 어떤 때는 의식이 있었을 것으로 여겨지지만 무엇을 말했는지 알 수가 없다. 마지막은 10월 27일 이른 아침에 왔다. 위대한 무굴제국의 황제는 신뢰하는 친구 몇 사람이 지켜보는 가운데 숨을 거두었다.

장례식은 빠르고 소박하게 진행되었다. 이슬람교 수니파의 전통에 따르면, 축복을 받은 영혼은 빨리 육체의 사슬에서 해방되어 궁극적인 평화를 서둘러야 했다. 시간을 낭비해서는 안되었다. 악바르가 직접 세운 아그라 성의 성벽에는 구멍이 만들어졌다.

이제 황제 자한기르가 된 살림과 다른 시종들이 악바르의 유해를 메고 그 구멍을 통해 장지로 향했다. 악바르의 마지막을 지켰던 친구들이 작은 행렬을 이루며 그 뒤를 따랐다.

악바르의 무덤은 아그라에서 3마일 가량 떨어진 시칸드라에 있었다. 한 발의 총성도 한 마디의 추도사도 없이 악바르 황제는 서둘러 매장되었다.

전하는 바에 의하면, 생전에 악바르가 보여준 종교적 성향 때문에 걱정이 된 친구들은 죽어가는 악바르에게 엄숙히 알라신과 예언자 마호메트를 기억시키려고 노력했다. 악바르는 친구들의 말을 따라 신의 이름을 중얼거렸지만 소리가 되어 나오지는 않았다.

악바르는 아마도 범신론자로 죽었던 것 같다. 그러나 누군가 황제가 기독교인으로 죽었는지의 여부를 묻자 그 대답은 이랬다. "그렇게 하려고 했지만 황제는 언제나 우리에게 희망을 가지도록 현혹시키고는 마호메트 종파의 일원으로 죽었습니다."

■ ■ ■

**Akbar**[1542-1605] | 인도 무굴제국의 제3대 황제. 제국의 기초를 확립했다. 중앙집권을 강화하고 행정제도와 징세제도를 정비했다. 또 관료(군인)를 등급으로 나누고, 그에 대응하여 상비해야 할 기병수와 급여지의 크기를 정하여, 엄격한 군마등록제와 수년마다 급여지를 바꾸었다. 페르시아인, 인도인, 이슬람교도와 힌두교도를 이용하여 주로 중앙아시아 출신의 고참군인들을 억압하면서 중앙집권정책을 실시해 나갔다. 그의 종교정책도 정치정세에 대응해서 변천했는데, 최종적으로는 지즈야(비이슬람교도에게 부과하는 인두세)를 폐지하는 등 종교적 관용정책을 취하고, 각 종교·종파의 평화공존을 장려했다. 그가 창시했다고 하는 '딘 이라히(신의 종교)'는 종교라기보다는 신하가 군주에 대한 충성심을 고양시킬 것을 목표로 한 것이었다. 그의 시대에는 포르투갈어 서적 등의 페르시아어 번역, 아불 파즐 등에 의한 역사서의 기술, 수도 파테푸르시크리 등에서의 이슬람양식에 힌두양식을 가미한 많은 훌륭한 건축물의 건축, 특색 있는 무굴세밀화(미니어처)법의 창출 등도 이루어졌다.

아이작 뉴턴 Issac Newton

# "나는 물가에서 노는
# 한 소년이었습니다."

교황은 "자연과 자연의 법칙은 어둠 속에 있다. 신이 말씀하시기를, 뉴턴을 상관하지 말라, 모든 것은 빛 속에 있다."라고 썼다.

바로 그 아이작 뉴턴(1642-1727)은 태어났을 때 아주 작고 연약했다. 막 태어난 뉴턴을 살리기 위해 약을 구하러 나간 두 여인은 자신들이 돌아올 때까지 아이가 살아 있으리라고는 조금도 기대하지 않았다.

태어난 뉴턴은 너무 작아서 나중에 그의 어머니가 한 말에 의하면 맥주잔에 집어넣을 뻔했을 정도였다.

뉴턴은 갈릴레오가 죽은 해 크리스마스 날에 태어났다. 학교 시절 뉴턴은 또래의 건강한 아이들과 다를 바가 없었다. 웨스터민스터 사원에 있는 뉴턴의 묘비명에 적혀 있듯이 뉴턴은 타고난 것이 아니라 '인류의 보배로 성장'한 것이다.

뉴턴은 80년의 생애 동안에 항성의 모습과 운행, 혜성의 진로, 바다의 조수, 빛의 스펙트럼을 증명했고 계산기, 만유인력의 법칙, 미적분을 발견했다.

뉴턴은 중력, 만유인력의 법칙을 발견하여 이름을 드높였다. 84세의 뉴턴은 친구에게 어떻게 만유인력의 법칙을 발견했는지 설명했다. 다음은 친구의 기술이다.

'그가 생각에 잠겨 있는데 사과 하나가 떨어졌다. 그는 혼자 생각했다. 왜 사과는 언제난 수직으로 땅으로 떨어지는가? 왜 옆으로 가거나 위로 가지 않고 언제나 땅의 중심에 떨어지는가? 분명히, 그 이유는 지구가 그것을 잡아당기기 때문이다. 물질에는 반드시 끄는 힘, 인력이 있을 것이다. 그리고 지구에 있는 총 인력은 지구의 한 측면이 아닌, 그 중심에 있을 것이다. 만약 물질이 물질을 끌어당긴다면 물질의 양이 균형을 이룰 것이다. 그러므로 사과는 지구를 당기고 지구는 사과를 당기는 것이다······.'

이 이야기를 할 당시의 뉴턴은 지적으로는 영민했지만 육체적으로는 쇠약한 상태였다. 사실 80세부터 기력이 떨어졌다. 1722년에는 중병의 증상이 나타났다.

2년 후인 1724년, 뉴턴은 신장에 결석이 있다는 진단을 받았다. 통증이 아주 심했다. 그러나 수술이 불가능한 당시에는 그냥 조용히 고통을 참는 수밖에 다른 도리가 없었다.

의사는 뉴턴에게 좀더 편안한 생활을 하고 여행을 많이 하지 말도록 조언했다. 당시 뉴턴은 영국 왕립협회 회장이었고 조폐국장이었다. 그와 같은 노인에게는 버거운 자리였다. 그러나 상부에서는 뉴턴의 사직을 원하지 않고 부국장을 임명, 그를 돕도록 했다.

1725년 1월, 뉴턴은 폐에 충혈이 생겨 고생했다. 감기가 걸리기 쉬운 겨울에는 흔한 병이었다. 그는 켄싱턴의 농촌으로 거처를 옮겼다. 그러나 1727년 2월 28일, 건강이 좋아졌다고 여긴 뉴턴은 3월 2일에 열릴 왕립협회를 진행하기 위해 다시 런던으로 돌아왔다. 그것이 실수였다.

3월 4일 켄싱턴으로 간 뉴턴은 심한 통증을 느꼈다. 중순쯤에는 병세가 다소 호전되어 책도 읽고 의사와 이야기도 나누었다. 그러나 3월 18일 병이 다시 도지고 뉴턴은 의식불명에 빠져 다시는 회복되지 못했다.

그 다음날에도 뉴턴은 서서히 죽어갔다. 그리고 1727년 3월 20일 아침, 마침내 생명이 뉴턴의 몸을 빠져나갔다.

그의 뛰어난 재능에도 불구하고 뉴턴은 자신의 능력을 겸손하게 평가했다. 그는 언젠가 다음과 같이 기술했다.

'세상이 나를 어떻게 볼지 알 수 없다. 그러나 나는 내가 발견되지 않은 거대한 진리의 바닷가에서 뛰놀면서 때때로 평범한 조약돌보다 더 예쁘고 더 반들반들한 조약돌을 찾으면서 즐거워하는 한 소년처럼 여겨진다.'

물론, 세상은 아이작 뉴턴을 더 높이 평가했다. 케임브리지의 트리니티 대학 예배당에는 대학이 배출한 유명인사들의 동상이 늘어서 있다. 그 가운데는 프란시스 베이컨, 테니슨 경, 매컬레이 경이 포함되어 있었다.

늘어선 동상의 맨 위쪽에 있는 뉴턴의 동상에는 유일하게 짧은 비명이 새겨져 있다.

'뉴턴, 모든 천재를 능가한 사람.'

- - -

**Issac Newton**[1642-1727] | 영국 물리학자 · 수학자 · 천문학자. 잉글랜드 동부 링컨셔의 울스소프에서 태어나 그랜섬의 킹스스쿨에서 공부하고, 1661년 6월 케임브리지의 트리니티 칼리지에 입학하여 1665년 학사학위를, 1668년 석사학위를 취득했다. 1668년, 1671년에 반사망원경을 제작, 1672년 왕립협회 회원이 되었다. 1701년 케임브리지대학 선출 국회의원, 1703년 왕립협회 회장에 선출되어 죽을 때까지 그 지위에 있었다. 1705년 작위를 받고, 1710년 그리니치천문대 감찰위원장에 취임했다. 평생을 독신으로 지냈고, 1727년 런던교외의 켄싱턴에서 죽었다. 빛의 스펙트럼, 만유인력의 법칙, 미적분법과 3가지의 새로운 운동법칙을 발견했고, 화학과 연금술에도 흥미를 가져 여러 합금을 만들었으며, 열의 냉각법칙(1701) 등 광범위한 분야를 연구했다. 1668년 반사망원경을 완성했고, 거의 같은 시기에 수학연구를 시작했다. 1665년 무한소의 개념에 기초하여 미분법을 발견하고 유율법(流率法)의 개념을 확립했다. 런던에 페스트가 유행하던 1665~1668년 동안 고향에 피신해 있으면서 역학 연구에 몰두했다. 사과가 떨어지는 것을 보고 만유인력의 법칙을 발견했다는 설은 고향 농장에서의 일이라고 추측된다.

조지 고던 바이런George Gordon Byron

"그러나 나는 살았고
헛되이 살지 않았다."

스코트랜드의 한 유명한 점쟁이가 소년 바이런에게 37세 되는
해를 조심하라고 말했다. 바이런은 이 이야기를 의사 밀링겐에게
해주었고 의사가 미신이라고 비난하자 "솔직하게 말하면, 저는 이
세상에서 믿을 것과 믿지 말아야 할 것, 둘 다 모르겠습니다."라고
대답했다.

바이런은 서른일곱에 그리스의 미솔롱기라는 마을에서 죽었다.
낭만적인 그는 오스만 터키로부터 독립을 위해 싸우던 그리스를 돕
기 위해 갔다.

바이런이 시를 쓰던 시대는 이미 지났다. 바이런은 그리스에서

사람들을 조직하려고 애를 썼다. 종종 그 일이 쉽지 않아서 무력감을 느끼기도 했다. 그는 병에 걸리고 정신적으로 쇠약해졌다.

1824년 2월의 어느 날, 의사는 바이런에게 생활방식을 바꾸면 잃었던 생기를 되찾을 수 있을 것이라고 말했다. 그러자 바이런은 재빠르게 "내가 살기를 바란다고 생각하세요? 나는 사는 것에 신물이 나요. 언제라도 여기서 떠나는 걸 환영한다구요……."

바이런이 가장 증오하는 것은 고통의 침대에 누워 죽는 것이었다.

바이런은 2월 내내 사명을 가진 남자의 열정으로 군대를 조직하는 일에 몰두했다. 몸의 상태는 오락가락했지만 육체의 허약이 자신의 인생을 지배하는 걸 용납하지 못했다.

주위 사람들은 바이런이 정신적으로나 육체적으로 허약하다고 보았다.

물론, 자신이 터키군의 포위를 뚫었을 때처럼 바이런에게도 흥분된 시간이 있었다. 그러나 그것은 순간적이었다. 시간의 모래는 영웅이 된 시인을 저버렸다. 바이런은 점점 말라갔고 신경질이 늘었다. 하찮은 일에도 화를 냈다.

4월 둘째주, 승마를 하고 집으로 돌아온 바이런은 몸서리를 치면서 고열과 류마티스성 통증을 호소했다. 바이런은 시중을 드는 친구에게 통증이 아주 심하다고 털어놓았다.

"죽는 것은 괜찮아. 그러나 이 고통은 참을 수가 없어."

바이런은 맹렬한 폭풍 때문에 미솔롱기를 떠나지 못했다. 그는 약을 싫어했고 당시 질병을 치료하는 흔한 방법, 즉 거머리에게 피를 빨아내게 하는 것을 못견뎌했다.

의사가 그 방법을 권할라치면 바이런은 있는 힘을 다해서 거부했다. 그는 방혈(피를 내보내는 것)을 권고하는 사람들에게 "나는 창보다 침이 더 많은 사람을 죽였다는 것을 잘 안다."고 대꾸했다. 그는 어느 것도 하지 않을 생각이었다.

그러나 병이 계속되자 바이런은 세 번 정도 의사가 하는 대로 내버려두었다. 그는 예전에 의사들에게 못생기고 추한 마녀를 찾아보라고 대안을 제시한 적이 있었다.

그는 "내 건강이 갑자기 나빠진 것이 혹시 악의 눈이 달린 마녀 때문이 아닌지 조사를 할 것"이라면서 마녀가 마술을 푸는 어떤 수단을 만들 것이라고 희망을 피력했다. 물론, 그 계획은 실행되지 못했다.

바이런은 죽음을 예감했던 듯했다. 그는 침착함을 잃지 않고 의사에게 자기의 예감을 말했다.

바이런의 의사 밀링겐은 '바이런은 종교에 대해서 단 한마디도 언급하지 않았다.'고 적었다.

언젠가 바이런은 "자비를 간청할까요?"라고 말하고는 한숨을 내쉬었다. 그러나 곧 그는 "아니야, 아냐. 약해서는 안돼! 끝까지 남자가 되어야지……."라고 덧붙였다.

피를 뽑지 않은 것이 별 도움이 되지는 않았다. 바이런은 희망을 버렸다.

"내가 보기에도 당신은 나쁜 도살자요. 자, 원하는 만큼 피를 뽑아가시오. 그러나 그짓은 그만두겠어요."

바이런에게 위안은 없었다. 맥박은 일정했지만 때로 손가락에 감각이 없는 것 같았다. 그는 자주 정신착란에 빠졌다. 정신이 맑을 때는 피를 뽑는 것에 반대했다. 그는 가끔씩 너무 난폭하게 말을 해서 침대 옆에 둔 단검과 권총을 치워야 했다.

4월 17일이 되자 의사들은 바이런이 오래 살지 못할 것이라고 심각하게 우려했다. 의사들은 바이런의 갈증을 덜어주기 위해 중국산 약초 달인 물과 와인을 주었다. 또한 그가 굽어진 다리를 다른 사람에게 보여주는 것을 꺼렸기 때문에 당시 치료약인 고약 2개를 넓적다리 안쪽에 발랐다.

18일에도 정신착란은 계속되었고 상태도 아주 나빴다. 의사들은 바이런의 관자놀이에 거머리를 물리는 마지막 시도를 했고 900cc 정도의 피를 뽑아냈다. 한동안 시인은 조용했다. 그러나 병세가 나아져서가 아니라 더 악화되었기 때문이었다.

오후가 되자 모두들 바이런의 회복을 포기했다. 하인들이 울음을 터뜨렸다. 바이런은 의사 밀링겐을 불러 최후의 부탁을 했다.

"내 목숨을 살리려는 당신의 노력은 헛되고 말 것입니다. 나는 반드시 죽을 거예요. 그렇게 느껴집니다. 죽는 것이 슬프지는 않아요. 권태로운 일상을 버리기 위해 그리스에 왔으니까요. 내 부와 능력을 그리스의 운동에 바쳤지요. 내 목숨은 그리스를 위해 있어요. 마지막으로 부탁을 하나 하지요. 내 몸을 난도질하거나 영국으로 보내지 마세요. 내 뼈를 여기에서 썩게 해주세요. 허식이나 어리석은 짓 하지 말고 구석진 자리에 묻어주세요."

죽으면서 한탄을 하는 것이 짜증스러웠던 바이런은 반쯤 웃어보였다. 그리고는 다시 혼미한 상태에 들어갔다. 바이런은 반은 영어로 반은 이탈리아어로 헛소리를 했다.

"전진…… 전진…… 용기…… 나를 따르라…… 두려워하지 마라……."

시중드는 이들은 가만히 바이런을 지켜보았다. 그중의 한 명인 페리가 바이런의 이마에 두른 붕대를 느슨하게 풀었다. 계속 중얼거리던 바이런은 붕대를 풀자 눈물을 흘렸다.

페리는 "아, 고맙습니다. 이제 나을 거예요. 울고 싶은 만큼 울어요. 그리고나서 잠을 자면 좋아질 거예요."했다.

바이런은 "맞아, 통증이 갔어. 이제 한숨 자야겠어."라고 대꾸했다.

바이런은 편치 않은 잠에 들었다. 그러나 그는 곧 깨어나서 횡설수설 떠들었다. 때로는 분명한 말도 있었다.

페리는 바이런의 옆에 앉아서 손을 잡았다. 바이런은 때론 영어로 때론 이탈리아어로 의사를 표시했다. 그는 사람들의 이름과 금액을 언급하기도 했다.

"불쌍한 그리스, 불쌍한 마을, 불쌍한 하인들." 그렇게 중얼거렸다. 그러더니 "이걸 왜 진작 깨닫지 못했을까?"라고 했고 "내 시간이 왔어. 죽는 것은 두렵지 않아. 그러나 여기까지 오기 전에 왜 집에 돌아가지 않았을까?"라고도 말했다.

나중에는 "내가 세상을 소중하게 만든 것들이 있어. 그밖의 것에 대해서는 죽는 걸 만족해!"라고 말했다.

정신이 점점 혼미해지면서 바이런의 말도 알아듣기 어려워졌다. 그러는 동안 의사들은 또다른 설사제를 처방했다. 바이런은 저녁 6시가 되기 전에 침대에서 일어나 혼자 소변을 보았다.

"나쁜 의사들이 물약을 먹여서 서 있을 수도 없어."하고 욕을 퍼부었다. 바이런이 침대를 떠난 것은 그때가 끝이었다.

1824년 4월 18일, 지켜보던 사람들은 바이런이 "이제 잠을 자야지."라고 말하는 것을 들었다. 그것이 마지막 말이었다. 바이런은 아주 조용했다.

의사들은 마지막 시도로 거머리를 바이런의 관자놀이에 댔다. 그러나 바이런은 거머리를 단호하게 거부한 기억을 잊어버린 채 의식불명에 빠졌다.

이후 바이런은 24시간 동안 꼼짝하지 않았다. 19일 저녁, 하인은 바이런이 잠깐 눈을 떴다가 감는 것을 보았다. 고통은 없는 듯했다. "아, 세상에!" 하인은 자기가 본 것을 확신하며 말했다. "주인님이 돌아가신 것이 분명해요."

의사들은 바이런의 맥박을 쟀고 그중 한 사람이 말했다. "당신 말이 맞았소. 사망했어요." 순간 그 지방에서 들어본 적이 없는 엄청난 천둥과 번개가 쳤다. 그리스인이 믿는, 위대한 인물이 죽을 때 하늘이 보내는 신호였다.

결과적으로, 바이런은 의식하지 못했지만 '차일드 해럴드의 편력'이라는 시에 자신의 묘비명을 썼다.

그러나 나는 살았고 헛되이 살지 않았다.

내 마음이 힘을 잃고, 내 피가 정열을 잃는다.

내 몸뚱이는 정복한 고통 속에서 스러진다.

그러나 지치게 할 것이 내 안에 있다.

고문과 시간, 그리고 내가 죽을 때의 숨

그들이 생각하지 않는, 숭고한 무엇

기억하는 소리 없는 거문고의 음률처럼…….

■ ■ ■

**George Gordon Byron**[1788-1824]  |  영국 낭만파의 대표적 시인. '금세기 최대의 천재'라고 찬사를 받은 그의 시는 전 유럽에  영향을 미쳤다. 런던의 귀족 집안에서 태어나 남작의 작위를 받았으나 오른쪽 다리의 장애로 불행한 유년기를 보냈다. 케임브리지 대학에서 역사와 문학을 배우며 시를 쓰기 시작했다. 1809~1811년, 지중해의 여러 곳을 여행한 뒤 장편시 〈차일드 해럴드의 편력, 1812〉을 발표, "아침에 일어나니 유명해졌다"라고 스스로 일기에 쓸 정도로 유명해졌다. 이어 〈사종도, 1813〉〈아비도스의 신부, 1813〉〈해적, 1814〉〈라라, 1814〉〈코린트의 포위, 1816〉 등을 잇따라 발표했다. 반도덕적인 주제와 그의 사생활의 악평과 함께 세간의 지탄을 받고, 1816년 영국을 떠났다. 제네바로 가 시인 셸리 부부와 교분을 맺었다. 그후 유럽 각지를 여행하며 미완성의 장시 〈돈 주안, 1819~24〉 등 많은 작품을 발표하여 낭만파의 대표적인 존재가 되었다. 1822년에는 영국에서 온 친구 헌트를 도와 〈더 리버럴〉지를 발간했다. 1823년 7월 그리스 독립전쟁에 참여해 터키의 압제에 항거하는 그리스 독립군에 참가했고, 이듬해 4월 19일 말라리아에 걸려 요절했다.

존 키츠 John Keats

## "죽을 것이니 나를 올려 줘,
## 고맙게도 이제 죽음이 왔어."

주옥 같은 작품을 남긴 시인 키츠는 젊은 나이에 죽었다. 1795년에 출생한 그는 1821년에 세상을 떠났다. 채 스물여섯이 안된 한창 때였다.

1820년 2월초, 늦은 밤에 집으로 돌아가는 키츠는 몹시 비틀거렸다. 처음엔 그가 술을 먹었다고 생각했던 친구 브라운은 곧 키츠가 병에 걸렸음을 깨달았다.

침대로 가 눕기도 전에 기침을 하던 키츠는 기침 속에 튀어나온 피 한방울을 보았다. "촛불을 가져와." 키츠는 브라운에게 낮은 소리로 말했다.

하얀 시트 위의 피를 자세히 들여다보던 키츠는 "이 피의 색깔을 알아. 이것은 동맥의 피야. 나를 속일 수는 없어. 이 핏방울은 내 사망증명서야. 나는 꼭 죽고 말 거야."라고 말했다.

그리고 키츠는 기침을 계속했다. 기침은 오랫동안 계속되었고 더 많은 피가 나왔다. 마치 피를 토하는 듯했다. 목과 입 안에 피가 가득 고여서 질식할 지경이었다. 결국 의사를 불렀다. 키츠가 힘없이 침대에 누웠다. 그렇게 두 달이 지나갔다.

그동안 키츠는 침대에 누워 있거나 절망적인 심정으로 집안을 왔다갔다했다. 시를 쓰지 않은지도 벌써 여러 달이 흘렀다. 1820년 6월 말, 키츠는 다시 각혈을 했다.

친구들은 햇빛이 비치는 이탈리아로 요양을 가라고 권했다. 그는 동행을 원했고 화가인 조셉 세버언이 따라나섰다. 키츠의 생명이 위험했으므로 여행은 서둘러 이루어졌다.

9월 17일 키츠와 세버언은 배를 타고 남부유럽으로 갔다. 키츠는 죽음을 생각했다. 그는 브라우닝에게 '내세가 있을까요? 깨어나서 지금이 꿈이라는 걸 알게 될까요? 내세가 틀림없이 있을 겁니다. 우리가 이런 고통을 위해 창조된 것은 아닐 테니까요.'라고 편지를 썼다.

이탈리아로 가는데 무려 3개월이 걸렸다. 키츠는 계속 아팠고 연신 피를 토했다. 키츠 일행은 나폴리 만에서 열흘 동안 검역이 끝나기를 기다렸다.

키츠의 25세 생일날, 일행은 해변으로 갔다. 로마에서 키츠는 유명한 '스패니시 스템스' 아래 쪽에 거처를 정했다. 그는 브라운에게 편지를 보냈다. '내 진짜 삶은 이미 끝났고 지금은 죽은 후의 내 존재를 이끌고 있다는 느낌이 자꾸 든다.'

상태는 꾸준하게 하강곡선을 그렸다. 12월 10일에는 두 컵 가량의 피를 쏟고 24시간 동안 혼수상태에 빠졌다. 이후 아흐레 동안에도 아홉 차례의 출혈이 목격되었다. 끔찍한 광경이었다.

키츠는 자살을 하게 내버려달라고 세버언에게 요청했지만 뜻대로 되지 않았다.

집과 사랑하는 화니에게서 온 편지는 뜯지도 않은 채 그대로 있었다. 그는 삶에 대한 흥미를 완전히 잃어버렸다. 그가 바라는 것은 오직 해방, 끊임없는 고통으로부터의 축복된 해방뿐이었다. 그는 종종 이빨 부딪히는 소리가 들릴 정도로 심하게 몸을 떨었다. 그러다가는 식은땀을 흘렸다.

키츠는 자신이 죽은 후 뒤처리를 어떻게 할 것인가에 대해 세버언과 이야기를 나누었다. 그는 로마에 있는 프로테스탄트 묘지에 묻히고 그 앞에는 간단한 글귀를 새긴 비석이 세워질 예정이었다.

'여기 물 위에 이름을 쓴 사람이 잠들다.'

세버언은 12월에서 2월에 이르는 동안 우정어린 간호와 애정을 가지고 키츠를 지켜보았다. 그리고 마지막이 왔다.

1821년 2월 23일 오후 4시, 세버언은 키츠가 부르는 노래를 들었다. "세버언, 세버언, 지금 죽을 거니까 나 좀 올려줘. 편안하게 죽을 거야. 무서워하지 말아. 고맙게도 이제 죽음이 왔어."

침대로 달려온 세버언은 힘껏 키츠를 껴안았다. 얼마 후 키츠는 세버언의 품안에서 마지막 숨을 거두었다.

키츠는 '나이팅게일에게 바치는 시'에서 다음과 같이 노래했다.

어둠 속에서 듣는다, 여러 번을
편안한 죽음과 반쯤 사랑에 빠졌으니
그를 순한 이름으로 여러 가지 음률로 불렀다.
허공으로 내 조용한 숨결을 데려가기 위해
지금은 어느때보다 죽는 것이 값져 보인다.
고통 없이 자정에 끝나기 위해…….

■ ■ ■

**John Keats**[1795-1821] | 영국 시인. 런던 출생. 셸리, 바이런과 함께 영국 낭만파를 대표하는 시인. 어려서 부모를 여의고 의사의 도제가 되어 병원에 근무하면서 1816년 약제사 자격증을 받았으나 점차 시작(詩作)에 몰두, 의학을 포기했다. 1818년 그리스신화에 나오는 달의 여신 셀레네의 사랑을 소재로 한 첫 장시 〈엔디미온〉을 발표, 혹평을 받았으나 좌절하지 않고 시작활동을 계속, 1818년 4월 〈이사벨라〉를 발표하고 그해 12월부터 〈하이페리온〉을 쓰기 시작했다. 이무렵 동생의 죽음, 브라운과의 사랑, 건강의 악화는 그의 시적 상상력이 작품에 깊이 투영되는 계기가 되었다. 1819년은 그의 '경이로운 1년'이라 할 수 있는 시기로 여러 편의 걸작을 남겼다. 〈무정한 미인〉을 비롯하여, 〈나이팅게일에게〉 〈그리스항아리에 부치는 노래〉 〈프시케에게〉 〈우울에 관하여〉 〈가을에게〉 등이 있다. 1820년 폐병이 악화된 가운데 〈레이미아〉 〈이사벨라〉 〈성녀 아그네스제(祭)의 전야〉를 발표, 영국 낭만파시의 정점을 이루었다. 이듬해 2월 병세가 악화되어 25세의 나이로 로마에서 짧은 생애를 마쳤다.

**셸리**｜Percy Bysshe Shelley

> "아무 흔적도 찾지 못했다. 그러나
> 바다의 격랑 뒤에는 황량한 물거품이 남는다."

셸리, 키츠, 바이런은 같은 시대를 산 시인으로, 모두 젊어서 죽었다.

바이런은 37세, 키츠는 26세, 그리고 셸리는 30세도 안되어 사망했다. 그러나 그들은 죽은 뒤에 영국에 가장 값진 시를 남겼다.

셸리는 셋 중에서 가장 반항적인 인물이었다. 자신이 쓴 〈무신론의 필연성〉이라는 책 때문에 옥스퍼드 대학에서 쫓겨난 그는 여동생의 친구인 해리엇과 야반도주를 감행했다.

그로부터 3년 후, 다시 사랑이라는 이름의 도주를 했는데 이번에는 마리 고드윈과 함께였다.

셸리는 1816년 여름을 스위스에서 보냈고 그곳에서 바이런과 우정을 쌓았다.

그후 셸리 인생의 첫 비극이 일어났다. 해리엇이 자살했다는 소식이 왔다. 셸리는 마리와 결혼을 하고 1818년 이탈리아로 갔다. 그가 쓴 상당수의 시는 그 무렵의 소산이었다. 그리고 1822년 7월 8일, 셸리는 스페치아 만에서 향해 도중 익사했다.

그는 짧은 생애에 여러 권의 시집을 남겼다. 흥미롭게도 셸리는 시로써 명성을 얻었지만 그의 정치사상은 급진적인 사상가들에게 길이 영향을 끼쳤다.

셸리는 일찍이 중산층인 가정을 떠났고 그 결과로 아버지와 멀어졌다. 또한 자신이 자란 문화적 배경과 주변 사람들과도 관계가 끊어졌다. 짧은 인생의 막이 내릴 당시, 그는 모든 점에서 조국을 등진 망명자의 신세였다.

바이런은 그리스에서 이룬 공훈으로 영웅이 되었지만 셸리는 서정적인 우아함을 지닌 시에도 불구하고 오랫동안 좋은 평판을 얻지 못했다. 그가 사망했다는 소식은 런던의 각 신문에 실렸지만 '이교도적인 시인, 셸리가 익사하다. 그는 이제 신이 있는지의 여부를 알 것이다'라고 쓴 〈쿠리어〉지처럼 호의적이지 않은 기사가 대부분이었다.

셸리의 평판을 잘 알고 있던 바이런은 셸리가 죽은 후 런던에 있는 톰 모어에게 편지를 썼다. '세상이 심술궂고 잔인하게 잘못 판단한 또 한명이 갔다.'

셸리의 전기 작가 중의 한명은 '그렇게 된 책임은 그에게 있다.'
라고 적었다.

죽음은 피할 수도 있었다.

배를 타고 제노바로 가기로 한 바로 전날, 셸리는 '유령'을 보았
다며 온 집안을 긴장시켰다. 그의 설명에 의하면 피를 뒤집어쓴 두
명의 유령이 자기의 방으로 비틀거리고 들어서면서 "셸리, 일어나.
해일로 집과 모든 것이 떠내려 간다."라고 서로 큰 소리를 주고받
더라는 거였다.

셸리는 다음날로 예정된 제노바 여행을 취소하고 아내 마리를 진
정시키며 집에 머물렀다.

7월 1일, 셸리, 로버츠 선장, 윌리엄스 그리고 소년 뱃사공 한
명은 리보르노로 가기 위해 배 위에서 보냈다. 아침에 검역이 끝나
자 셸리는 해변에 나가 바이런, 헌트와 만나서 즐거운 시간을 보냈
다. 바이런과 헌트 간의 불화는 셸리의 노력으로 어느 정도 해소되
었다.

세 명의 시인은 피사를 방문하고 돌아오는 등, 주초를 함께 보냈
다. 7월 8일, 셸리는 자기의 집으로 돌아가기로 결정했다. 뜨거운
더위가 이어졌다. 그것은 분명히 폭풍의 전조였다. 그러나 셸리는
날씨를 무시했다. '돈 주앙' 호가 기다리고 있었다.

셸리는 껑충 뛰어 갑판으로 올라갔다. 그는 더블재킷과 흰색 무
명바지를 입었고 검은 가죽 부츠를 신었다. 그는 헌트가 가지고 있
던 키츠 시집을 접어서 재킷 주머니에 넣었다.

배는 오후 2시경 항구를 떠나 돛을 올리고 바람을 가르며 항해를 시작했다.

셸리의 친구 트레라우니는 작별의 손을 흔들고 쌍안경을 통해 바다로 나가는 배를 살펴보았다. 로버츠 선장은 걱정하기 시작했다. 불길하게도 수평선에 모인 낮은 구름들이 서쪽으로 움직이고 있었다. 배는 짙은 안개 속으로 들어갔다.

곧 남서쪽에서 예상했던 폭풍우가 빠르게 밀려왔다. 여름 소나기는 드문 일이 아니었고 그에 익숙한 이탈리아 선원들은 재빠르게 리보르노 항으로 대피했다.

근처에 있던 이탈리아 배의 선장은 '돈 주앙' 호가 성난 바다 속에 있는 것을 목격했다. 선장은 돈 주앙이 견디지 못할 것으로 판단하고 구조를 제안했다.

선장은 '돈 주앙' 호의 선원과 승객들에게 배를 포기하고 자기 배에 옮겨 타라고 말했다. 그러나 셸리는 놀랍게도 그 제안을 거절했다.

파도가 산더미처럼 밀려와 돛을 전부 올린 돈 주앙 호를 때렸다. 그러한 사태에 경험이 있는 한 선원이 끼어들어 셸리가 탄 배의 선원에게 말했다.

"우리 배에 타지 않으려면 제발 돛을 내려요! 그렇지 않으면 큰일나요!"

말을 들은 윌리엄스가 돛을 내리려고 시도했지만 셸리가 하지 못하게 가로막았다.

항해에 대한 전문지식이 없어서인지 아니면 갑자기 죽고 싶었는지, 아무튼 이해할 수 없는 행동이었다. 이윽고 '돈 주앙'은 돛을 전부 올린 채 스페치아 만에 가라앉고 말았다.

셸리를 비롯해 배에 탔던 사람들의 시체는 열흘 후 마사와 비아리지오 사이의 해변에서 발견되었다. 팔과 얼굴이 없는 셸리의 시체는 입은 옷과 지니고 있던 키츠의 시집으로 판명했다. 시체를 어떻게 처리할 것이냐 하는 문제가 대두되었다. 검역법은 복잡했고 시간이 걸렸다. 결국 셸리의 시체는 생석회를 이용하여 임시로 모래밭에 매장되었다.

당국의 허락을 받은 뒤, 물고기에 뜯기고 생석회까지 덮인, 거의 다 부패된 셸리의 시체는 철제 용광로에 담겨서 헌트와 바이런 그리고 몇 명의 군인과 어부들이 지켜보는 가운데 해변에서 화장되었다.

시간이 많이 지난 후, 영국 영사의 와인 저장고에 있는 마호가니 장롱에서 몇 달을 지낸 셸리의 재는 마침내 로마에 있는 프로테스탄트 묘지에 묻혔다.

셸리는 '무질서의 얼굴'이라는 시에서 폭풍 같은 파도를 일으키면서 사람들을 짓누르는 '삶의 전차'에 대하여 썼다. 다음 시구는 셸리 자신의 죽음과 유사하게 여겨진다.

그러나 곧 그 전차가 어디에 있는지 말할 수 있다.
그들을 지나갔다. 나는 다른 흔적을 찾을 수 없다.

그러나 바다가 분노한 뒤에 거품이
황량한 해변에 남았다……

**Percy Bysshe Shelley**[1792-1822] | 영국 시인. 서섹스주 출생. 바이런, 키츠와 함께 19세기 초의 낭만주의문학을 대표한다. 괴이한 것을 동경하는 기질이 강하며, 학창시절에 심취한 자연과학과 플라톤 등의 형이상학이 사상적 원천이 되었다. 준남작이며 국회의원인 아버지에 대한 반발심에서 기성의 권위나 도덕을 증오했으며, 1811년 〈무신론의 필연성〉이라는 소책자를 출간한 일로 대학 1년 만에 퇴학당했다. 퇴학 후 해리엇이라는 소녀와 도피하여 결혼했다. 1813년 사회개혁의 꿈을 노래한 최초의 장시 〈마브여왕〉이 나올 무렵, 해리엇에 대해 차츰 냉담하게 되었고, 고드윈가의 장녀 마리가 새로운 이상의 여성이 되었다. 1814년 마리와 동거를 하며 초기 대표작 〈앨러스터〉를 썼다. 1816년 스위스에서 바이런과 교유했는데 그 겨울에 상심한 해리엇이 자살하자 마리와 결혼을 했다. 1818년 이탈리아를 여행하는 동안 시극 〈속박에서 풀려난 프로메테우스, 1820〉와 〈서풍의 노래〉〈종달새에게〉 등 뛰어난 서정시를 잇따라 발표했다. 1821년에는 키츠의 요절을 애도하는 명상시 〈아도네이스〉와 낭만파 시의 정수를 보여주는 에세이 〈시의 옹호〉를 내놓았다. 그뒤 단테의 〈신곡〉을 모방한 대서사시 〈삶의 개가〉를 집필중이던 1822년 7월 8일 요트 항해중에 폭풍우를 만나 스페치아만에서 익사했다.

**크리스티나 여왕** Queen Kristina

"시빌은 진실을 말했다.
그것이 내가 생각하는 바이다."

스웨덴의 여왕 크리스티나는 왕위에 올랐을 때 겨우 여섯 살이었다. 스물여덟 살이 된 1654년 조카에게 왕위를 넘겨주었다.

크리스티나가 태어났을 때 사람들은 그녀를 아들로 착각했다. 아버지 구스타프 아돌프는 다른 왕들처럼 자기의 왕위 계승자가 아들이기를 바랐다. 그러나 왕비가 이미 여러 차례 유산을 한 터여서 딸의 탄생도 기쁘게 여겼다.

그래서 왕은 데려온 갓난아기를 보자 "만족한다. 신이 이 아이를 보호해주길 빌겠다. 우리를 (남자로) 속였으니 아마도 영리한 사람이 될 것이다."라고 좋아했다.

크리스티나는 결코 예쁘지 않았다. 크리스티나의 어머니도 공주가 여자로서는 못생긴 얼굴이라고 생각했다. 그 생각이 크리스티나가 결혼을 하지 않기로 결심하는데 은연중에 영향을 주었을 것이 분명하다. 또한 크리스티나가 조카에게 왕위를 물려준 데도 한몫을 했다.

왕위를 넘겨준 뒤 크리스티나는 스웨덴을 떠나 남자 복장으로 카톨릭 성당에 들어갔고 로마에 자리를 잡았다. 크리스티나는 나중에 왕권을 되찾으려고 시도했지만 실패하고 말았다.

크리스티나 여왕은 외모에 전혀 신경을 쓰지 않았다. 농촌 여성처럼 촌스러웠다. 크리스티나가 62세 되던 1688년 4월, 여왕을 본 한 프랑스 여행가는 크리스티나가 '작고 아주 뚱뚱하다'고 기록했다. 여행가는 여왕의 피부와 목소리 그리고 얼굴도 '남자의 것'이라고 덧붙였다.

실제로 크리스티나는 검은 비단으로 만든, 무릎까지 내려오는 남자용 코트를 입었다. 그 밑에는 검은색 짧은 스커트를 입어서 남자 신발을 신은 발이 다 드러났다.

노년의 크리스티나는 자신이 고대 유적과 맞먹는 로마의 볼거리라고 말하곤 했다. 그녀는 말년에 고국으로 돌아가고 싶어했다. 그 준비를 하는 도중인 1688년 말, 크리스티나는 자신이 오래 살지 못할 것이라는 나쁜 예감을 가졌다.

크리스티나는 꽃을 수놓고 가장자리에 금박을 두른 아름다운 흰 실크 드레스를 특별히 주문했다. 크리스마스 이브, 크리스티나는 완성된 그 아름다운 드레스를 두 명의 시녀가 감탄하는 가운데 큰 거울 앞에서 입어보았다.

그때 연금술사이자 점쟁이인 한 여인이 크리스티나의 방으로 들어왔다. 크리스티나는 그녀에게 돌아서며 "이 옷을 입으니 마치 내가 중요한 사람처럼 느껴지는구면. 곧 정식으로 입게 될 테지. 시빌, 내가 어떤 의식에 이 옷을 입을 것이라고 생각하지?"라고 물었다.

늙은 여인은 정면으로 크리스티나를 바라보았다. "용서하시옵소서, 마마. 머지 않아 마마는 그 옷을 입고 무덤에 묻히시게 될 것입니다."

충격적인 말을 들은 시녀들은 시빌을 비난했다. 그러나 크리스티나는 부드러운 목소리로 말했다. "시빌은 진실을 말했다. 그것이 내가 생각하는 바이다."

새해가 되자 크리스티나는 남부 이탈리아로 짧은 여행을 다녀온 얼마 후, 쓰러져 자리에 누웠다. 그녀는 부어오른 다리 때문에 고생했다고 전했다. 그러나 고열이 이어지고 결국 크리스티나는 모든 것을 포기했다. 잠시 회복되기도 했지만 그 기간은 너무 짧았다.

특별한 드레스를 만든 지 거의 일년이 다 된 1689년 4월, 크리스티나는 발작으로 쓰러졌고 여러날 동안 혼수상태에서 헤매었다. 가끔 정신이 들면 참회를 했고 예배에 참석, 죽은 사람을 위한 기도에도 응답했다.

1689년 4월 19일 아침 6시, 그녀는 세상을 떠났다.

크리스티나는 자신의 유해에 흰옷을 입히고 로톤다의 성당에 묻어 달라는 유언을 남겼다. 허례허식적인 장례를 금하는 말도 했다. 그러나 그 유언은 지켜지지 않았고 크리스티나는 성 피터 성당의 지하 납골당에 자리를 잡았다.

크리스티나는 많은 작가와 화가를 후원했는데 데카르트를 궁정에 초빙한 일도 있었다. 동시대의 어떤 이는 '그녀는 자유롭게 자신의 재능을 펼쳤다. 그리고 다른 사람의 말에 신경을 쓰지 않았다.'고 적었다.

그 말은 아마도 크리스티나가 가장 듣고 싶어했을 칭찬일 것이다.

■ ■ ■

**Queen Kristina**[1626-1689] | 스웨덴 여왕(1632~54). 구스타프 2세의 딸로 아버지가 세상을 떠나자 6살에 즉위했다. 18살에 친정(親政)하기까지 남자와 똑같은 교육을 받았으며 7개국어를 익히고 철학·신학 등에 관심이 깊었으며 승마·사냥 등을 즐겼다. 총애하는 사람들에게 왕실의 영토를 나눠주어 재정 위기에 빠졌다. 반면에 학문과 예술을 애호하여 지식인을 궁정에 초대하고 외국의 유명한 문화인들과 친교를 맺었는데, 그 중에서도 철학자 R. 데카르트를 왕궁으로 초빙한 이야기는 유명하다. 약혼자인 사촌오빠와의 결혼을 거절했고 가톨릭으로 개종하는 태도를 취하여 통치권에 대한 열의를 잃고 스스로 퇴위했다. 그 뒤 정식으로 가톨릭교도가 되었으며, 로마에서 생애의 대부분을 보내고 그곳에서 죽었다. 여러 철학적인 격언을 남겼다.

고골리Gogol

## "사다리!
## 빨리 내게 사다리를!"

우리의 간담을 서늘하게 한 〈검찰관〉을 보여준 극작가 고골리가
그 주인공과 같은 죽음을 맞게 될 줄을 누가 알았겠는가?

고골리는 아주 젊은 나이에 죽었다. 1809년에 출생하여 1852년
에 죽었으니 43세로 유명을 달리한 셈이었다. 고골리는 사고나 성
장배경이 지극히 러시아적이었기 때문에 아마도 죽음도 그런 방식
일 수밖에 없었을 것이다.

고골리는 진정한 신자로 당시 러시아인의 전형적인 인물이었다.
그는 예감을 가진 사람이었다. 1852년, 고골리는 친구의 여동생이
죽었을 때 자신이 벼랑끝으로 다가가는 것을 느꼈다. 그의 차례가

머지 않았다는 것을 예감했던 것이다.

그는 관에 누운 젊은 여인을 본 후에 "죽음보다 엄숙한 것은 없다. 죽음이 없다면 인생은 아름답지 않을 것이다."라고 말했다.

그는 친구에게 '신에게 내 작업이 양심적이고 아무리 작더라도 내 안에 천국의 아름다움을 노래할 수 있는 가치를 심어주십사고 기도하라.'라고 편지를 썼다.

그런 '가치' 있는 수준에 오르기 위해 고골리는 경건한 내용의 서적을 읽었고 기도를 했으며 단식을 했다. 신에게 피난처를 구할 수 있는 고도의 수행을 시작한 것이다.

그는 매튜 신부를 영혼의 안내자로 삼고 어디를 가든지 그의 편지를 지니고 다녔다. 매튜 신부는 러시아 문학을 살리기보다는 고골리의 영혼을 구하는 일에 더 관심이 있었다. 매튜는 고골리가 너무 세속적인 작품을 썼다고 생각했다. 그 결과로 고골리는 글쓰기를 그만두었다.

고골리의 관심은 영혼이었다. 그는 단식을 했고 여러 날을 아주 조금씩만 먹으면서 지냈다. 그것도 성찬 빵과 물 한 컵, 몇 숟갈의 수프가 전부였다. 고골리는 자주 교회에 가서 참회를 하고 바닥에 엎드려 울었다. 그는 자신이 쓴 작품의 특성에 대해 걱정하기 시작했다.

1852년 2월 10일, 고골리는 친구 톨스토이 백작에게 자신이 죽으면 자신의 모든 작품을 모스크바 시에 넘겨주라고 말했다. 그렇게 하여 최고위 교회당국이 어떤 작품을 공개하고 공개하지 않을 것인가를 결정할 수 있게 하려는 것이었다.

"쓸모가 없다고 여겨지는 것은 모두 가차없이 버리게!"라고 고골리가 말했지만 톨스토이 백작은 퉁명스럽게 거절했다.

어느 날 저녁, 고골리는 톨스토이 백작의 집에서 일부 노트와 집필중인 소설 〈죽은 넋〉의 제2부 원고를 불에 태웠다. 그가 수년 동안 들인 노고가 화염에 휩싸였다.

톨스토이 백작이 오자 고골리는 "보게나. 내가 무슨 짓을 했는지! 나는 무엇인가를 태우고 싶었고 이렇게 많이 태웠어. 악령이 얼마나 강한지!"라고 중얼거렸다.

톨스토이 백작은 아무 말도 할 수 없었다. 그저 미친 고골리를 위로하는 수밖에 없었다.

"좋은 징조야. 자네는 좋은 작품을 쓰기 위해 이미 세 번인가, 네 번인가 원고를 태웠잖은가? 게다가 무엇을 위해 썼는지를 기억하지 않는가!"

그 말을 들은 고골리는 다소 위안이 되는 모양이었다.

고골리는 이후 무력감에 빠졌다. 하루는 방문객에게 "모두 죽어야 해. 나도 죽을 거야."라고 말했다. 톨스토이 백작이 의사를 불렀지만 환자는 아주 비협조적이었다.

"포기할 수는 없소?" 고골리가 물었다.

의사들은 고골리에게 강제로 음식을 먹이기로 결정했다.

"세상에, 무슨 짓을 하는 거요?"

고골리는 의사가 음식을 강제로 먹이자 소리를 질러댔다.

"저들이 내 머리에 찬물을 붓는다! 내 말을 듣지 않고 나를 쳐다보지도 않아! 내가 저들에게 무슨 잘못을 한 거야? 왜 나에게 고통을 주는 거지? 비참한 나에게 무엇을 바라는 거야? 내가 무엇을 줄 수 있다구? 나는 빈털터리인데!"

의사들은 물러갔지만 한 명이 남아 고골리의 코에 거머리를 물렸다. 살찐 거머리는 코에 매달려 피를 빨았다. 고골리는 고함을 질렀다.

"하지 마! 거머리를 가져가! 거머리를 내 코에서 떼어내!"

고골리의 병명은 알 수 없었고 따라서 병의 치료도 끔찍했다. 사지에는 석고가 입혀지고 머리에는 얼음이 얹혔다. 아욱의 뿌리와 로렐 수를 섞은 것을 먹어야 했다. 그는 점점 죽어갔다.

의사가 떠난 후 고골리는 지쳐서 누웠다. 맥박은 희미했고 숨이 막혔다. 그는 마실 것을 달라고 했다. 묽은 수프 한모금 마신 후 머리를 뒤로 떨어뜨렸다. 고골리는 반 혼수상태에 빠졌고 그의 친구들이 밤새 지켜보았다.

11시, 고골리는 "사다리! 사다리를 내게 줘!"라고 외쳤다.

사다리는 고골리의 마음에 오랫동안 자리했다. 그는 〈내 친구와의 서간문에서 뽑은 문장〉이라는 책의 마지막 장에서 '오직 신만이 아신다. 그러나 이 특별한 열망(이웃에 대한 사랑) 때문에 우리가 한 곳으로 올라가는 것을 돕기 위해 사다리가 하늘에서 내려오고 손이 우리를 향해 뻗쳐진다.'라고 적었다.

고골리는 이제 마지막 순간에 그 손과 사다리를 절망적으로 찾는 것이다. 그러나 그를 향해 내려오는 사다리는 없었다. 고골리는 반

혼수상태에서도 일어나려고 애를 썼다. 그러나 다리는 몸을 지탱하지 못했다. 움직일 힘이 없었다. 어지러웠다.

일어나려고 애쓰는 그를 보고 의사와 하인이 부축해서 안락의자에 앉혔다. 그러나 고골리는 더 이상 머리를 가눌 수도 없었다. 마치 갓 태어난 아이의 머리처럼 수그러졌다.

고골리의 몸이 차가워지기 시작했다. 특히 발은 얼음처럼 차가웠다. 의사는 뜨거운 물병을 그의 발밑에 놓았지만 별 효과가 없었다. 얼굴에 식은땀이 솟아났다. 눈밑에는 푸른 반점이 생겼다. 약은 계속해서 투여되었다.

자정 무렵, 의사는 그에게 염화 제1수은을 주고 뜨거운 빵 덩어리를 몸 주변에다 놓았다. 고골리는 다시 신음을 했다.

밤새 정신이 오락가락했다. "계속해! 일어나. 맡아. 공장을 맡아."와 같은 말을 중얼거렸다. 일관성이 없는 그 중얼거림은 한동안 계속되었다.

그러나 시간이 가면서 고골리의 기운은 떨어졌다. 점차 숨소리가 낮아지더니 1852년 2월 21일 아침 8시, 마지막 숨이 멈추었다.

위대한 러시아의 극작가 고골리는 그렇게 생을 마쳤다. 작가 투르게네프는 '고골리는 죽었다. 어느 러시아인이 그의 작품에 반하지 않을 수 있겠는가? 그 손실이 너무 잔인하고 너무 갑작스러워서 우리는 아직도 그의 죽음을 받아들일 수가 없다.'라고 적었다.

그러나 고골리에게는 작품도 물건도 쓸모가 없었다. 고골리가 죽은 후 그가 남긴 세속적인 물건의 목록이 만들어졌다. 그 내용을 보면 한때 푸슈킨의 소유였던 금시계 한 개, 벨벳 깃이 달린 검은 코트 한 벌, 검은색 프록코트 두 벌, 낡은 무명 바지 세 벌, 넥타이 네 개, 두 벌의 속옷, 그리고 손수건 세 개가 전부였다. 돈도 보석도 없었고 중요한 서류도 없었다. 그의 장롱은 극빈자의 것이었다.

그러나 고골리는 유서에 '내가 가진 모든 것을 어머니와 여자 형제들에게 준다. 나를 시중들었던 하인은 보상을 받아 마땅하다. 그에게 해방을 준다…… 예수 그리스도가 우리에게 보여주신 것 이외에는 어떤 문도 없다. 다른 길을 통해 천국에 가려는 자는 깡패나 도둑놈이다!'고 썼다. 그리고 '만약 작은 어린애가 되지 않으면 천국에 들어갈 수가 없다.'라고 덧붙였다.

∎ ∎ ∎

**Gogol**[1809-1852] | 러시아의 작가. 우크라이나 출생. 1821년 네진고등학교에 입학, 졸업 후 상트페테르부르크에서 하급관리로 지내면서 배우를 지망했고, 미술학교에도 다녔다. 그 사이에 우크라이나인의 생활을 취재한 소설집 〈디카니카 근교 야화, 1831~1832〉를 발표하여 명성을 얻었고, 이것이 인연이 되어 푸슈킨과도 알게 되었다. 1834년 상트페테르부르크대학의 세계사 담당 조교수가 되었으나 1835년에 그만두고, 작품집 〈아라베스크, 1835〉 〈미르고로드, 1835〉를 출판했다. 이어 발표한 〈코, 1835〉에는 불안·환상, 현실과 초자연의 혼합 등이 나타나 마치 만년의 그의 정신세계를 상징하고 있는 것처럼 보인다. 그는 또한 희극에도 손을 대어 〈검찰관, 1836〉을 완성, 상연했으나, 관료주의의 부패를 통렬히 비난했다는 이유로 반대자들의 공격을 받고 1836년 러시아를 떠났다. 이후 1848년까지 러시아에 두 차례 돌아갔던 것 외에는 스위스와 파리·로마 등지에서 살았다. 그뒤 단편 〈외투, 1842〉와 장편 〈죽은 넋〉의 제1부를 완성하고, 제2부를 모스크바에서 완성하려 했으나 이루지 못하고, 정신적 고뇌와 사상적 동요 속에서 착란상태에 빠져 죽었다.

H.G. 웰스H.G. Wells

"지금 나는 한발은 무덤에 두고
다른 발로 모든 것을 차버리고 있어."

웰스는 사회풍자가이며 소설가, 특히 과학소설의 아버지로 일컬어진다. 또한 그는 역사가이자 미래학자이기도 했으나 결국에는 종교에 귀의했다.

웰스의 작품에 나오는 주인공 브리틀링은 "종교는 모든 것의 시작이자 마지막이다. 사람들은 신을 발견하거나 신에 의해 발견될 때까지 시작이 아닌 것을 시작하며 끝이 없는 일을 하는 것과 마찬가지다."라고 말했다.

웰스는 신에 대한 믿음을 발견했음에도 불구하고 인간에 대한 믿음을 상실했다. 생이 끝날 무렵, 웰스는 〈참지 못할 지경에 이른 정신〉에서 자신의 생각을 다음과 같이 드러냈다.

'오늘날 인류의 자유와 풍족함을 이루는 길에는 진리가 아니라 사람들, 특히 중요한 자리에 앉아 있는 사람들의 마음 속에 있는 정신적인 혼란, 이기적인 편견, 집착, 잘못된 화법, 나쁜 사고 습관, 잠재적 두려움과 공포, 그리고 부정직성에 있다.

인류의 자유와 풍족함은 늘 도달이 가능하지만 실제로는 아직 이루지 못하고 있다. 미래의 시민인 우리들은 어느 항구에서나 흔히 볼 수 있는, 도착 시간이 지난 배에 탄 승객처럼 이러한 현재 상황에서 헤매고 있다.

나는 이 세계에서 이른바 요직을 차지하고 있는 이들을 접촉할 수 있는 입장에 있지만 그들을 규합해서 문제를 풀 능력은 부족하다. 그들에게 이야기를 하고 불안감을 느끼게 할 수는 있지만 억지로 상황을 파악하게 만들 수는 없다.'

그러나 웰스의 불굴의 정신은 멈추지 않았고 절망 속에서도 계속해서 글을 썼다. 1937~39년, 웰스는 〈지나치게 조심할 수는 없다〉 같은 소설들을 집필했다. 1939년 제2차 세계대전이 발발하자 자신이 옳았다는 것을 깨달았다. 그는 세계 질서에 대한 구상을 가지고 있었지만 그 구상을 요직에 있는 사람들에게 전달할 수 있는 능력이 부족했다.

웰스는 전쟁이 일어난 다음 해인 1940년 〈아라라트를 향해 모두 타라〉라는 새 소설을 썼다. 소설은 신과 람목(웰스의 또다른 자아)과의 생생한 대화를 담고 있다. 신은 우리의 예상을 깨고 인생의 사명을 완수하지 못한 람목에게 동정을 표시한다. 신은 또한 물리학자들과 수학자들을 장악해가는 자신의 적, 즉 악을 다루는 어려움에 대해 토로한다.

신은 "그들은 지금 우주가 유한하다는 것을 선언하고 있어."라고 람목에게 말하고 람목은 그러한 신의 곤경에 동정한다.

그러나 웰스는 분명히 한계에 다다라 있었다. 그는 자신을 찾아온 친구에게 말했다.

"지금 나는 한 발은 무덤에 두고, 다른 발로 모든 것을 차버리고 있어!"

그에게 차버릴 것은 너무 많았다. 종교, 고집, 냉담함, 민족주의, 모든 것에 대한 독단 등등. 아마도 웰스는 그것들을 모두 차버리고 싶었을 것이다.

그러나 웰스는 곧 병에 걸렸고 기운을 잃었다.

그는 1944년부터 아팠다. 웰스는 자신의 생이 다했다는 것을 알았다. 그는 원자폭탄이 히로시마에 떨어지고 그 끔찍한 섬광 속에서 새로운 세계가 탄생할 때까지 생존했다.

그에 대한 언급을 요청받은 웰스는 "이것이 이 세상에 있는 모든 것—선과 악—을 일소할 수 있을 거요. 어느 쪽을 결정할지는 사람들에게 달려 있지요."라고 대답했다.

어느 날, 웰스는 간호사 한 명과 집에 남아 있었다. 1946년 8월 13일 여름날의 오후였다.

갑자기 웰스는 간호사를 내보냈다. 그가 왜 그런 결정을 내렸는지는 알 수 없다. 간호사는 떠났고 웰스는 10분 후에 죽었다. 그는 아무도 지켜보는 이 없이 조용히 숨을 거두었다. 80세였다.

. . .

**H.G. Wells**[1866-1946] | 영국의 소설가, 문명비평가. 켄트주 브롬리(지금의 런던 일부) 출생. 20세기 초 사상계에 큰 영향을 주었다. 1895년에 발표한 처녀작 〈타임머신〉으로 호평을 받았는데, 이것은 지금도 SF의 고전으로 인정받고 있다. 그뒤에도 〈놀라운 내방,1895〉 〈모로박사의 섬,1896〉 〈투명인간,1897〉 〈우주전쟁,1898〉 등 많은 과학소설을 발표했다. 이들 작품은 모두 일상생활의 불안정함과 인류의 미래와 그에 대한 비판이 표현되어 있다. 20세기에 들어와 문명 비평적인 관심이 깊어져 세상에 대한 풍자와 유머를 특징으로 하여, 그의 가난했던 소년시대를 상세히 기술한 〈킵스,1905〉 〈폴리씨,1910〉나 자전적 경향이 짙은 〈토노벙게이,1909〉 등을 발표했다. 그의 독자적인 합리주의적 사회관을 소설형식으로 나타낸 것이 인류의 이상과 진보에 관한 사상소설 〈예상,1901〉 〈완성중인 인류,1903〉 〈근대적 이상향,1905〉 〈신마키아벨리,1911〉 등인데, 이 시기에 이미 원자폭탄이 출현하는 과학소설 〈해방된 세계,1914〉를 썼다. 그뒤 그의 사회적 관심은 더욱 커져 자신의 지적 이상을 담은 〈세계문화사대계(20권),1920〉와 그 속편 〈생명의 과학,1929〉 등 100권이 넘는 저서를 남겼다.

스탈린Josif Stalin

## "이것은 죽어가는
## 사람의 게시판이군…"

소련을 가장 강력한 나라로 만들고 전 국민을 벌벌 떨게 했던 스
탈린은 자신의 별장에 있는 빈방에서 넘어져 죽었다.

1953년 2월 28일, 스탈린은 말렌코프, 베리아, 불가닌 그리고 후
르시초프를 별장의 저녁식사에 초대했다.

스탈린은 모든 점에서 아주 원기왕성해 보였다. 술과 고기가 풍
성하게 차려진 저녁식사는 오래 계속되었다. 스탈린은 소박하지만
양이 풍성한 농민들의 음식을 좋아했다. 그는 동료들과 우스갯소리
를 즐겼다. 식탁 밑에서 술도 마셨다.

별장은 스탈린이 생활을 하고 가장 즐거움을 느끼는 집이자 본부

였다. 별장의 가구는 수수했고 오늘날의 기준으로 보면 흉했다. 큰 테이블, 의자, 안락의자, 찬장 그리고 여기저기 깔린 화려한 깔개가 있었다. 긴 겨울을 나기 위한 난로도 많이 보였다.

스탈린은 가구라고는 좁은 침대와 작은 탁자가 전부인, 천장이 낮은 작은방에서 잠을 잤다. 참나무 판자벽을 빼면 공공보건소의 진료실처럼 그 방에 있는 모든 것이 단출하고 간소했다.

그날 저녁식사는 풍성했다. 양념은 걸직했고 대화도 풍부했다. 보드카와 와인도 흘러넘쳤다. 이전과 마찬가지로 2월 28일도 그랬다.

파티는 새벽까지 계속되었다. 말렌코프와 일행은 눈을 붙이려고 이웃에 있는 자기 별장으로 돌아갔다. 이미 3월 1일이었다.

한잠 자고 난 말렌코프와 일행은 일어나 스탈린이 다시 부르기를 기다렸다. 스탈린이 이야기와 술을 더하자고 부르지 않은 것은 드문 일이었다. 아마도 스탈린은 일어나지 않은 모양이었다. 스탈린은 언제나 자기가 자는 동안에 방해하지 말도록 지시를 내렸다.

스탈린의 딸 스베틀라나가 오후에 아버지를 방문했지만 만나지 못했다. 근무중인 장교는 그녀에게 "아직 움직임이 없으십니다."라고 말했다. 그 말은 스탈린이 아직 그 작은방에 있고 세상과 단절되어 있다는 의미였다.

스탈린은 종종 낮과 밤을 바꾸어 살았다. 잘 수 있을 때면 아무 때나 몇 시간이든지 잤다. 때론 옷도 벗지 않고 그저 무거운 구두만 팽개치고 담요 밑으로 들어갔다.

저녁 어둠이 내렸지만 여전히 스탈린은 꼼짝도 하지 않았다. 호위병들이 걱정을 하기 시작했다. 말렌코프, 베리아, 후르시초프, 불가닌은 급히 오라는 전갈을 받았다. 호위병들은 무엇인가 잘못되었다고 추측했다. 이렇게 할 스탈린이 아니었다.

네 사람은 급히 집안으로 달려 들어갔다. 집안은 귀신이 나올 듯이 고요했다. 그들은 기다렸다. 스탈린은 저녁도 시키지 않았다. 한 번도 그런 적이 없었다.

마침내 3월 2일 새벽 3시, 무슨 일이 일어났는지 방문을 열어보자는 결정이 났다. 문을 열자 옷을 다 입은 채 깔개 위에서 비정상적으로 깊은 잠을 자는 스탈린의 모습이 보였다.

스탈린의 오랜 친구 보로실로프와 가가노비치가 불려왔다. 가장 저명한 의사들이 스탈린의 침대로 모였다. 가망이 없으며 그가 곧 죽을 것이라는 진단이 나왔다.

3월 2일, 스베틀라나도 연락을 받았다. 도착한 그녀는 의식불명인 아버지를 보았고, 후르시초프와 불가닌은 눈물을 흘렸다. 베리아는 방안을 서성이면서 이따금 스탈린을 훔쳐보았지만 감정은 드러내지 않았다.

아버지를 별로 좋아하지 않았던 스베틀라나는 아직 움직이고 있는 스탈린의 왼손을 잡고 입을 맞추었다. 그리고 물러났다.

그러는 동안에 6명의 소련 최고회의 위원들은 두 팀으로 나뉘어 교대로 의사들을 감시하는 한편 장래의 일을 의논하면서 스탈린의 침상을 지켰다. 이미 소련의 최고위층은 두 개의 파벌로 나뉜 상태였다. 한쪽은 말렌코프와 베리아, 다른 쪽은 후르시초프와 불가닌이었다.

스탈린은 의식을 차리지 못하면서 그저 눈만 뜨는 때가 있었다. 그러면 모두 그에게로 달려가 스탈린이 무엇이라고 말하는지 알아내려고 애를 썼다.

경찰 총경인 베리아는 그럴 때마다 가장 열렬하게 스탈린에 대한 숭배를 과시했지만 스탈린이 도로 눈을 감으면 "빌어먹을!"하며 냉소와 모욕적인 자세로 돌아갔다. 그 장소는 나머지 사람들에게 악몽의 현장이었다.

나흘째 되는 날, 의사들은 스탈린이 호전되는 것을 파악했다. 그는 의식을 되찾고 간호사가 숟가락으로 음식을 떠먹였다. 스탈린은 벽에 걸린, 한 소녀가 양에게 우유를 먹이는 그림을 가리켰다. 웃으려고 했지만 뜻대로 되지 않았다.

스탈린은 다시 죽음의 공포에 빠졌다. 숨이 막히는 모양이었으나 의사들이 할 수 있는 일은 없었다. 얼굴은 뒤로 넘어갔고 산소 부족으로 얼굴색이 변했다. 스탈린은 마지막 투쟁을 했고 본인도 그걸 알고 있는 듯했다.

마지막 고통이 이어졌다. 스탈린은 눈을 뜨고 사나운 눈길로 사람들을 쳐다보았다. 그러더니 손을 들어 높은 곳의 무엇을 가리키는 듯이 보였다. 저주를 내리는 것도 같았다. 그리고 모든 것은 끝났다.

8명의 의학교수들이 공동 서명한 3월 5일 밤 9시 50분 조지프 비사리노비치 스탈린은 심장혈관과 호흡부전이 악화되어 사망했다'는 성명서가 발표되었다.

그보다 3일 전, 라디오 방송은 스탈린의 상태를 짧게 알렸다. "스탈린은 뇌출혈을 당해 뇌의 주요 부분이 손상되었다. 의식을 잃었고 오른팔과 오른쪽 다리는 마비되었다. 언어 기능도 상실했다. 가장 강한 사람이 한번의 뇌출혈로 무력한 사람으로 바뀌었다."

발표를 들은 사람들은 어디서나 한마디씩 했다. "이것은 죽어가는 이의 게시판이군."

힘든 투쟁 끝에 찾아온 죽음이지만 스탈린에게는 자비였다.

■ ■ ■

**Josif Stalin**[1879-1953] | 소련 정치가. 그루지야 고리 출생. 본명은 주가슈빌리. 구두수선공의 아들로 태어나 티플리스(지금의 트빌리시 시)의 신학교 재학중 마르크스주의의 세례를 받고 직업혁명가의 길로 들어섰다. 1913년 레닌의 권유로 〈마르크스주의와 민족문제〉를 저술했고 이 무렵부터 이름을 스탈린(강철의 사람)으로 바꾸어 사용했다. 1924년 1월 레닌이 죽자, 자신이 레닌의 가장 충실한 제자임을 당내외에 인식시켰다. 이후 반대파 당간부를 차례차례 실각시키고 1930년대에 들어와서 당과 정부를 한손에 장악하는 독재적 정치체제를 구축했다. 1936년에는 이른바 '스탈린헌법'이 제정되었다. 1922년 이후 당서기장, 개전 직전에 취임했던 인민위원회의 의장에 추가하여 국방위원회의장·소련군최고사령관을 겸했고 1943년에 원수, 1945년에는 대원수가 되어 전쟁을 통해 권력을 한몸에 집중시켰다. 자신의 권위 아래에 모든 국민을 집결시켜 전승으로 이끄는 한편, 연합국 수뇌와도 전후처리외교를 추진하여 전후 세계질서의 틀을 만들었다. 전후에 긴축정책을 국민에게 강요했으나, 1953년 3월 5일 뇌출혈로 죽었다.

칭기즈칸Chingiz Khan

# "아들아!
# 내 종말이 오는구나…"

역사상, 가장 많은 피에 물든 군주는 아마도 몽골의 칭기즈칸일 것이다. 그는 중국 북부, 투르키스탄, 아프가니스탄 등 중국해에서 흑해에 이르는 거대한 제국을 통치한 세계의 정복자였다. 그는 1227년 65세의 나이에 죽었는데 죽을 때까지 공포의 대상이었다.

그는 사람을 어떻게 죽이는지 아는 사람이었다. 예를 들면 그의 마지막 정벌 대상인 탕구트를 공격할 때 칭기즈칸은 군사들에게 "너희들이 죽일 수 있을 만큼 많은 서하인들을 죽여라."는 명령을 내렸다. 서하의 왕은 칭기즈칸의 대군주권을 받아들이지 않은 대가를 톡톡히 치러야 했다.

늘 그랬듯이 칭기즈칸이 이끈 몽골의 악행은 무시무시했다. 서하의 인구는 모두 몰살되었다. 넓은 들판은 시체로 뒤덮였다.

서하인들은 거의 대다수가 농민이었다. 유목민인 몽골인들에게는 그들이 별 소용이 없었다. 몽골인은 유목생활 이외의 정착생활을 이해하지 못했기 때문에 서하인들을 오직 약탈의 대상으로만 여겼다. 그래서 칭기즈칸은 생의 마지막 순간에도 서하 정벌에 나섰다. 1227년의 일이었다.

그러나 병이 칭기즈칸의 생명을 압박해왔다. 그는 1년 전 사냥을 하다가 말에서 떨어진 적이 있었다. 그때 칭기즈칸은 장을 다쳤던 것이 분명했다. 그는 찌르는 듯이 배가 아프다고 호소했다. 열도 높았다.

그러나 신체적인 고통 때문에 서하에 대한 원정을 연기할 칭기즈칸이 아니었다. 하지만 그도 역시 사람이었고 시간이 흐르자 자신의 생이 끝나간다는 사실을 깨닫기 시작했다. 이제 왕위 계승 문제를 거론할 시기였다.

칭기즈칸의 큰아들은 이미 1227년 2월 아랄의 한 지방에서 죽었다. 나머지 세 아들 중 차카타이는 예비군을 이끌고 멀리 떨어져 있었다. 칭기즈칸은 가까운 곳에서 원정을 하고 있는 두 아들, 오고타이와 톨루이를 불렀다.

찾아온 아들을 혼자 만난 칭기즈칸은 "아들아, 내 종말이 다가오는구나. 나는 장생신의 덕택으로 중앙에서 말을 타고 하루종일 달려야 변경에 이르는, 거대한 제국을 건설했다.

너희들이 이 제국을 지키고 싶다면 힘을 합쳐서 적에 대항하고 네 후손들에게 물려줄 유산을 위해 앞으로도 힘을 합쳐라. 너희들 중 한 명이 왕위를 물려받아야 한다.

자, 오고타이가 내 계승자가 될 것이다. 내가 죽은 후 이 결정을 존중하고 이 자리에 없는 차카타이가 문제를 일으키지 않도록 해라."라고 말했다.

그러나 칭기즈칸은 그렇게 쉽게 세상을 떠날 무사(武士)는 아니었다. 정복해야 할 땅은 많고 몽골의 숙적, 금나라가 호남의 견고한 수도를 근거로 여전히 몽골에 저항하는 중이었다.

칭기즈칸은 두 아들에게 마지막 정벌 계획의 개요를 설명하며 전략을 가르쳤다. 실제 그 군사정복은 칭기즈칸이 사망하고 6년이 지난 후에 성공적으로 치러졌다.

칭기즈칸은 병상에서도 마지막 서하 왕에 대한 복수를 계획했다. 그것은 집착이었다.

서하의 성벽을 무너뜨린 칭기즈칸은 아들과 지휘관에게 서하의 남녀노소를 모두 몰살하라고 지시했다. 칭기즈칸은 서하인의 시체를 자신에게 희생으로 바치라고 요구했다. "내가 마지막 한 사람까지 죽였다! 칸이 그들의 종족을 말살했다! 라고 선언하라." 그리고 실제로 그렇게 되었다.

칭기즈칸이 친절하게 대하고 고맙게 여긴 단 한 사람은 말에서 떨어진 그를 걸을 수 있게 부축하고 운이 나쁜 원정을 그만두라고 충고한 유일한 사람 톨룬 체르비였다.

"사냥터에서 낙마한 사건 이후에 내게 관심을 가지고 제때에 적절한 조치를 취해준 사람이 바로 당신이오. 난 당신 말을 듣지 않고 독설을 퍼붓는 서하를 정벌하였소. 서하의 모든 왕들이 '움직이는 궁정'과 금은식기들을 가져왔다오. 자, 가지시오. 그대에게 주리다!"

그럼에도 불구하고 칭기즈칸은 세상을 뜨기 어려웠다. 생의 마지막 몇 시간, 칭기즈칸은 감상적인 기분으로 인생과 자신이 이룬 업적을 되돌아보았다.

"내 후손들은 금실로 수놓은 옷을 입고 가장 맛있는 고기를 먹을 것이며 좋은 말을 타고 어여쁜 여인들을 껴안을 테지. 그러면서도 누가 그렇게 해주었는지는 모를 거야……."

칭기즈칸은 1227년 8월 28일에 죽었고 간쑤성〔甘肅省〕 동부에 있는 삼목, 소나무, 낙엽송이 울창한 숲속에 묻혔다. 장소는 고대 몽골인들이 신성하게 여기는 부르칸과 콸둔 산의 측면으로 칭기즈칸이 직접 지정한 곳이었다.

칭기즈칸의 마지막 가는 길은 그가 생전에 군대를 이끌고 원정할 때처럼 무시무시했다. 칭기즈칸의 장례 행렬이 지나가는 곳마다 죽음이 따랐다. 그의 호위병들은 만나는 이방인들을 모두 죽였다. 소와 말도 예외는 아니었다. 그것은 알타이족의 오랜 관습이었다. 호위병들은 사람들과 동물들을 죽일 때마다 외쳤다.

"내세에 가서 우리의 왕, 칸을 섬겨라!"

칭기즈칸의 마지막 여행은 몽골문학에서 가장 훌륭하다고 일컫

어지는 시의 주제가 되었다. 슬퍼하는 군대 속에서 몽골의 한 장군
은 "왕이시여, 매처럼 솟아서 가셨습니까?"라고 말했다.

그러나 왕은 갔고 세월이 지난 후 제국도 사라졌다. 몽골 이전과
이후에 명멸한 수많은 제국처럼 몽골도 먼지에서 먼지로 돌아갔다.

▪ ▪ ▪

**Chingiz Khan**[1162-1227] | 몽골제국 창시자. 이름은 테무친. 몽골 오넌강 상류지방 출생. 출생년
도는 1155년, 1162년, 1167년 등 3가지 설이 있다. 몽골 명문 칸씨 출신으로, 아버지 예수게이
가 타타르부족 사람에게 독살되자, 케레이트 부족의 완칸과 자무카의 원조로 세력을 길렀다.
1189년 무렵 몽골씨족연합의 맹주로 추대되어 칭기즈칸이라는 칭호를 받게 되었다. 이후 서하
를 침공하고, 1211년 이후 몽골족의 원수 금(金)을 토벌, 그 수도인 중도(지금의 北京)에 입성했
다(1215). 1219년에는 이슬람세계의 패자 호라즘국의 왕 무하마드를 카스피해상의 섬으로 내
몰아 굶어 죽게 했다(1220). 또 카프카스산맥을 넘어 남러시아로 출동, 러시아 각지의 연합군을
무찌르고(1223), 크림을 정복했다. 그는 정복한 땅을 아들들에게 나누어 주어 후일 4한국(汗國)
의 기초가 되게 했다. 20여 년에 걸친 몽골군의 침략은 유럽·아시아 각지를 공포에 몰아넣었
다. 아들들에게 위구르문자를 배우게 했고, 이 문자를 바탕으로 몽골문자와 만주문자가 만들어
졌다. 1206년에 법전을 만들었고 몽골법과 통치방식은 초기 러시아 제도에 중대한 영향을 미쳤
다. 사인(死因)에 대해서는 서하를 응징하려다 말에서 떨어져 부상하여 중국 육반산 남쪽 땅에
서 죽었다는 설, 간쑤성[甘肅省] 칭수이현[淸水縣] 시장강[西江] 부근에서 병사했다는 설 등
여러 가지가 있다.

조지 워싱턴 George Washington

# "나는 지금 간다.
# 나를 잘 묻어주게…"

조지 워싱턴은 병을 짧게 앓은 후에 죽었다. 워싱턴은 병이 나자 자신이 죽어간다는 것을 빠르게 깨닫고 다가오는 죽음을 냉정하고 철학적으로 받아들였다.

1799년 12월 12일 아침, 워싱턴은 말을 타고 넓은 농장으로 나갔다. 그는 습관대로 가축 우리와 나무, 그리고 토지의 상태를 살폈다. 그렇게 밖에서 다섯 시간을 보냈다.

그날은 눈이 왔고 긴 코트로 감쌌지만 집으로 돌아온 워싱턴의 머리에는 물기가 묻어 있었다. 겉으로 보기엔 전처럼 원기 왕성해 보였다.

다음날에 되자 날씨가 더욱 추워졌고 전날 밤부터 시작된 눈발이 그치지 않고 계속되었다. 워싱턴은 목에 따가움을 느꼈다. 워싱턴은 그날 집에서 쉬었어야 했다. 그러나 컨디션이 그다지 나쁘지 않았으므로 밖에 나가서 자를 나무를 표시하기로 했다.

그날 일을 끝내고 집에 돌아온 워싱턴의 목은 더욱 거칠어졌다. 그는 목에 도움이 될 것을 먹으라는 권고를 받았지만 감기는 저절로 낫게 내버려두는 것이 상책이라고 말했다.

그러나 감기는 고열로 이어졌다. 워싱턴은 새벽 3시, 아내를 깨워 몸이 아프다고 말했다. 숨을 쉴 수가 없고 거의 말도 하지 못하는 상태였다. 워싱턴 부인은 남편의 측근인 토비어스 리어를 불러서 그의 상태를 설명했다. 워싱턴은 목에 좋다고 가져온 당밀, 식초, 버터를 섞은 것을 삼키지 못했다. 오히려 경련만 일어났다.

농장 감독 로울린이 워싱턴의 피를 봐야 하는, 즐겁지 않은 역할을 떠맡게 되었다. 워싱턴은 로울린에게 두려워하지 말라고 위로했다. 살을 쨀 부위에서 피가 줄줄 흘렀다.

그러나 워싱턴은 "구멍이 작아."라면서 로울린에게 더 크게 째도록 했다.

워싱턴의 상태는 좋아지지 않았다. 그는 탄산암모니아수에 적신 헝겊을 목에 두르고 따뜻한 물에 발을 담갔다.

아침 8시가 지났지만 병세는 호전되지 않았다. 워싱턴은 일어나기로 결정하고 옷을 입었다. 9시경, 두 명의 의사가 도착해서 워싱턴의 병명을 '화농성 편도선염'이라고 진단했다. 의사들은 염증을 가라앉히기 위해 워싱턴의 목에 발포제를 발랐다.

두 번째 출혈이 있었다. 워싱턴은 간신히 끓인 식초물을 들이마셨지만 목을 가시지는 못했다. 다시 실비아잎을 달인 물과 식초를 섞은 액체로 목을 가시려고 했지만 거의 질식사할 뻔했다.

오후 3시에 온 의사는 당시 보편적인 치료법인 방혈을 추천했다. 염화제1수은과 주석도 처방되었다. 워싱턴은 숨을 쉬기가 곤란했다. 그는 몇 시인가를 반복해서 물었다. 침대에 누운 워싱턴은 돌아눕는데도 다른 사람의 부축을 받을 정도로 나빠졌다.

마침내 워싱턴은 아내에게 오래 전에 작성해놓은 유서를 가져오라고 했다. 그는 예전에 작성한 두 통의 유서를 아내에게 넘겨주면서 한 통은 불에 태우고 다른 것은 보관하라고 일렀다.

그의 최측근인 리어가 항상 워싱턴의 침상을 지켰다. 워싱턴은 그에게 "나는 이제 떠나네. 숨을 오래 쉴 수가 없어. 난 병에 걸린 첫날부터 내가 죽을 것이라는 걸 알았어. 내 최근의 군사 문서와 편지들을 정리해주게. 회계와 책들도 처리해주고. 자네가 누구보다 잘 알 테니……."

그것은 감정이 아니라 현실이었다. 죽음에 대한 두려움이나 과거와 미래에 대한 걱정도 아니었다.

오후 늦게 워싱턴은 부축을 받아 의자에 기대앉았다. 의사들이 그의 옆에 섰다. 워싱턴은 긴장된 소리로 의사들에게 말했다.

"난 내가 죽는다는 걸 알아요. 나를 위해 수고한 것에 감사하오. 그러나 더 이상 나한테 애쓰지 말고 날 조용히 떠나게 내버려두시오. 오래가지는 못할 것이오."

워싱턴은 슬퍼하거나 안절부절하지 않고 자신의 최후를 받아들였다. 의사들은 방을 나갔다. 리어는 워싱턴을 침대에 눕혔다.

마지막 시간이 흘렀다. 의술은 그를 구하지 못했다. 그러나 의사들은 포기하지 않았다. 그들은 다시 발포고약을 워싱턴의 다리에 붙이고 부드러운 밀기울 습포를 목에다 댔다. 그러나 좋은 결과는 보이지 않았다.

워싱턴은 리어의 도움을 받아 자세를 바꾸었다. 한숨이나 불평하는 말은 새어나오지 않았다.

10시경, 리어는 워싱턴이 말을 하려는 걸 알고는 잘 듣기 위해 그에게 바싹 몸을 기울였다.

워싱턴은 말을 약간 더듬었다.

"나는 이제 가네. 잘 묻어주고 죽은 후 이틀이 지나기 전에는 관에 넣지 말게."

두 마디였다. 리어는 울음을 참느라고 고개를 끄덕였다. 위싱턴은 리어를 보며 말했다.

"내 말을 알아듣겠나?"

"네, 장군님."

리어의 대답을 들은 워싱턴은 "좋아."라는 한 마디를 더했다.

워싱턴 부인은 침대맡을 떠나지 않았다. 10시가 조금 지난 무렵 워싱턴의 숨이 느려졌다. 리어는 여전히 조용히 누워 있는 워싱턴의 손을 붙들고 있었다. 그때 워싱턴은 리어에게서 손을 빼더니 손가락으로 다른 손의 맥박을 재는 자세를 취했다. 그리고 곧 그의 모습이 변했다.

자신의 손목을 잡았던 손가락이 힘없이 떨어져내렸다. 의사는 워싱턴의 눈앞에서 손을 천천히 좌우로 흔들었다. 워싱턴의 눈에는 깜빡임이 전혀 없었다. '마치 모든 것이 자기 명령을 들을 준비가 된 것을 아는 것처럼 워싱턴은 죽음으로 후퇴했다.'

그야말로 극기의 훌륭한 본보기였다.

**George Washington**1732-1799 | 미국 초대 대통령(1789~1797). 버지니아 식민지 웨스트모어 랜드 출생. '건국의 아버지'라고 일컬어진다. 1759년에 부유한 미망인 커스티스와 결혼하여 농원경영을 확대시키는 동시에 1774년까지 버지니아대의회 의원을 지내는 등 전형적인 부농의 길을 걸었다. 1774년 대륙회의가 개최되자 버지니아 대표가 되었고, 이듬해 영국 본국과의 무력충돌이 일어나자 13개 식민지 전체의 대륙군 총사령관으로 추대되었다. 그때부터 약 10년 동안 규율도 없고 장비 보급도 빈약한 농민병을 훈련시키며 유럽에서 제일 강한 영국 정규병, 독일인 용병과 싸웠다. 1777년 말부터 반년 동안 계속된 밸리포지에서의 굶주림과 추위 속의 야영생활에서 독립전쟁의 고난을 체험했다. 1778년 프랑스와의 동맹이 성사된 뒤 주 전장터가 된 남부에서 게릴라전이 활발히 전개되었고, 1781년 콘월리스군(軍)을 요크타운에서 포위하여 이들을 항복시킴으로써 사실상 독립전쟁에 종지부를 찍었다. 다시 농원생활로 돌아갔으나 1787년 필라델피아 연방헌법제정회의 의장으로 추대되어 강력한 중앙정부의 수립에 공헌했다. 1789년에는 만장일치로 미국 초대 대통령으로 선출되었고, 1792년에 재선되었다. 대통령 3선의 폐해를 고려하여 1796년 은퇴를 결심하고 유명한 '고별사'를 발표했다.

마호메트 Mahomet

# "내 사명을 완수했는가?"

예언자 마호메트의 탄생일은 알 수가 없다. 그가 622년 메카에서 메디나로 이주했고 632년에 사망했다는 사실만 알려져 있다.

마호메트는 570년에 쿠라이시 부족에서 출생한 것으로 보인다. 선견지명을 얻은 그는 40세의 돈 많은 과부 하디자와 결혼했고 메카와 전쟁을 벌였다. 결국 메카는 630년에 전쟁을 치르지 않고 마호메트의 손에 들어왔다. 어떤 역사가는 마호메트가 메카를 획득한 것을 '인류에게 영광을 가져온 사건'이라고 적었다.

예언자 마호메트는 한번의 전쟁 없이 메카에 입성, 카바 신전(이슬람 본산의 본체인 검은 운석이 안치되어 있는 성전)에 있는 우상을 파괴

했다. 그는 "진리가 왔다. 거짓은 멸했다."라고 선언한 후에 메디나로 귀환했다.

632년 마호메트는 9만 명의 순례자를 이끌고 다시 메카로 가서 제사를 지냈고 그 내용은 점차 이슬람교의 의식으로 정착되었다.

제사의 내용은 이브람이라는 소박한 순례복 입기, 금기의 상태에 들기, 두 차례 다른 속도로 아브라함의 카바 신전 주변을 일곱 번 돌기, 검은 돌 숭배, 하가르(아브라함의 아내)와 이스마일(아브라함과 하가르 사이에 태어난 아들)을 추념하며 알사파 산과 알마르와 산 사이를 뛰기, 아라파트 산 아래에 서기, 아라파트 산에서 설교 듣기, 밤중에 무즈달리파로 하산하기, 악마라고 불리는 세 개의 기둥에 돌 던지기, 양과 낙타의 희생, 머리칼과 손톱을 자르며 금기를 중단하는 것 등이었다. 이는 고별순례(이 순례를 마치고 돌아온 뒤 마호메트가 병이 들어 죽었기 때문에 그렇게 부른다)가 되었다.

마호메트는 아라파트 산상에서 설교했다. 그는 아랍인들에게 자기가 죽은 후 이슬람교로 단결하도록 당부하고 결혼한 부부의 상호 권리와 의무, 고리대금의 폐지, 피의 복수를 설파하는 한편 일년을 음력 열두 달로 정할 것을 선언했다.

또한 서로 친절하게 지내고 아내에게 따뜻하게 대하며 신에 대한 믿음을 지키라고 일렀다. 그는 마치 인생의 남은 시간을 알고 있는 사람처럼 긴박감을 가지고 중요한 말을 거기에서 다하고 싶어했다.

"무슬림들이여, 모든 무슬림이 형제라는 걸 기억하라. 그대들은 하나이니라."

신도들은 주의를 기울여 마호메트의 말을 들었다. 마호메트는 신도들과 보낸 시간과 그들을 이끈 신의 역사를 회상했다. 마호메트는 두 팔을 들어올리고 말했다.

"오, 신이여. 신의 말씀을 모두 전하고 제 사명을 끝냈습니다."

그리곤 모인 사람들을 바라보며 이야기를 계속했다.

"나는 오늘 그대들의 종교를 완벽하게 하였다. 그대들에게 내 은총을 주었다. 나는 그대들이 믿는 종교가 이슬람교라는 것을 기쁘게 여긴다."

그때 하늘에서 천둥이 우르르 울렸고 수천 명 신도의 입에서 그를 찬양하는 대답이 나왔다.

마호메트는 순례자 일행을 벗어나 혼자 아내 하디자가 누워 있는 묘지를 찾았다. 마호메트는 그녀가 자기를 부르는 소리가 종전보다 더욱 크게 들리는 것을 느꼈다.

조강지처인 하디자는 마호메트의 첫 신도이자 그의 대계획을 지지한 동지였다. 이제 생의 마지막 시간이 다가오는 것을 깨달은 마호메트는 마지막으로 그녀를 찾아가 기도를 하고 싶었던 것이다.

마호메트는 낡은 회색 담요로 몸을 감싸고 하디자의 무덤 옆에서 지난날을 회상하며 밤을 지샜다.

다음날, 잠을 깬 마호메트는 순례단과 합류하여 기도를 올리고 식사를 마친 후 메디나를 향해 길을 떠났다.

그에게는 아직 한가지 일이 남았다. 신도들을 이끌고 시리아에 있는 로마군과 싸워야 했다. 마호메트는 양아들 자이드의 21세 된

아들 오사마와 어릴 때부터 자신을 돌보아온 노예 바라카에게 그 임무를 맡겼다. 그는 비잔틴 사람들이 평화를 누려야 한다고 생각했고 그 일이 반드시 달성될 수 있다고 믿었다. 마호메트는 원정의 성공적인 결과를 확신했고 평화가 자기 편이라고 여겼다.

군대가 시리아로 떠난 다음날 아침, 눈을 뜬 마호메트는 몸이 심상치 않음을 깨달았다. 그는 기도를 올렸지만 사원에서 비틀거리고 말았다. 그 소식을 들은 아내 훼티나가 달려왔으나 마호메트는 걱정하지 말라고 말했다.

병이 들자 마호메트는 살아 있는 아내 중에서 가장 총애하는 아이샤의 집을 찾아갔다. 열은 높았지만 그의 정신은 맑았다. 열을 내리려고 마호메트의 이마에 찬 수건이 올려졌다. 물과 쥬스도 먹었지만 병세는 호전되지 않았다.

발병 4일째, 마호메트는 사원에 가서 기도하고 모인 사람들에게 설교를 했다. 목소리는 약했지만 정신은 여전히 총총했다. 그러나 그의 마지막 말은 겸손함이 엿보였고 너무 부드러워서 마치 속삭이는 것처럼 들렸다.

"신께서 이 종에게 이승과 신이 계신 저승 중에서 선택하라고 하셨는데 나는 신이 가까이 계신 저쪽을 택했습니다."

옆에 서 있던 친구 아부 바크르가 그 말을 듣고 눈물을 흘렸다. 마호메트는 아부에게 미소를 지어보이고 그를 칭송했다.

마호메트는 아직 사원에 남아 있는 사람들에게 자신이 너무 허약해져서 다음날 기도를 아부 바크르에게 맡길 것이라고 발표했다.

그리고는 아이샤의 집으로 돌아가 쉬었다.

다음날은 서기 632년 6월 8일이었다. 예배는 아부 바크르가 맡아서 진행했다. 마호메트는 사원에 기도를 드리러 갈 만큼 몸이 좋아졌다. 말은 할 수 있지만 목소리는 힘이 하나도 없었다. 기도를 마친 그는 아이샤의 집으로 돌아갔고 그녀는 극진히 간호를 했다.

열은 점점 올라갔다. 마호메트는 헛소리를 했다. 그 소리를 들은 사람들은 마호메트가 벌써 신과 천사의 앞에 있는 것처럼 느꼈다.

갑자기 마호메트의 얼굴에 황홀한 표정이 감돌았다. 그의 몸은 큰 싸움을 끝낸 것처럼 긴장이 풀어졌다. 얼굴 가득히 온화한 미소가 퍼졌다. 마침내 끝이 난 것이다. 그 고요함은 곧 알라신의 목소리였다.

■ ■ ■

**Mahomet**<sup>570?-632</sup> | 이슬람교의 창시자. 원명은 Muhammad이다. 570년경 메카의 쿠라이시족의 하심가(家)에서 태어나, 어려서 부모를 여의고 숙부에게 양육되었다. 부유한 미망인 하디자와 결혼하는데 이때 마호메트는 25세, 하디자는 40세였다. 메카 교외의 히라산 동굴에서 기도와 명상에 잠기는 생활을 하던 610년 어느 날 밤, 갑자기 천사 지부릴(가브리엘)이 나타나서 신의 계시를 받았다. 그는 자신이 예언자라는 것을 스스로 깨닫고 주위 사람들에게 가르침을 설교했지만 박해를 받고 615년 연안 건너 아비시니아(에티오피아)로 약 80명의 신도를 피신시켰다. 그의 선교활동은 박해로 무너지는 것처럼 보였다. 그러나 620년 메카를 방문한 이교도인 야스리브(지금의 메디나)인들이 그를 추대하게 되었고, 그는 622년 9월, 70여 명의 신도들과 함께 비밀리에 메카를 탈출하여 메디나에 도착했다. 이것을 히즈라(聖遷)라고 부르며, 후에 이 해를 이슬람력(曆)의 원년으로 삼았다. 그후 종교 지도자로서는 물론 뛰어난 정치적 지도자로서의 능력을 요구받고, 630년 메카로 군대를 진격시켜 무혈정복에 성공했으며 카바신전에 있는 모든 우상들을 제거했다. 632년 메카 순례를 끝내고 메디나에 돌아가서 얼마 후 세상을 떠났다.

빅토르 위고 Victor Hugo

## "그것은 낮과 밤의 전투이다!"

빅토르 위고(1802–1885)가 83세의 나이로 죽었을 때 그는 이미 전설적인 인물이 되었다. 사람들은 그를 존경했다.

1881년, 도데 부인은 저녁식사중인 위고를 목격하고 '나이가 들고 다소 외로워 보이며 귀가 약간 먼 그 거장은 신의 침묵 속에 싸여 있었다. 천재의 명한 그 순간은 거의 불멸의 경지였다.'라고 적었다.

위고는 세련된 예의를 갖춘 늙은 석수장이와 같았다. 그는 죽음이 온다는 걸 알고 기꺼이 죽음과 만날 생각이었다.

한번은 젊은 독자와 길을 걷다가 발을 멈추고 외쳤다.

"이 얼마나 아름다운가! 그대는 이 모든 것을 오랫동안 보겠지. 그러나 나는 곧 이보다 장엄한 광경을 보게 될 거야. 나는 늙었고 죽을 테니까. 신을 만나겠지. 신을 만나고 말을 하겠지. 이 얼마나 멋진 일인가! 무엇이라고 말을 할까? 나는 가끔씩 그걸 생각한다네. 난 모든 준비가 되었어."

나중에 위고는 '현세의 눈은 감겠지만 내 영적인 눈은 전보다 더 크게 영원히 뜰 것이다!'라고 적었다.

1882년 2월 26일, 그를 흠모하는 사람들이 모세의 동상을 선물했다. 위고는 "사랑하는 친구 여러분, 여러분의 선물을 고맙게 받겠습니다. 나는 가장 위대한 선물을 기다리고 있습니다. 그것은 위대하며 영원한 선물, 죽음입니다. 나는 경건한 마음으로 기다리고 있습니다."라고 답사했다.

위고에게 죽음은 소멸이 아니라 새로운 삶의 시작이었다. 누가 이 세상 후에는 영혼도 끝난다고 말하자 "당신의 영혼은 그렇겠지만 내 영혼은 영원합니다."라고 대꾸했다. 위고는 너무 확고하게 믿었기 때문에 논쟁의 여지가 없었다.

그는 나이나 시간의 흔적을 감추지 않았다. 의사가 그만두라고 권고할 때까지 매일 아침 냉수욕을 계속했다. 외투가 불필요한 짐이라면서 한번도 입지 않았다. 우산을 드는 적도 없었다. 그는 차장이 알아볼 때까지 오랫동안 승합마차의 윗칸에 승차해 앉기를 즐겼다.

그리고나서 위고의 아내가 죽었고 그의 생의 반쪽도 죽었다. 그녀는 위고와 50년을 함께 살면서 서로 신뢰감이 깊었다.

1881년에 위고는 그녀에게 편지를 썼다. '나는 아름답고 우아하며 진정 이 시대의 여성인 당신을 자유롭게 소유했소. 내 사랑, 당신이 있어 세상은 더욱 아름답소. 당신을 사랑하오. 당신은 내 것이오. 당신을 연모하오. 당신에게 축복을 보내오!' 그것이 위고의 열정이었다. 그것은 아내와의 완전한 일체였다.

그의 말을 빌리면 '당신이 없이는, 당신을 떠나서는 나는 아무것도 알지 못하오. 당신의 생이 나의 생이고 당신의 영원불멸이 나의 영원불멸이기를 바라오.'였다.

1883년 8월 2일, 위고는 유서에 추가사항을 넣었다. '내 돈 5천 프랑을 가난한 사람들에게 주시오. 그들의 장의마차에 실려 묘지로 가고 싶소. 모든 교회의 기도를 거부하오. 오직 각 개인의 기도를 바라오. 나는 신을 믿는다!'

위고는 교회를 믿지 않았지만 확고하게 신을 믿었다.

그해 9월 한 목사가 위고를 찾아왔다. 그들은 종교에 대해 이야기를 나누었다.

위고는 목사에게 "나는 신과 인간의 영혼을 굳게 믿습니다. 그래요. 나는 내 영혼의 모든 것을 걸고 신을 믿습니다. 이 세상에 쓸모 없는 것은 하나도 없지만 모든 것을 다루는 신성한 생각이 없다면 이 세상은 쓸모없게 될 것입니다."라고 말했다.

목사 일행은 떠나면서 만수무강하라고 인사를 올렸다. 그러자 위고는 "아, 나는 이미 오래 살았습니다. 벌써 여든 살이 지났거든요. 그러나 젊었을 때 이후 한번도 신념이 흔들린 적이 없으니 확신을 가지고 신의 앞에 나갈 때를 기다리고 있답니다."라고 대답했다.

몇 주일이 흘렀다. 수많은 영예가 위고에게 쏟아졌다. 그 모든 것을 경험한 위고에게는 큰 의미가 없었다. 그는 시간을, 죽음의 신을 기다렸다.

아내가 죽은 후 한달이 지났을 때 위고는 다음과 같이 적었다. '사랑하는 사람, 곧 당신 곁으로 가겠소.'

그가 바라는 단 한가지는 영원의 침묵 속에 그녀와 합치는 것이었다.

1885년 위고의 83세 생일을 축하하는 잔치가 파리 콘티넨탈 호텔에서 열렸다. 그러나 그는 지친 노인이었다. 견디기 어려웠다. 그는 돌아가겠다고 양해를 구하고 집을 향해 떠나면서 주최자의 손을 잡고 사과하듯 말했다.

"이런 잔치에 참석하기에는 너무 늙었소."

1885년 5월 15일 금요일, 그는 심장장애와 폐출혈로 고통을 겪었다. 침대에 누운 위고는 마지막까지 일어나지 못했다.

5월 22일, 그는 손자들을 불렀다. 아침 6시, 그는 침대 밑에 묻었던 손을 빼어 천천히 입을 맞추었다. 그러나 눈은 마치 내세의 비밀을 혼자 알고 있는 것처럼 웃고 있었다. 햇살이 창문을 비집고 들어왔다. 모든 것이 평화로웠다.

아침 7시경, 고통이 시작되었다. 그는 "자, 이제 낮과 밤의 싸움이다!"라는 시구를 중얼거렸다.

그는 평온해 보였다. 눈은 한곳에 고정되고 고통의 흔적은 없었다. 그러나 죽어가는 가르륵 소리는 크게 들렸다. 자갈 위에 밀리는 바다 소리 같던 그 소리는 점점 희미해지더니 드디어 멈추었다. 정오를 넘긴 오후 1시 27분이었다.

소문이 퍼지고 위고가 사는 길목에는 적어도 5천 명이 소식을 기다리며 대기하고 있었다. 그 사이로 슬픔이 조용하게 퍼져나갔다. 그리고 장례식은 불멸을 축하하는 의식이 되었다.

■ ■ ■

**Victor Hugo**[1802-1885] | 프랑스 시인, 소설가, 극작가. 브장송 출생. 일찍이 문학에 열중하여 1819년 아카데미콩쿠르에서 1등상을 받았으며, 처녀시집 〈오드와 잡영집,1822〉을 출판하여 시인으로 데뷔했다. 1822년 10월 아델 푸셰와 결혼했다. 1831년 〈노트르담의 꼽추〉가 출간되어 대성을 거두었으나 1843년의 대서사시적 연극 〈성주(城主)들〉의 실패를 마지막으로 극작에서 멀어졌다. 같은 해 장녀와 사위가 익사하는 충격으로 이후 10년간은 정치에 전념하게 되었다. 그러나 나폴레옹이 제정수립을 위한 쿠데타를 일으키자 이를 반대하다가 국외로 추방되어, 19년의 망명생활을 했다. 최고 걸작 시집 〈정관시집, 1856〉, 인류 진보의 사상을 표명한 서사시 〈여러 세기의 전설, 1859〉 제1집과 〈거리와 숲의 노래, 1865〉를 냈으며, 그의 이름을 시대와 국경을 넘어서 유명하게 한 장편소설 〈레 미제라블, 1862〉도 이때 완성되었다. 〈노트르담의 꼽추〉와 함께 3부작을 이룬 〈바다에서 일하는 사람들, 1866〉은 건지섬에서 소재를 얻었다. 1881년 위고의 80회 생일을 맞아, 파리시민은 축하행렬로써 그의 장수를 축하했다. 그러나 막내딸 아델과 평생의 애인이었으며 충실한 조수이기도 했던 줄리에트도 먼저 세상을 떠났으며(1883), 1885년 5월 22일에는 위고에게도 죽음이 찾아왔다.

엘리자베스 여왕Queen Elizabeth

# "나를 계승할 자는
# 오직 왕이어야 한다…"

영국을 위대한 나라로 만든 엘리자베스 여왕(1533-1603)은 70세에 죽었다. 그는 끝까지 권력과 권위를 잃지 않았다.

생의 말년 엘리자베스의 업적은 눈부셨다. 영국은 경제적 암흑기를 벗어났고 엘리자베스도 그것을 알고 있었다. 그녀는 모든 것을 장악했다.

세실 경의 말처럼 '그가 부인하면 왕국의 누구도 여섯 단어 이상을 써서 주장할 수 없었다.'

엘리자베스는 단호하고 현명하게 나라를 통치했다.

"나는 언제나 내 눈앞에 마지막 심판이 벌어지고 내가 최고 심판관 앞에서 답변을 하는 것처럼 그렇게 통치했다."

한번은 왕이 '영예의 칭호'가 아니며 "왕이 되어 왕관을 쓰는 것은 왕관을 쓰는 즐거움보다 왕관을 보는 것이 더 영광스러운 일이다. 내 경우를 말하라면, 나는 영예로운 여왕의 권한에 끌린 것이 아니고 신의 진리와 영광을 지키는 도구가 된 것이 기뻤다……"라고 말했다.

엘리자베스는 자신을 여자로 여기고 모든 것을 자신이 아닌 신이 하는 일로 파악했다. 엘리자베스는 모든 기독교 국가에서 대단한 인물로 평가되었다. 예지와 총명함을 가진 여성이며 정치적, 군사적 승리를 거둔 정치가로 보았다. 한 서정시인은 엘리자베스를 '위대한 사자'라고 노래했다.

그녀는 건강했고 종종 심한 운동을 했다. 아파서 일을 하지 못하는 경우는 드물었다. 동시에 죽음도 두려워하지 않았다. 그녀는 자신의 존재가 끝난 후에 어떤 일이 일어날지에 대해 무관심했다. 자신의 역할을 다했으니 다른 쪽은 그 역할을 맡은 이의 몫이라고 여겼다.

그러나 엘리자베스도 나이는 속일 수 없었다. 한번 천연두에 걸렸지만 살아남은 그녀였다. 다리에 궤양이 생겨서 절뚝거리며 걸은 적도 있었다. 그러나 여왕은 훌륭한 의사들을 이용할 수 있는 지위임에도 불구하고 의사의 진료를 마다했다. 엘리자베스는 어떤 종류든지 약을 먹는 걸 평생토록 싫어했다. 그녀의 아버지 헨리 8세처럼 신체의 원상 회복력이 뛰어났다.

영국에는 문제가 많이 발생했다. 에섹스가 반란을 일으켰고 그는 사형이 집행되었다. 여왕은 그 문제에 더 이상 신경을 쓰지 않았다. 엘리자베스는 과거에 쓸 시간이 없었다. 미래를 보아야 했다.

1602년은 엘리자베스가 통치한 마지막 해였다. 그녀는 아주 만족했고 건강도 좋았다.

한번은 결혼 피로연에서 즐겁게 춤을 추는 모습을 보였고 또다른 경우에는 춤추고 노래하며 시녀들과 놀았다.

나이 69세인 1602년 초, 엘리자베스는 오르시 공작을 영접하면서 자신이 아직 늙지 않았다는 것을 보여주기 위해 그의 앞에서 신나게 춤을 추었다. 여왕은 음악과 춤을 즐겼고 어렸을 때는 아주 춤을 잘 추었다고 시종들에게 털어놓았다.

엘리자베스는 가끔씩은 개인 거처에서 혼자 춤을 추기도 했다. 1602년 말에도 여왕은 10마일 가량 승마를 즐긴 후에 곧바로 사냥을 나갈 만큼 건강했다. 69세의 여성으로서 놀라운 일이 아닐 수 없었다. 9월 26일 여왕이 정원을 걷는 것을 본 스테틴 공작은 엘리자베스가 "18세 소녀처럼 빠르게 걸었다."고 말했다.

세월은 흘렀다. 1602년 가을에 여왕을 만난 사람들은 그녀가 서서히 건강을 잃어간다는 걸 눈치챘다. 10월, 문안을 간 신하들은 여왕에게 자신의 직책을 설명해야 했다. 기울어가는 것은 권위가 아니라 여왕의 기력이었다.

그럼에도 그녀는 여전히 활동적이었다. 1603년 1월 1일, 엘리자베스는 화이트홀에서 공연되는 연극을 관람했다. 1월 말, 리치몬드를 향해 떠난 여왕은 도중에 옛친구와 저녁식사를 하기 위해 멈추었다.

그러나 건강이 문제를 일으켰다. 병은 한 가지가 아니라 여러 가지였다. 여왕은 불면증과 류머티즘으로 고생했고 고통도 느꼈다. 여왕은 베네치아 대사를 맞이하면서 유창하게 이탈리아어를 구사했다. "말을 제대로 하는지 모르겠군요. 어릴 때 배웠고 아직 잊지는 않았지만……."

1603년 2월 말이 되자 엘리자베스는 죽음이 가까이 온다는 사실을 감지했다. 그녀는 점점 소극적으로 변해갔다. 여왕이 총애하는 로버트 캐리가 방문하여 건강을 기원하자 엘리자베스는 그의 손을 꽉 붙들고 말했다.

"아니오, 로빈. 나는 건강이 좋지 않아요."

여왕은 정말 우울한 상태에 있는 듯이 보였다.

엘리자베스는 보름 동안 아픈 채 조용히 지냈다. 점점 초조해했고 뱃속이 타는 듯이 아프다고 불평하면서 갈증이 심해서 무엇인가를 계속 마셨다.

엘리자베스는 의사들과 조언자들이 집요하게 요구를 해도 약을 거부했다. 엘리자베스는 자신의 기력과 체질은 자신이 더 잘 알고 있고 사람들이 생각하는 것처럼 자신의 건강이 위험하지 않다고 말했다.

여왕은 침대에 누우라고 강권하는 신하들에게 화를 내며 "해야만 한다"라는 말은 왕에게 쓰지 않는 단어라고 일렀다.

여왕은 노팅검 경에게 "아, 내 목에는 쇠로 만든 사슬이 걸려 있어. 나는 매어 있어. 나는 매였고 그것이 나를 변하게 했어."라고 호소했다.

회복이 되는 듯이 보였던 그녀의 병세는 다시 나빠졌다. 기관지염이나 폐렴으로 여겨지는 병은 점점 심해졌다.

엘리자베스는 몇 시간씩 침묵에 잠겨 있었고 입에 손가락을 넣은 채 눈을 뜨고 침대에 누워 있는 일도 목격되었다.

마침내 3월 21일에는 옷을 벗고 침대에 들라는 조언을 들어야 했다. 여왕은 수프를 먹어야 했고 점점 말을 못하게 되었다.

다음날 노팅검이 왼쪽에, 이거튼이 오른쪽에 그리고 세실이 발밑에서 지켜보는 가운데 엘리자베스는 스코트랜드의 제임스를 계승자로 암시했다.

"누가 나를 계승하겠는가? 오직 왕이어야 한다…… 스코트랜드의 내 조카가 아니면…… 누구이겠는가?"

다음날, 말을 할 수 없는 여왕은 자신이 의미하는 것을 강조하는 것처럼 왕관을 그려보였다.

여왕은 말을 하지 못하고 생각에 잠긴 채 이틀 동안 침대에 누워 있었다. 한 곳에 고정된 엘리자베스의 시선은 오랫동안 그대로였다. 여왕의 눈길에는 두려움이나 기억을 더듬는 흔적은 나타나지 않았다.

대주교가 기도를 드리러 오자 여왕은 마치 그러라는 듯이 그의 손을 잡아주었다.

3월 24일 오전 3시, 여왕은 평화롭게 눈을 감았다. 매닝검은 여왕의 죽음을 '양처럼 순하게 나무에서 떨어지는 잘 익은 사과처럼 쉽게'라고 적었다.

그날 밤, 밖에는 비가 억수로 퍼부었다.

▪ ▪ ▪

**Queen Elizabeth**[1533-1603] | 영국 튜더왕조 제5대 여왕(1558~1603). 그리니치 출생. 헨리 8세와 두 번째 부인 앤 불린 사이에서 태어났다. 1563년 '39개조'를 제정·공포하여 국교회의 교의적(敎義的) 입장을 밝혔다. 프랑스와의 전쟁을 종결지었고, 내정면에서도 1560년 은화로 화폐를 바꾸고, 과감한 변혁을 억제하고 경제·사회적 안정을 꾀했다. 1560년대 말 이후는 체제 안정과 평화의 시기였으나 국교회에 대한 신구 양파의 갈등이 격화되었고, 외부적으로는 에스파냐의 위협이 커지고 있었으며 여왕의 후계자는 정해지지도 않은 상황이었다. 1588년 에스파냐의 무적함대 아르마다를 격퇴시켜 여왕의 명예는 크게 높아졌으나, 전쟁은 장기화되었으며 재정도 부족해졌다. 1603년 여왕의 죽음과 함께 튜더왕조도 끝났으며, 스코틀랜드의 메리 스튜어트의 아들 제임스 6세가 제임스 1세로 즉위함으로써 스튜어트왕조가 시작되었다. 엘리자베스는 통치를 할 때는 항상 의회의 협력을 구했으나, 대권 사항에 의회가 관여하는 것은 허용하지 않았다. 특히 민심을 장악하기 위해 힘썼으며, 잦은 순행도 그에 대한 일환이었다. 감정표현이 확실한 편이었고, 신하를 잘 다스렸다. 많은 구혼자들을 물리치고 평생 독신으로 지내면서 대권 유지에만 전념했다. 또한 학문을 좋아하는 여왕의 치세 아래 문학이 융성했는데, 이 시기는 셰익스피어가 활동했던 영국 르네상스의 전성기였다.

넬슨Horatio Nelson

## "이제 만족해. 내 의무를 마친 것을 신에게 감사드린다."

전쟁터에서 싸우다 최후를 마친 사람 중에서 넬슨처럼 상세한 기록이 남아 있는 경우는 극히 드물다.

1805년, 트라팔가 해전에서 전사한 넬슨은 47세의 나이에 영국 해군의 영웅으로 떠올랐다. 영국은 넬슨이 트라팔가 만에서 스페인과 프랑스 연합 함대를 패배시킴으로써 해상의 패권을 장악했다.

넬슨은 죽을 당시에 기함 '빅토리아' 호에 타고 있었다. 그는 뒷갑판을 걷다가 앞에서 날아온 포탄에 맞았다. 넬슨은 한쪽뿐인 왼팔로 자신의 몸을 받치면서 쓰러졌다. 많은 피가 흘렀다. 하디 함장이 달려와 걱정어린 말투로 물었다.

"제독님, 많이 다치셨습니까?"

"하디, 저들이 마침내 나를 잡았다."

넬슨은 고통을 참으며 말했다.

"그렇지 않을 겁니다."

하디는 무사하기를 바라며 말했다.

"아니다. 나는 척추에 파편을 맞았다."

넬슨은 빨리 부축을 받으며 의무실로 옮겨졌다. 들것에 실려 옮겨지는 동안 넬슨은 군인들이 자신을 알아보지 못하게 왼손으로 수건을 꺼내 자신의 얼굴을 덮었다. 그러나 소용이 없었다. 몇 명의 부상병들이 넬슨의 제복에 있는 문장으로 그를 알아보고 제독이 부상을 입은 것에 경악했다.

전투는 한창 진행중이었고 그 결과는 아무도 알 수가 없었다. 32 파운드 포가 굉음을 울리며 갑판에 떨어졌다. 부상병들의 신음소리와 뱃전에 부딪치는 파도소리 위로 화약 냄새와 불에 탄 살 냄새가 떠다녔다.

"누가 나를 옮기는가?" 넬슨이 물었다.

"제독님, 저희는 비티와 버크입니다."라는 대답이 이어졌다.

"아 비티, 그러나 자네는 아무것도 할 수 없네. 난 얼마 살지 못할 거야. 파편이 등을 관통했거든." 넬슨이 힘겹게 말했다.

의무관은 하디와 부관의 도움을 받으며 상처를 치료하기 위해 넬슨의 옷을 벗겼다.

넬슨은 의무관 스코트를 보더니 "의무관, 내가 말하지 않던가.

나는 죽을 거야."라고 말했다.

대참사의 현장에서 의사가 할 수 있는 일은 넬슨을 되도록 편안하게 해주는 것이었다.

부상병들이 계속 이송되어왔다. 갑판은 군인들이 흘린 피와 부러진 팔다리로 어지러워졌다. 넬슨은 하늘을 향한 채 매트리스에 누워 있었다. 포탄이 날아와 갑판에 맞았다. 그 바람에 배가 흔들리고 넬슨의 몸도 전율했다.

머리에 심하게 피를 흘리는 한 후보병이 운반되어 넬슨 옆에 눕혀졌다. 그는 너무 많은 피를 흘려서 치료를 하기 전에 우선 지혈이 필요했다.

그 와중에 넬슨의 당번병이 코트를 집어 가엾은 군인의 상처를 틀어막았다. 코트는 넬슨의 것이었다.

부관과 당번병은 넬슨의 주위를 돌았고 버크는 피가 돌도록 넬슨의 가슴을 마사지하면서 부채질을 계속했다. 넬슨은 피를 너무 흘려서 온몸이 백지장처럼 창백했다.

자신이 곧 죽을 것이라고 확신한 넬슨은 연인 해밀턴 부인을 떠올렸다. 넬슨은 "해밀턴 부인과 양녀 호라티아를 이 나라에 두고 떠나야만 해."라고 중얼거렸다.

그러는 동안에 비티는 넬슨의 가슴에 박힌 파편을 꺼내려고 수술 도구를 준비했다. 파편은 넬슨의 가슴 깊이 뚫고 들어가 척추에 박힌 듯했다.

넬슨은 "내 등을 관통했어."라는 말을 반복했다. 증상을 말해달라는 요청을 받고 넬슨은 자세하게 대답했다.

"피가 심장으로 분출하는 듯해. 하체에는 아무 감각이 없고…… 숨쉬기가 힘들고 숨쉴 때마다 등쪽에 심한 통증이 느껴져…… 파편이 등에 박힌 것이 분명해. 등이 부서지는 것 같았거든."

넬슨은 두꺼운 참나무 틀에 등을 기댄, 반은 앉고 반은 누운 자세였다. 그것이 넬슨에게 가장 편안한 자세였다.

32파운드 포가 요란한 소리를 내며 날아와 뱃전을 때렸다. 번쩍거리는 섬광이 벽에 무서운 그림자를 드리웠다. 의무관들은 부상병을 헤집으면서 치료에 열심이었다. 갑판 쪽에서 희미한 함성이 들렸다.

넬슨은 "왜 환호하는가?"라면서 궁금해했다.

"제독님, 적국의 배가 침몰했답니다." 라는 소리가 들렸다.

넬슨은 만족한 듯이 보였다. 그는 마실 것과 부채질을 해줄 사람을 원했다. 부하들은 넬슨에게 적군이 결정적인 패배를 당하는 중이며 살아서 승리의 기쁨을 누려야 한다고 말했다.

그러나 넬슨은 "버크, 내가 살아난다고 생각하는 것은 어리석어. 지금은 고통이 아주 심하지만 곧 끝나겠지."라고 대꾸했다. 절망하지 말라는 말을 들은 그는 "아 의무관, 곧 끝날 거야. 곧 끝난다구!"라고 덧붙였다.

전투는 한창 진행중이었다. 아직 의식이 있는 넬슨은 하디 함장을 불렀다.

"하디, 전황은 어떤가? 오늘 우리 측은 어땠지?"

"아주 좋습니다. 우리는 오늘 적군의 배를 무려 12척이나 14척가량 잡았습니다."

"하디, 우리 배는 한 척도 침몰하지 않았지?"

넬슨의 말에 하디는 "없습니다. 제독님, 걱정하지 않으셔도 됩니다."라고 보고했다.

"나는 이제 죽을 것이니, 하디. 나는 빨리 갈 거야. 곧 모든 것이 끝날 거야. 자, 가까이 오게."

하디는 넬슨의 말을 듣기 위해 몸을 굽혔다.

넬슨은 "사랑하는 해밀턴 부인이 내 머리칼과 모든 것을 갖도록 빌어주게."라고 말했다.

넬슨이 파편을 맞은 지 몇 시간이 흘렀다. 비티는 제독을 위해 무엇을 할 것인가를 알아보기 위해 넬슨에게 왔다.

넬슨은 "나에게 할 수 있는 일은 아무것도 없다"면서 다른 부상병을 먼저 돌보라고 말했다.

넬슨은 곧 움직일 힘과 가슴 아래의 모든 감각이 사라졌다고 털어놓았다. 그는 이제 모든 것이 끝났다는 것을 깨달았다. 비티는 "제독님, 나라를 위해 불행한 일이지만 제독님을 위해 아무것도 할 수가 없습니다."라고 솔직하게 말했다.

넬슨은 생각에 잠겨 혼잣말로 중얼거렸다. "내가 죽는다는 걸 알려주는 어떤 것이 심장에서 솟아오르는 게 느껴져." 그러더니 "아, 빅토리아, 빅토리아, 네가 내 나쁜 머리를 얼마나 혼란하게 했는지!"라고 중얼거렸다. 이어 "삶이 사람에게 얼마나 소중한 것인지!"

라는 소리도 했다.

넬슨의 숨이 짧아지더니 점차 가빠졌다. 고통이 심해서 참기 어려운 모양이었다. 넬슨은 비티에게 "너무 아프니 차라리 죽었으면 좋겠어!"라고 말했다. 그러나 곧 "그래도 사람은 조금 더 살고 싶어 하는 법이야."라고 덧붙였다.

넬슨의 정신은 다시 혼미해졌다. 넬슨은 "내 상황을 알면 가여운 해밀턴 부인은 어떻게 될까?"라고 말했다.

한 시간이 지나갔다. 그때 죽어가는 넬슨이 콜링우드 장군에게 함대의 지휘권을 넘겨주어야 한다는 제안이 조심스럽게 제기되었다. 그것은 아주 미묘한 문제였다.

넬슨은 그 제안에 강하게 반대하는 모습이었다. 넬슨은 마치 총지휘를 하려는 듯이 몸을 쭉 펴려고 했다. 넬슨은 "내가 살아 있는 동안에는 안돼!"라고 말했다. 그것은 넬슨이 부관에게 말한 가장 심한 비난이었다.

일어서려는 동작은 그에게는 너무 힘들었다. 넬슨은 지쳐서 쓰러졌다. 넬슨의 주위에는 경외의 침묵이 감돌았다. 넬슨은 "나를 바다에 집어던지지 말게."라고 말했다.

"그런 일은 없습니다." 하디가 약속했다.

"그러고 하디, 자네 무엇을 해야 하는지 알 거야. 내가 사랑하는 해밀턴 부인을 보살펴주게. 하디…… 내게 키스를 해주게……."

하디가 무릎을 꿇자 넬슨은 속삭였다. "이제 만족해. 내 의무를 마친 것을 신에게 감사드린다……."

빅토리아 호의 향해 일지는 그 순간을 다음과 같이 기록했다. '부분적인 사격이 4시 30분까지 계속되었고 넬슨 제독에게 승리를 보고하는 순간 제독은 부상으로 사망하였다.'

■ ■ ■

**Horatio Nelson**[1758-1805] | 영국 제독. 노퍽 주 출생. 12세에 해군에 입대하여 20세에 함장이 되었다. 18세기 말부터 프랑스혁명전쟁과 나폴레옹전쟁에 종군했다. 1793년 나폴리에 파견되어 나폴리 주재 영국대사의 부인 엠마 해밀턴과 알게 되어 평생을 연인으로 지냈다. 1794년 코르시카섬의 칼비 항 공략 때 오른쪽 눈을 잃고, 1797년 세인트 빈센트 해전에서는 뒤에 '넬슨류(流)'라고 불리게 되는 전법으로 에스파냐 함대를 완패시키기는 했으나 카나리아제도의 테네리페 공격에서 오른팔을 잃었다. 1798년 나일강 하구의 아부키르 만에서 나폴레옹의 프랑스함대를 격파하여 '나일강의 남작'이라고 불렸다. 1799년 지중해함대 사령관에 임명되었으나 1800년 군무를 저버리고 해밀턴부인 일행을 빈에 호송하여 해임되었다. 1801년 복귀하여 코펜하겐에서 덴마크함대를 습격하고 자작에 서임되었다. 1803년 다시 지중해함대 사령관으로 복귀하여 1805년 트라팔가 해전에서 프랑스–에스파냐 연합함대를 격파, 나폴레옹 1세의 영국상륙계획을 분쇄했다. "나는 나의 임무를 다했노라"라는 말을 남기고 빅토리아 호에서 전사했다. 런던 세인트폴 대성당에 안장되었다.

헨리 데이빗 소로우 Henry David Thoreau

"한 번에 한 세계야."

자연과 인간의 관계에 관한 가장 재미있는 책 〈월든〉의 작가 헨리 데이빗 소로우는 비교적 젊은 나이인 45세에 사망했다. 그는 1817년 7월 12일 매사추세츠 주 콩코드에서 태어나 1862년 5월 6일에 죽었다.

그가 죽자 여동생 소피아는 "죽음이 아닌 마치 아름다운 일이 일어난 것처럼 느껴졌다."라고 말했다.

소로우의 친구 랄프 왈도 에머슨은 새로 만든 소로우의 무덤을 돌아서며 중얼거렸다. "그는 아름다운 영혼을 가졌다. 그는 아름다운 영혼을 가졌어."

소로우의 명성은 기념비적인 책 〈월든〉으로 얻어졌다. 그는 월든 호숫가 숲속 오두막에서 2년간 머무르면서 〈월든〉을 저술했다.

그가 쓴 다른 책 중에는 〈콩코드와 메리맥 강에서의 한 주일〉과 〈마인 숲〉 등이 있다. 소로우는 선구적인 자연주의자였다. 그는 모든 이로부터 사랑을 받았다. 마하트마 간디는 그를 '시민불복종 운동'의 스승으로 여겼다.

생의 마지막 2년 동안 소로우는 기침을 심하게 하는 등 건강이 좋지 않았다. 1861년 12월 중순이 되자 가벼운 여행도 할 수 없을 정도로 기력이 떨어졌다.

11월 말에 그를 본 사람은 '아주 쇠약했다'라고 적었다. 그는 얼굴에 홍조를 띠고 눈이 빛나는 등 결핵의 증상을 보였다. 그 무렵에 소로우를 만난 또다른 친구는 '그는 죽기 오래 전에 고매한 정신상태에 들어간 것처럼 보였다.'라고 기록했다.

1862년 3월 중순, 소로우는 친구에게 편지를 구술했다. '자네는 특히 내 건강에 대해 물었지. 전처럼 내 존재를 즐기고 있고 아무것도 후회하지 않는다는 말을 덧붙이네.'

2월 초, 그는 '상위법'이라는 에세이를 썼고 그것은 소로우가 죽은 후인 1863년 〈원칙 없는 삶〉이란 제목으로 출간되었다.

시간이 지나면서 친구들은 여러 가지 방식으로 소로우에 대한 사랑을 표시했다. 보론슨 알코트는 4월에 출간된 〈아틀란틱〉지에서 소로우를 '진정한 자연의 아들이다. 그가 한 시대를 풍미한 훌륭한 친구들에게 오랫동안 보여준, 거의 숭배에 가까운 깊은 배려보다 그의 위대성을 증명해주는 것은 없다.'라고 썼다.

다니엘 리켓슨은 '당신은 헛되이 살지 않았습니다. 당신의 업적, 특히 용감하고 진실된 당신의 생활은 당신을 만나 행복을 누려온 사람들에게 소중한 보물이 될 것입니다.'라고 적었다.

또다른 친구는 소로우를 방문한 후 에머슨에게 편지를 보냈다. '그렇게 만족스러운 시간을 보낸 적이 없다오. 그렇게 기쁘고 평화롭게 사는 사람을 본 적이 없소.'

사실 소로우는 자신과 세상 사이에 평화로움을 유지했다. 그는 거의 죽는 날까지 글을 썼다. 소로우를 방문한 사람들은 그가 원고 쓰는 걸 보았다. 소로우는 아주 즐거워 보였고 눈을 반짝이면서 "친구에게 유산을 남기고 죽는 것이 좋지 않은가!"라고 대답했다.

죽기 13일 전에도 소로우는 여전히 일을 하려고 했다. 그는 친구들의 걱정과 헌신에 깊이 감동했다. 이름도 모르는 사람들이 쾌유를 비는 편지를 보내왔다. 소로우는 언젠가 "그렇게 많은 사랑을 받고 이 세상에 남는다는 것은 부끄럽다. 결코 친구들의 우정을 갚지 못할 것이다."라고 말했다.

아팠지만 그는 한번도 불평하지 않았다. 오히려 기분이 좋았다.

"소로우, 우리는 모두 죽는다오."

아주 서툰 말로 위로하는 한 친구에게 소로우는 "아주 어렸을 때 반드시 죽는다는 것을 알았고 그렇게 살았소. 그래서 물론 지금 실망하지 않는다오. 죽음은 당신이나 나에게 모두 가까우니까."라고 대답했다.

그는 끝까지 유머감각을 잃지 않았다. 친척 아주머니인 루지아가 신과 화해했느냐고 묻자 "아주머니, 우리가 다투었는지 몰랐는데요?"라고 농담을 했다.

죽기 며칠 전 찾아온 친구 파커 필스버리는 지나가는 말로 "자네, 어둠의 강가에 가까이 있는 것처럼 보이는군. 그 반대쪽 강가는 어떻게 보이나?"라고 물었다.

소로우는 "한 번에 한 세계야."라고 대답했다.

5월 4일에는 알코트와 채닝이 소로우를 방문했다. 다음날에도 찾아온 그들은 소로우가 아주 쇠약해진 것을 알았다. 그러나 그는 고통스러워 보이지 않고 아주 명랑했다.

소로우는 마치 이 세상에 관심이 없는 듯이 쾌활하게 이야기했다. 덕망이 높은 노인 알코트가 떠나기 전에 소로우의 이마에 키스를 했다. 채닝은 나중에 그 광경을 "그것은 종부성사처럼 보였고 친구는 최고의 신부였다."라고 언급했다.

그때가 되자 소로우는 자신이 얼마 살지 못할 것이라는 걸 깨달았고, 친한 친구 애드먼드 호스머를 불렀다. 소로우를 만나고 떠나는 호스머에게 그는 자기가 쓴 책을 한권 선물했다.

5월 6일 오전, 소로우는 들떠 보였다. 지방판사가 히야신스 꽃 한다발을 들고 찾아왔다. 소로우는 꽃냄새를 맡고는 그 꽃을 좋아한다고 말했다. 그는 여전히 침착했다.

오전 8시가 조금 지난 후 소로우는 침대에서 일으켜 달라고 부탁했다. 그의 머릿속에는 구상중인 〈마인 숲〉에 대한 아이디어가 가득했다. 그가 남긴 마지막 말은 "큰 사슴"과 "인디언"이었다.

어머니, 여동생, 아주머니가 지켜보는 가운데 소로우의 숨은 점점 가늘어졌다. 9시, 그는 아무런 고통 없이 마치 편안한 잠에 드는 것처럼 죽었다. 늘 자신을 평화롭게 유지했던 소로우는 평화롭게 세상을 떠났다. 콩코드에 사는 모든 사람들이 그를 추모했다. 콩코드의 400명의 학생 중 300명이 장례 행렬에 참석했다.

후일 루이자 메이 올콧은 다음과 같이 적었다.

'마치 자연은 충실하고 사랑스러운 아들을 환영하여 그 팔에 긴 잠을 재우는 가장 인자한 모습을 보여주는 것 같았다. 우리가 교회로 들어서자 새들이 노래를 했고 풀밭에는 바이올렛이 일찍 피었으며 소나무들은 부드럽게 자장가를 불렀다……'

· · ·

**Henry David Thoreau**[1817-1862] | 미국 수필가 · 사상가. 매사추세츠주 콩코드 출생. 콩코드 강가에서 에머슨 등과 친교를 맺고 매일의 관찰과 사색을 방대한 양의 일기로 남겼다. 저서로 〈콩코드강과 메리맥 강에서의 1주일,1849〉 〈월든,1854〉이 있다. 그는 구체적 사물을 세밀하게 관찰했는데, 월든 호수에 대하여 "이 호수가 하나의 상징으로서 깊고 청순하게 만들어져 있는 것을 나는 감사하고 있다" "내가 호수에 대해서 관찰한 것은 윤리적으로도 진실이다"라고 역설한 것처럼 구체적 사물의 저편에서 보편성을 간파하려고 했다. 사후에 〈메인주의 숲,1864〉 〈케이프코드, 1865〉 〈캐나다의 양키, 1866〉 등의 여행기가 간행되었다. 한편, 그의 어린 시절 온 가족이 노예제에 반대하여 투옥되었다가 하루 만에 석방되었는데, 이 체험이 뒤에 〈시민불복종, 1849〉으로 정리되었다. 개인의 양심에 바탕을 둔 불복종을 역설하고 "전혀 지배하지 않는 정부가 최상의 정부이다"라고도 주장했는데, 뒤에 간디와 킹 목사에게 영향을 주었다.

아우랑제브 Aurangzeb

## "나는 혼자 왔고
## 방랑객이 되어 떠난다."

아우랑제브는 인도 무굴제국의 위대한 황제였다. 그는 아버지를
감옥에 가두고 형제들을 죽인 후에 황제에 올랐다. 그러나 그가 통
치하던 당시의 제국은 챤드라굽타 시대 마우리야 왕조 이후 최대의
영토를 자랑했다. 그는 88세에 증오와 경멸을 받으며 죽었다.

그는 전쟁에 나가서 수많은 승리를 거두었다. 그는 직접 군대를
이끌고 원정에 나섰는데, 이는 전례가 없는 일이었다. 그러나 그의
종교적 독단성은 말할 수 없을 정도로 잔인했다. 그는 친구보다 적
을 만드는데 뛰어난 선수였다.

아우랑제브는 말년에 멀리 남쪽에 있는 두 왕국, 비자푸르와 골

콘다를 정복했고 마라타 족의 우두머리인 샴부지를 생포했다. 그러나 마라타는 쉽사리 굴복하지 않았다. 아우랑제브가 전진을 하거나 휴식을 취하는 곳에는 늘 마라타 군의 게릴라들이 숨어 있었다.

아우랑제브의 시대에는 너무 많은 전쟁이 계속되었다. 국가의 재정은 바닥이 났다. 나이 든 황제를 뺀 모든 사람들이 전쟁에 지쳤다.

그러나 "이 몸뚱이에 목숨이 한가닥 붙어 있는 한, 일을 그만둘 수 없다."는 것이 아우랑제브의 말이었다.

전쟁이 오래 진행되자 당연히 사상자도 엄청났다. 그러나 아우랑제브는 개의치 않고 원정을 추진했다. 1705년, 아우랑제브는 86세에 치른 마지막 원정에서 부상을 당했다. 무굴의 수도인 델리로 돌아가야 할 때였다.

수도로 귀환하는 도중에 아우랑제브는 비자푸르 지방의 데바푸르에서 갑자기 중병에 걸렸고 여정은 중단되었다. 아우랑제브는 1705년 4월부터 10월까지 데바푸르에서 머물렀다.

10월, 황제를 가마에 태운 원정대는 델리를 향해 다시 길을 떠났다. 1706년 1월, 일행은 아메드나가르에 도착했다. 아우랑제브는 그곳에서 비참한 여생을 보냈다.

황제 곁에는 아무도 없었다. 반란을 일으켰던 아들 악바르는 1704년 페르시아에서 죽었고 그보다 2년 전에는 시인이던 딸 제브니샤가 감옥에서 숨을 거두었다.

1706년 여동생 가우하라가 죽었다는 소식이 날아왔다. 아우랑제브의 삶은 우울하고 황량했다. 유일하게 그의 곁을 지키고 있는 사람은 결혼을 하지 않은 딸과 조지아 출신의 마지막 왕비 우디푸리 마할이었다. 아우랑제브는 외로웠다. 그는 점차 내성적으로 변하고 죽음에 관심을 두었다.

1707년 2월 초, 아우랑제브는 다시 병에 걸렸다. 몸에 열이 높았다. 그러나 그는 쉽게 포기할 사람이 아니었다. 그는 3일 동안 하루에 다섯 차례씩 대중 앞에서 예배를 주도했다. 귀족들은 코끼리와 비싼 다이아몬드를 선물하여 악을 쫓으라고 제안했다.

그러나 아우랑제브는 그것이 자신이 경멸하는 힌두들의 방식이라고 일언지하에 거절했다. 그러면서도 아우랑제브는 무슬림 사제에게 4천 루피를 보내 가난한 사람들에게 나누어주도록 시켰다.

그리고 자신이 죽으면 '시체를 즉시 가장 가까운 묘지에 옮겨 관을 쓰지 말고 그대로 땅에 묻을 것'을 지시했다.

그 지시는 청교도적인 아우랑제브의 방식이었다. 그는 화려하고 장대한 다른 황제의 무덤에는 아무 관심이 없었다. 그는 아들 아짐에게 다음과 같은 편지를 보냈다.

'나는 혼자 왔다가 방랑객이 되어 떠난다. 내가 누구인지 무엇을 하는지 모른다. 권력을 잡는 순간 그 뒤에는 슬픔만이 남았다. 나는 제국의 수호자도 방어자도 아니었다. 가치있는 인생을 헛되이 낭비했다. 신은 내 가슴에 있지만 신을 볼 수는 없다. 삶은 일시적이다. 과거는 흘러갔고 미래에는 아무런 희망이 없다……. 나는 구원을 두려워하고 징벌을 두려워한다. 나는 신의 은혜와 자비를 믿는다. 그러나 내가 한 일 때문에 두렵다…….'

아우랑제브는 또다른 아들 캄 바크시에게도 편지를 보냈다.

'영혼, 내 영혼…… 나는 이제 집으로 간다. 나도 내 무력감이 슬프지만 무슨 소용이 있는가? 내가 받는 모든 고통은 내가 저지른 죄, 나의 모든 잘못에 대한 대가이다.

빈손으로 이 세상에 와서는 이렇게 엄청난 죄를 짓고 돌아가다니 이상한 일이 아닌가…… 나는 끔찍한 죄를 저질렀다. 나를 기다리고 있는 징벌이 무엇인지 알 수 없다.'

그러는 한편 아우랑제브는 죽음을 준비했다. 그는 왕위 계승을 위한 심각한 싸움과 '군대간의 전쟁, 그리고 인간의 살육'을 피하기 위해 제국을 아들들에게 공평하게 분배할 생각이었다.

그는 유서를 작성했다. 4루피 2애너(그가 평생 짠 모자를 판 가격)를 자신의 장례비로 쓰고 자신이 직접 코란의 필사본을 만들어 번 305루피를 무슬림 탁발승에게 나누어주라고 지시했다.

그는 허례허식을 싫어했다. 자신의 머리에 장식을 하지 말고 매장하고 관은 흰 천으로 덮도록 했다. 누각을 만들지 말고 악사들을 부르지 말라는 조항도 들어 있었다.

생의 마지막이 다가올수록 아우랑제브의 가슴은 쓰라렸다. 그의 유서에는 '아들은 절대로 믿지 말고 살아 있는 동안에 친절하게 대해서도 안 된다. 만약 샤 자한 황제가 다라시코 왕자를 총애하지 않았다면 그렇게 슬픈 말로를 걷지 않아도 되었을 것이다. 늘 황제의 말은 헛소리라는 걸 기억하라.'

2월 21일이 되었다. 아우랑제브는 아침 예배를 마치고 침전으로 돌아왔다. 그러나 곧 기도의 '무아지경'에 빠졌다. 그는 묵주를 연신 돌리며 굳어진 손가락으로 그 알을 하나씩 하나씩 눌렀다. 그의 입술은 경전을 읊조리는 듯이 보였지만 다른 사람에게는 들리지 않았다. 황제는 한동안 이승과 영원 사이를 오락가락했다.

8시, 묵주를 만지던 손가락의 움직임이 멈추고 묵주가 발 아래로 떨어졌다. 그렇게 아우랑제브는 죽었다. 늘 바랐듯이 무슬림의 안식일인 금요일에 숨을 거두었다.

아우랑제브는 생전에 자신이 준비한 대로 매장되었다. 3미터 길이에 2미터 너비의 붉은 석판이 그가 묻힌 장소를 알려주었다. 묘비명은 없었다. 그것은 '마지막 무굴 황제를 위한 빈 묘비'였다.

. . .

**Aurangzeb**[1618-1707] | 인도 무굴제국 제6대 황제(1658~1707). 샤 자한 황제 셋째 아들이다. 아버지 샤 자한의 병에서 발단된 제위계승전쟁에서 승리를 거두어 샤 자한을 아그라성에 감금하고 다른 왕자들을 살해하여 제위에 올랐다. 그 행위를 정당화시키기 위해 대정복전을 전개했다. 그러나 샤 자한이 유폐된 채로 사망한 1666년 무렵까지 각지의 정복전쟁은 모두 실패로 돌아갔고, 여러 반란에 직면했다. 그러자 원래 엄격한 수니파 이슬람교도였던 그는 1665년 힌두교도에 대하여 차별적 고율관세를 도입하고 사원파괴, 종교적 사급토지의 몰수 등 차별정책을 도입했다. 이리하여 스스로 진정한 이슬람적 군주라는 것을 강조함으로써 무슬림 귀족층의 결집을 도모하고, 각지의 반란진압과 반란을 일으킨 일부 라지푸트족의 고립화에 성공했다. 1681년 이후, 나머지 무슬림왕국을 정복하는 등 최대판도를 실현했다. 그러나 마라타의 게릴라전과 힌두교도인들을 회유하기 위하여 많은 급여지를 내린 결과, 심각한 귀족층의 파벌항쟁·농민압박이 격화되고 농민반란이 빈발하는 등 제국 쇠퇴의 징조가 보이는 가운데 죽었다.

# 삶처럼 죽음도 하나의 기술이다

우리는 위인들의 마지막 모습을 살펴보았다. 그들의 마지막 날들의 기록에서 드러나는 두드러진 특징은 이름난 성자와 종교인을 제외하고는 그들이 지녔던 정신적, 종교적 신념이 거의 알려지지 않았다는 사실이다. 마치 그들은 신에 대한 믿음이 아니라 인간에 대한 이해를 중요하게 여겼던 것처럼 보인다.

이 책에서 서술한 인물들은 제비 뽑듯이 무작위로 추출했다. 즉, 인물들의 죽음에 대한 아무런 사전 지식 없이 출발했다. 물론 붓다, 예수, 소크라테스, 마호메트는 검증할 필요가 있는 존재이므로 의도적으로 포함시켰다.

이 책에서 개략적으로 살펴본 인물들의 마지막 날들은 그들이 어느 시대에 살았든지 다가오는 죽음에 대한 반응이 대동소이했음을 보여준다.

즉, 그들의 존재를 찬찬히 들여다보면 그들은 역사상의 어느 시대에도 존재할 수 있었던 인물들이다. 연대순이나 다른 특별한 순서 없이 인물들을 언급한 것은 그 때문이었다.

인간을 질서정연한 범주에 끼워넣을 수는 없다. 용기, 예의, 신에 대한 두려움과 사랑, 그밖의 인간의 속성은 시간이나 상황에 따라 달라지지 않는다.

키케로는 앤 볼린이나 토마스 모어가 그 시대에 그랬듯이 즐겁게 목이 잘려 죽을 수 있었다. 그래서 역사는 온도계의 눈금처럼 연도가 표시된 시간의 수직판이 아니라, 쓰러진 사람들이 여기저기 누워 있는 끝이 없는 벌판이다.

이 점을 인정하면——그리고 유일하고 타당한 결론이라고 한다면——우리는 불가피하게 다른 결론에 도달하게 된다. 그 하나는 인간은 이전에 자기가 한 말을 끊임없이 고쳐서 말한다는 사실이다. 이는 프로이트가 〈쾌락의 본질을 넘어〉에서 주장한, 살아 있는 유기물질의 본능에 대한 이론을 입증한다. 프로이트는 말했다.

"아이들은 게임을 반복하는 것에 절대로 싫증을 느끼지 않는다…… 아이들은 새로운 이야기보다는 같은 이야기를 반복해서 듣는 것을 좋아한다. 아이들은 이야기가 정확하게 반복되기를 조르며, 말하는 이가 빠뜨리거나 실수로 잘못 말하면 자신들이 고쳐준다.

이에 따르면 본능은 외적 영향 이전의 상황을 회복하려고 하는 경향이 있다…… 고생대 생물은 그 시작부터 변화를 원치 않았을 것이고 만약 상황이 변치 않았다면 똑같은 존재 과정을 반복했을 것이다…….

　만약 인생의 목표가 이제까지 결코 도달하지 못한 어떤 상태라고 한다면 죽음은 보수적인 특성의 본능을 거스르는 것이다. 죽음은 살아 있는 존재가 오래 전에 출발했던, 그리고 발전의 우회적인 노정을 따라 다시 돌아가는 고대의 시발점이 분명하다…… 삶의 목표는 죽음이다."

　이는 무엇을 의미하는가? 프로이트가 의도했는지는 알 수 없지만 그는 우리에게 죽음이 인간의 끝이 아니라 인간 재탄생의 시작이라는 걸 알려준다.

　이 생각은 조금 더 살펴볼 필요가 있다. 산타야나(1863-1952, 미국의 철학자)는 '니르바나(열반)'라는 수필에서 인간이 전생을 가지고 있다는 명제에 동의한다.

　그는 카르마(인과응보)의 법칙을 다음과 같이 논의했다.

　"우리는 유산, 주어진 성격 그리고 부여된 임무를 가지고 태어난다. 이 모든 것은 전생에서 여러 가지 죄를 저지르게 한 우리의 무지에서 비롯된다. 쌓인 짐과 빚으로부터 순수한 영혼을 해방하기 위해서는 이 모든 책무를 반드시 갚아야 한다…… 삶이 구원의 과정이라는 것을 알게 되면 서두르거나 지나친 집착 없이 지낼 수 있다…… 중요한 것은 우리 안에 잠재된 모든 것을 표현하고 배출하는 것이다…….

　그렇다면 죽음은 분명 두려워할 대상이 아니다. 사실상, 죽음은 공포를 가지거나 슬퍼해야 할 사건이 아니다. 물론, 다른 세상에 무엇이 있을까라는 의문을 가질 수 있다.

죽음은 더 오래 살고 싶다거나 종말이 너무 빠르다고 생각하는 감정에 의해 슬픔이 된다.

죽음은 결코 빠르지 않다. 카르마의 법칙을 보면, 사람은 태어나는 순간에 그 수명이 미리 결정되고 그것을 인정하는 것 이외에는 다른 방법이 없다.

만약 키츠가 오래 살았다면 자신을 능가하는 인물이 되었을까? 셸리와 바이런은 어떠했을까? 세 시인은 모두 젊은 나이로 죽었다. 그러나 더 오래 살았다고 그들이 더 훌륭한 작품을 썼을 것이라고는 확신할 수 없다. 실제로 그들의 삶이 너무 짧았다는 바로 그 사실이 그들이 남긴 작품에 감동을 더한다. 그들이 길고 괴로운 생을 살았더라면 특별한 언급이 없었을지도 모른다.

오래 살면 인생을 활짝 꽃피울 것이라는 생각은 인간이 저지르기 쉬운 가장 원초적인 실수이다. 서문에서 제기한 것처럼 도대체 죽기에 가장 적당한 시간을 어떻게 정한다는 말인가?

성경에서 말하는 인생의 정년은 70세이다. 므두셀라(노아의 홍수 이전에 살았다는 유대족장. 969세까지 살았다는 장수자)는 그 정년의 열 배가 넘게 살았지만 인류의 지혜와 지식에 별다른 기여를 하지 못했다. 그렇다면 시간은 삶을 평가하는데 별 의미가 없다는 주장이 가능하다.

이 책에 소개된 위인들의 죽음의 기록에서 두드러진 사실은 가장

이타적인 삶을 산 사람이 가장 행복한 죽음을 맞았다는 점이다.

　마지막 순간까지 자신의 맥박을 잴 정도로 침착성을 유지했던 조지 워싱턴의 죽음은 그 대표적인 예이다. 그러나 워싱턴은 예외적인 인물이었다. 우리가 이 책에서 알 수 있듯이 죽음의 기술을 알고 있던 사람은 거의 없었다는 것이다.

　죽음은 삶처럼 하나의 기술이다. 우리가 잘사는 기술을 획득하듯이 잘 죽는 기술을 습득한다면 더 많은 사람들이 행복하게 죽을 것이다.

　그러나 사실을 말하자면, 사는 기술은 죽는 기술과 다르지 않다. 한쪽은 다른 쪽으로 흘러가고 삶과 죽음은 서로 분리될 수 없다. 잘사는 기술을 습득한 사람은 이미 잘 죽는 기술을 배운 것과 다름없고, 그러한 죽음은 두려움이 없다.

　위대한 인물들의 마지막 모습은 우리에게 선정적인 호기심을 넘어 그 무엇을 시사한다. 아주 상투적인 얘기지만 권력이나 명예, 또는 부(富)가 행복한 죽음을 보장하지 못한다. 물론 빈곤하거나 권력이 없다는 사실이 행복한 결말을 주는 것은 아니다.

　요점은 외적인 것들은 그들이 사용된 방식처럼 중요하지 않다는 것이다. 권력이 마음의 평화와 행복에 반드시 장애가 되는 것은 아니다.

　엘리자베스 1세는 아주 평화롭게 최후를 마쳤으나 아우랑제브 황제는 그러지 못했다. 그들의 죽음은 두 강력한 황제가 권력을 사용한 방식을 암시한다.

결국 죽음과 관련이 있는 것은 우리가 사회로부터 받은 것이 아니라 우리가 사회에 준 것이다. 착한 삶이 고통 없는 끝을 약속하지는 않지만 평화로운 죽음을 주는 것은 확실하다.

고통은 선(禪)과 아무 관련이 없다. 인도의 성자인 라마크리슈나는 후두암으로 고통을 겪다 죽었다. 그 사실을 어떻게 설명해달라는 요청을 받은 그는 "신체가 있으면 고통도 있게 마련이다"라고 분명하게 말했다. 라마크리슈나의 내적 자아는 완전한 평화 그 자체였다. 고통을 받은 것은 그의 외적 자아였다.

고통을 피할 길은 없다. 고통은 삶에 내재한다. 고통이 없는 죽음을 기원하는 것은 불가능한 것을 바라는 것이다. 사람들이 기원하는 것은 평화로운 종말이고 그것은 우리 대다수가 도달할 수 있다.

나폴레옹은 최후의 순간까지 몸부림쳤다. 우리는 그가 어떤 내적 악마에게 홀렸는지 알 길이 없다. 비베카난다는 자신의 죽음을 이끌었다. 이는 가장 아름다운 방식의 죽음이었다.

평화롭게 죽으려면 반드시 죽음을 인정해야 한다. 죽음의 승리를 부정하는 것은 특별한 고통을 초래하는 것이다.

죽음은 악이 아니라 팔을 벌리고 반갑게 맞이하는 친구와 같다. 빅토르 위고는 그것을 알고 있었고 볼테르는 어려움 없이 죽음을 가슴에 안았다.

가장 사랑을 받은 교황 요한23세는 어떤 날에 죽어도 좋다고 말했다. 어차피 죽음을 피할 수는 없으니 차라리 죽음을 용기있게 받아들이는 것이 어떨까?

가슴에 기도를 담고 노래를 부르면서 죽기 위해 내세를 믿어야 할 필요는 없다. 그러나 죽음의 본성에 대해 생각해보는 것은 흥미롭다.

이 시대의 위대한 과학자 중의 한 명인 베르너 폰 브라운은 신을 믿었다. 그는 참을성 있게 죽음을 기다리면서(그는 암으로 고통을 받았다) 미국 루터교회 회의에 85페이지에 달하는 글을 제출했다. 그는 그 글에서 자기의 신앙을 고백했다. 글은 아주 감동적이었다. 브라운은 많은 과학자들이 신을 알지 못하는 것을 상심했다.

'신을 볼 수 없다는 이유로 신의 존재를 인정하지 않는 물리학자들이 상상할 수 없는 원자를 사실로 인정하도록 만드는 합리주의란 얼마나 이상한가? 신성한 의도가 그 뒤에 있다는 결론을 내리지 않고 우주의 법칙을 밝힐 수는 없다. 광대한 우주는 창조자가 확실히 있다는 내 믿음을 증명해준다. 우주의 복잡성과 그 피난처를 잘 이해할수록 신의 창조에 더욱 더 경탄하게 된다.'

우주는 과학자나 보통사람 모두를 미혹한다. 오리온 성좌를 보면 태양의 4만배가 넘는 밝기를 가진 '푸른색 초대형'의 별, 리젤이 있다.

하나의 항성으로서의 태양은 다른 별들보다 특출한 것은 아니다. 태양은 정원용 별이고 수백만 개의 별처럼 5등급 항성이다. 더구나 태양은 은하수 은하계의 중심이 아닌 그 변경에 있다. 태양이 일부를 이루는 은하계는 은하계 성운의 하나이고 그러한 성운은 수백만 개가 넘는다.

지구에서 가장 가까운 은하계에서 오는 빛은 우리에게 도착할 때까지 무려 2백만 년이 걸린다. 이러한 생각은 경외감을 주며 성경에 있는 말씀을 증명한다. '바보는 신이 없다고 말했다. 만약 신이 존재하지 않았다면 우리는 광대한 우주의 경이와 신비를 설명하기 위해 신을 만들어야 한다.'

타고르는 사물의 체계 속에서 인간이 차지하는 위치와 죽음에 대한 적절한 태도를 잘 이해했다. "무한한 형태의 놀이터에서 나는 내 역할을 맡았고 여기에서 형체가 없는 죽음을 보았다."

다시 타고르는 말한다. "나의 신, 당신에 대한 한 번의 인사로 내 모든 감각을 뻗어 신의 발밑에 있는 이 세상을 만지리라."

이것이 완전한 항복이다. 저항도 없고 분노도 없으며 좌절도 없이 그냥 받아들이는 것이다.

'기탄잘리'에 있는 마지막 기원처럼, '밤이면 향수에 젖어 산속의 보금자리로 돌아가는 두루미떼처럼 내 삶은 신에 대한 한 번의 인사, 영원한 집을 향해 항해한다.'

그러한 생각으로 헨리 프란시스 라이트와 같은 질문을 할 수 있을 것이다.

"죽음의 고통은 어디에 있는가? 무덤과 당신의 승리는 어디에 있는가?"

M.V. 카마스

## 상하이人 홍콩人 베이징人

### 중국 각 지역 상인들의 기질과 상술에 관한 보고서

세계의 공장 중국. 진출 한국 기업 18,000여개. 중국 진출은 이제 선택이 아니라 필수가 되었다. 그리고 양날의 칼처럼 위기이면서도 또한 기회이다. 각성(各省)마다 다른 독특한 기질, 즉 성민성(省民性)을 파악하는 것이 중국 관련 비즈니스의 성공 열쇠이다!

공건 지음 / 안수경 옮김 / 값 11,000원

## 남 자 의  건 강 법

### 남자의 후반생을 행복으로 이끌어주는 지침서

남자의 50대는 성적 능력의 분기점이다. 여기서 꺾이면 대부분 사람들은 그후도 능력을 발휘하지 못하게 된다. 반면 이 시기에 더욱 건강해지는 사람들은 평생 현역으로 섹스를 즐길 수 있는 행복한 사람이 될 수 있다.

다치카와 미치오 지음 / 박현석 옮김 / 값 10,000원

## 사 무 라 이  인 간 경 영

### 어느 사무라이가 들려주는 인간경영의 지혜

"사람을 거느린다는 것은 자기 혼자만 먹어서는 안 되며 한 그릇의 밥이라도 나누어 부하에게 먹인다면 따라오게 마련이다." 일본에서 수많은 사람들에게 자기수양과 비즈니스의 텍스트처럼 읽히고 있는 책.

야마모토 쓰네토모 지음 / 이강희 옮김 / 값 10,000원

## 〈삼국지〉〈십팔사략〉에서 배우는 실패의 교훈

반면교사(反面敎師)— 앞서 걸어간 사람의 실패한 발자취는 후세인들의 길잡이!

실패를 배울려면 '반면교사(反面敎師)'에서 터득하는 게 가장 좋다. 가까이는 자기 주변에서, 멀리는 역사 인물 중에 그 본보기가 많이 있다. 특히 중국의 역사서에는 후세 사람들에게 반면교사가 된 실패자들의 얘기가 여러 가지 나와 있다. 이 책은 중국 역사 속 인물 50명을 골라 그 실패의 사례를 소개함과 동시에 현대 비즈니스맨들이 교훈으로 삼아야 할 점에 초점을 맞추어 쓰여졌다.

니와 슌페이 지음/이강희 옮김/값 8,500원

## 미야모토 무사시의 오륜서

"무협소설 매니아에서 대기업 경영자까지 모두 만족시키는 신기한 책"—김지룡(일본문화평론가)

일본의 전설적인 검객 미야모토 무사시. 그가 말년에 쓴 〈오륜서(五輪書)〉는 병법의 바이블로 통한다. 이를 현대의 경영 전략에 접목시킨 책 〈미야모토 무사시의 오륜서〉가 나왔다. 그는 이 책에서 검술과 무사의 도에 관해 얘기하지만 한 구절씩 음미해 보면 난세에 필요한 경영전략의 진수가 담겨 있다.

—〈한국경제〉 고두현 기자

미야모토 무사시 지음/값 7,500원

## 주식투자 절대불변의 법칙89

뜨거운 주식 시장 뛰어들기 전에 꼭 한번 읽어봐야 할 책

저자는 주식 투자 초창기에 약간의 돈을 잃었다. 그래서 미국의 제일가는 금융 전문가들을 찾아다니며 인터뷰하고 면담하고 분석한 뒤 마침내 큰 수익을 얻었다. 이렇듯 월가의 고수들을 만나 배우고 주식에 관한 모든 책을 섭렵하여 주식투자에 있어서 반드시 지켜야 할 것 원칙들만을 쓴 것이 바로 이 책이다.

마이클 신시어 지음 / 김명렬 옮김 / 값 14,000원

## 논술형 아이 엄마가 만든다

### 초등학교 시험도 이제 논술형으로 출제됩니다

그동안 암기 위주로 공부했던 아이들은 좋은 점수를 받을 수 없고, 반면 평소 책읽기를 꾸준히 해서 창의적이고 논리적인 사고를 길렀던 아이들은 좋은 성적은 받을 것입니다.

전대수 지음 / 값 9,000원

## 칭찬받고 자란 아이, 꾸중듣고 자란 아이

### 칭찬 한마디가 아이를 변화시킨다

아이는 부모에게 칭찬받는 것을 매우 좋아한다. 칭찬받음으로써 무엇이 옳은지 이해할 수 있고, 자연스럽게 받아들이게 된다. 또한 꾸짖을 때는 지난 일을 들먹이며 꾸짖는 것은 절대 삼가야 한다.

도비타 사다코 지음 / 안수경 옮김 / 값 8,000원

## 1등 아이 만드는 맞춤공부

### 아이의 성격에 따라 공부방법도 달라야 한다

이것이 바로 아이의 특성에 맞춘 맞춤공부의 핵심이다. 아이의 장점은 살리고 단점을 보완해주는 공부방법 노하우!

김순혜(경원대학교 교육대학원장) 지음 / 값 9,000원